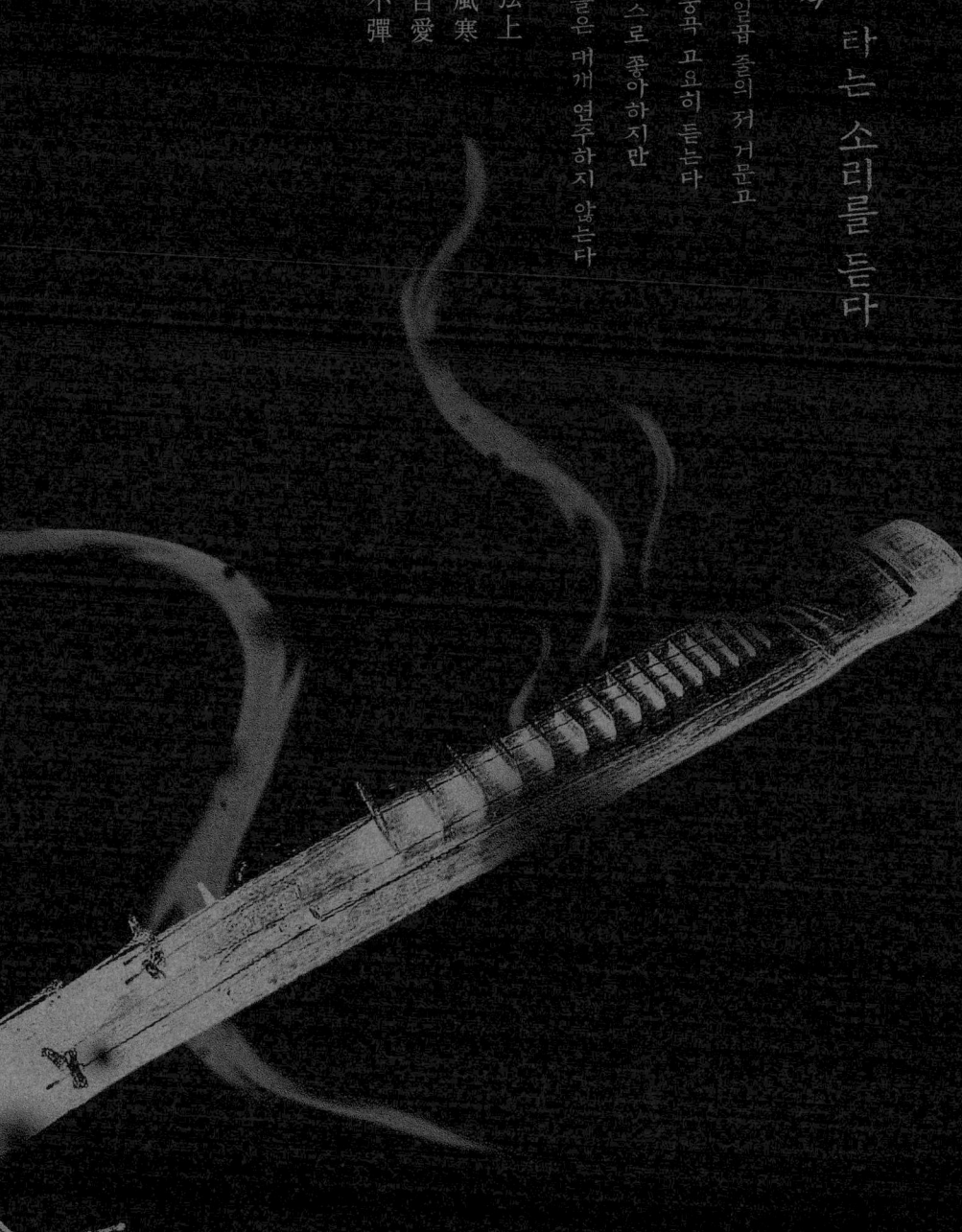

聽彈琴
泠泠七弦上
靜聽松風寒
古調雖自愛
今人多不彈

거문고 타는 소리를 듣다

맑고 고운 일곱 줄의 저 거문고
차가운 솔바람 고요히 듣는다
옛 가락 스스로 좋아하지만
지금 사람들은 대개 연주하지 않는다

음공의 대가

음공의 대가 3

일성 新무협 판타지 소설

초판 1쇄 찍은 날 § 2005년 1월 13일
초판 1쇄 펴낸 날 § 2005년 1월 22일

지은이 § 일성
펴낸이 § 서경석

편집장 § 문혜영
편집책임 § 서지현
편집 § 장상수 · 유경화
마케팅 § 정필 · 강양원 · 이선구 · 홍현경

펴낸곳 § 도서출판 청어람
등록번호 § 제1081-1-89호
등록일자 § 1999. 5. 31
어람번호 § 제2-0509호

주소 § 경기도 부천시 원미구 심곡1동 350-1 남성B/D 3F (우) 420-011
전화 § 032-656-4452 팩스 § 032-656-4453
http://www.chungeoram.com
E-mail § eoram99@chollian.net

ⓒ 일성, 2004

ISBN 89-5831-349-8 04810
ISBN 89-5831-346-3 (세트)

※ 파본은 본사나 구입하신 서점에서 교환하여 드립니다.
※ 저자와 협의하여 인지를 붙이지 않습니다.

음공의 대가 3

Fantastic Oriental Heroes

일성 新무협 판타지 소설

도서출판 청어람

목차

제1장 적룡문 _7
제2장 달빛 아래 만난 원수 _18
제3장 복수의 칼날을 갈아라 _27
제4장 포기해야만 하는 복수 _47
제5장 계획은 무엇일꼬? _65
제6장 납치 _77
제7장 누가 운이 좋은 놈일까? _93
제8장 연기 _102
제9장 불세출의 고수 _116
제10장 속임수에 속임수 _132
제11장 소연 _142

제12장 야일화의 가출 _156

제13장 집 떠나면 고생 _164

제14장 마야의 위기 _187

제15장 대만월교 개양 분타 _197

제16장 하룻밤의 꿈은 사라지고… _206

제17장 하룻밤의 혈겁 _215

제18장 무슨 생각을 하는 놈인고? _228

제19장 이것도 협상이라 할 수 있나? _237

제20장 견우가 직녀를 만났을 때 _248

제21장 의문의 사건 _262

제22장 부탁 _272

제1장
적룡문

악마금 일행이 절소산에 위치한 적룡문에 도착했을 때는 붉은 석양이 하늘을 물들이고 있을 시간이었다. 그 붉은 하늘에 걸린 거대한 전각들과 그것을 감싸 안는 듯 드넓게 펼쳐진 높은 담장과 접근하는 사람으로 하여금 두려움을 자아내는 거대한 정문은 사람들을 압도시킬 만한 위용이 서려 있었다. 과연 남무림 십이 강자, 적룡문이라는 말이 절로 튀어나올 정도였다.

아직 축제가 시작되기 오 일 전이어서인지 정문을 지키는 무사들은 네 명밖에 보이지 않았다. 이렇게 일찍 악마금이 도착한 이유는 것은 적룡문주를 따로 만나볼 생각을 가지고 있었기 때문이다. 그리 기대는 하지 않았지만 시도해서 손해 볼 것은 없다.

악마금 일행이 다가오자 정문을 지키던 무사 하나가 포권을 하며 정중하게 고개를 숙였다.

"아직 축제 준비 중인데 일찍 오셨군요. 그런데 어디에서 오셨습니까?"

악마금은 말 대신 초대장을 꺼내 들었다. 그것을 받아 쥔 무사가 내용을 읽어보더니 미미하게 인상을 찡그렸다. 그는 약간 의외라는 듯 악마금을 조심스럽게 살피더니 초대장을 건넸다.

"와주셨군요. 감사드립니다. 안으로 드시지요."

그러면서 무사가 다른 무사들에게 외쳤다.

"문을 열고 손님을 안내해라. 만월교에서 오셨다."

순간 문을 열어젖히던 세 명의 무사는 약간 놀란 듯 악마금과 네 명의 흑룡사 대원을 힐끔 바라보았다. 문이 열리고 적룡문 안으로 들어선 악마금이 안내된 곳은 적룡문의 천진원(天眞園)이란 곳이었다.

천진원이란 적룡문 내의 서쪽에 위치한 장소로 찾아오는 손님들을 묵게 하는 곳이다. 그런 만큼 호화롭고 경치 좋은 정원이 적룡문의 부(富)를 과시하는 듯 위치해 있었다. 건물들 또한 상당히 많이 지어져 있는데 정원이 워낙 크다 보니 듬성듬성 떨어져 있는 형상이었다. 하지만 많은 문파에서 사람이 올 것이었으므로 그곳에서 조금 떨어진 태청원도 임시로 손님들을 받을 수 있게 준비해 두었다.

아무튼 악마금은 정원을 지나 자신이 배정받은 건물로 들어섰다. 하지만 만월교에 배정된 두 개의 방 앞에서 그는 인상을 찌푸릴 수밖에 없었다. 이 건물의 입구에도 이곳에 기거할 문파의 이름이 표시되어 있어 유쾌하지 않은데, 삼층 중앙에 위치한 그들의 방 앞에도 만월교라는 표식이 있었기 때문이다.

안 그래도 만월교는 귀주무림의 곱지 못한 시선을 넘어 공적이 되어 있는 상태. 그런데 다른 문파의 무사들이 기거하는 곳 중앙에 만월교라고 떡하니 표시되어 있으니 사람들의 시선은 불을 보듯 뻔했다. 그 증거로 악마금처럼 미리 와 쉬고 있던 다른 문파의 무사들이 만월교라 적혀 있는 방문 앞에 서 있는 악마금 일행을 곱지 않은 시선으로 힐끔거리며 지나다니고 있었다.

그래도 함부로 대할 수 없었으므로 악마금이 정중하게 물었다.

"다른 방은 없소?"

"방 배정이 끝난 상태라 어쩔 수 없습니다."

순간 악마금이 쓰게 웃었다. 적룡문이 바보일 리는 없을 것이고, 만월교 사람들이 묵을 방을 이런 곳에 정했다는 것은 분명한 의도가 있을 것이었다. 그리고 그것은 만월교에 상당히 불리한 것임에 틀림없어 보였다. 성질 같아서는 앞의 무사를 으깨 버리고 싶었지만 지금은 문제를 일으켜 봐야 나아질 것이 없다고 판단되었기에 참아 넘겼다. 하지만 이것을 기억 속에서조차 고이 지워 버릴 그는 아니었다.

'확실히 후회하게 해주지!'

내심 그런 생각을 하며 악마금이 물었다.

"축제 전에 문주님을 만나뵙고 싶은데, 그럴 수 있겠소?"

"문주님이요?"

"그렇소. 따로 조용히 상의드릴 일이 있소."

"죄송합니다. 지금 축제 준비로 너무 바쁘신지라……. 정 그러시다면 제가 말씀은 드려보겠으니 기다리십시오."

기약할 수 없는 말을 한 무사는 문을 열어 악마금 일행을 방 안으로 안내했다. 방 안은 꽤나 신경을 썼는지 깔끔했다. 방 안에 또 다른 방까지 있어 여러 명이 지낼 수 있게 되어 있는데, 악마금은 이곳을 흑룡사에게 양보하고 자신은 반대편 방을 쓰기로 결정했다.

무사를 보내고 자신에게 배정된 방에서 짐을 푼 악마금은 대충 정리가 되자 흑룡사가 있는 방으로 들어섰다.

"지금은 모르겠지만 앞으로 계속 다른 문파 축하객들이 올 것이다. 우리에 대한 그들의 인식이 그리 좋지 못할 것이니 웬만하면 문제를 일으키지 말도록 해라."

"알겠습니다."

"그리고 따로 나를 호위할 필요 없다. 너희들은 너희들 몸이나 잘 간수해."

"……."

그는 말과 함께 자신의 방으로 가 운기조식에 들어갔다. 오 일 후에나 열리는 축제에 신경 쓸 그는 아니기에 그동안 수련이나 하자는 심산이었던 것이다.

적룡문 중앙에 위치한 내당 청천당의 거대한 회의실에 긴 탁자를 마주 보며 두 명의 사내가 앉아 있었다. 한쪽은 하얀 백발에 수염까지 백색이라 상당한 나이임을 짐작할 수 있었지만, 생김새는 정순하고 온화한 분위기를 풍겨 그리 나이 들어 보이지는 않았다. 반면 그 앞 상석에 앉아 있는 자는 굳세고 고집있어 보이는 얼굴에 검고 부드러운 턱수염을 멋지게 기른 중년인, 실제 나이 육십의 적룡문주였다.

"만월교에서 왔다고?"

"그렇습니다."

적룡문의 문주 적룡신검 야일제는 부드러운 턱수염을 쓰다듬으며 의아한 표정을 드러냈다.

"흠, 빨리 왔군. 몇 명이나 왔던가?"

"모두 다섯 명입니다."

"생각보다 적군."

"설마 그들만 왔겠습니까? 아마 절소산이나 구강 근처에도 상당수의 고수들을 심어놨겠지요."

"책임자는 누구던가?"

"보고를 받기로는 상당히 젊은 문사라고 들었습니다."

"문사?"

"네. 무공을 익힌 것 같아 보이지는 않았다고 들었습니다."

"흠! 젊은 데다 무공을 익힌 것 같지 않았다라……."

적룡문주는 피식 미소를 흘렸다.

"설마 반로환동, 반박귀진의 고수일 리는 없겠지? 만월교에서 꽤 머리 좋은 놈을 보낸 모양이군."

"그런 것 같습니다. 예상대로 방을 바꿔달라고 했으나 정중히 거절을 했다고 보고받았습니다."

"반발은 없던가?"

"없었다고 합니다. 그 정도로 대담하지 않은 자인 것은 확실합니다. 우리의 의중을 떠볼 심산으로 왔겠지요. 그러니 문제를 일으킬 수 없는 것 아니겠습니까?"

"그렇겠지. 하지만 이번 일로 우리의 의사는 대충 짐작했을 게야.

그 때문에 따로 숙소를 마련하지 않았으니까. 멍청이가 아니라면 파악을 했겠지."

"맞습니다. 그 첫 번째로 문주님을 만나길 청했지만 거절해 버렸답니다."

"잘했군. 지금 만월교를 만나서는 곤란해. 그들을 만나는 것은 우리의 뜻을 모든 사람들 앞에서 선포한 후에야 가능할 거야. 그때가 되면 어쩔 수 없겠지."

"하지만 걱정입니다."

야일제 문주가 의아한 표정으로 물었다.

"뭐가 말인가?"

"일방적으로 군웅들에게 선포해 버리면 만월교가 가만히 있지 않을 것 아닙니까?"

"전에도 그런 걱정을 하더니 아직인가? 자네도 점점 약해지는 것 같군."

그의 말에 노인은 쑥스러운 듯 고개를 숙였다. 그 모습을 보며 웃음을 흘린 야일제가 고개를 저었다.

"상관없네. 우리 적룡문이 어디인가? 그간 수많은 싸움으로 힘을 많이 상실하기는 했지만 아직도 남무림 열두 세력이 아닌가! 그런 우리를, 그것도 현재 귀주 대부분의 세력을 적으로 돌린 만월교가 공격해 온다는 것은 불가능에 가까울 걸세. 거기다 우리에게는 아직도 절정고수들로 구성된 적룡신귀(赤龍神鬼) 삼백 명과 적룡파황대(赤龍破皇隊) 천오백 명이 있지 않은가! 그 외에도 실력이 조금 떨어지기는 하지만 외당의 적룡단(赤龍團) 천여 명과 따로 이천 명 이상의 무사들이 있으니 만월교에서 우리를 치기란 상당히 부담스러울 것이야."

"그렇기는 합니다만, 저들이 워낙 물불을 안 가리는 안하무인들이라 걱정인 게지요."

"너무 신경 쓰지 말게. 만약 저들이 우리를 공격할 것 같으면 장문연합 쪽에 붙어버리면 그만이니까."

"그거야 그렇습니다만……."

"무슨 문제라도 있나?"

"장문과 그들이 속해 있는 연합도 분위기는 심상치 않습니다. 그들도 만월교와 마찬가지로 우리를 끌어들이길 은근히 원하니까요. 우리가 어디에 붙느냐에 따라 상황이 많이 달라질 것이니……."

그의 걱정스러움이 담긴 얼굴에 문주는 밝은 미소를 지으며 말을 끊었다.

"자자. 이미 정해졌으니 그 이야기는 그만 하지. 어찌 되었든 우리 적룡문은 뜻을 정했고, 그것은 중간에서 관망하는 것이야. 나중에 한쪽이 기울면 승자 쪽에 붙어버리면 누구도 뭐라 하는 사람은 없을 걸세. 그동안 너무 만월교만 고집해서 엄청난 피해를 봤으니 어쩔 수 없지."

"알겠습니다."

"그런데 지금 몇 명의 손님이 왔지?"

"강구 인근의 문파는 아직 오지 않았습니다만, 멀리 떨어져 있는 문파들이 꽤 온 편입니다. 삼십여 개 문파에서 왔고 모두 숙소를 제공했습니다."

"흠, 아직 이른데 상당히 많이 왔군."

"그렇습니다만 축제가 시작되기 하루 전에는 훨씬 많은 사람들이 몰려올 겁니다."

"그렇겠지. 손님들에게 배정할 객실은 어떤가? 모자랄 것 같지 않나?"

"그렇지는 않을 것 같습니다. 만약 그렇다면 정동원까지 비워줘야 할 겁니다. 그곳도 이미 치워놓은 상태이니 그리 염려하지 않으셔도 됩니다."

"자네에게 맡겼으니 나야 믿지. 참!"

"……?"

"외당은 모르겠지만 내당에는 사람들의 출입을 철저히 통제해야 하네. 영 장로에게 따로 말은 해놨지만 어디 자네만 하겠는가?"

"저도 준비해 놓은 상태입니다. 적룡신귀와 적룡파황대 전원을 내당에 투입시켰으니 그쪽도 염려 마십시오. 비상시에 바로 움직일 수 있도록 하루 삼교대로 보초를 서고 있습니다. 나머지는 모두 외당에 대기를 시켜 유사시 타 문파의 통제를 맡게 했습니다."

"철저하군."

노인은 슬며시 미소를 지었다.

"다 전대 문주님 덕분이지요."

"클클, 아버님은 워낙 불같은 성격이셨으니까. 자네와 예전 문도들은 상당히 힘들었겠지."

"그래도 요즘은 많이 수척해지신 것 같습니다. 예전의 그 성정도 사라지셨구요."

"흠. 조금 걱정이 되는군. 바빠서 찾아뵐 수가 없으니……. 게다가 아버님을 위해 열린 축제인데 얼굴까지 내비치시지 않겠다고 하시니 사람들이 이상하게 생각할 것이 아닌가?"

"어쩔 수 없지요. 사람 만나기를 꺼려하시니까요."

"그런데 요즘도 정원을 가꾸시나?"

"더욱 빠져 드신 것 같습니다. 몇 년 전부터 무공 진보가 더 이상 이루어지지 않는 것 때문에 울적해하시는 것 같은데……."

"자네가 좀 신경을 써주게. 아버님과 함께 보낸 시간이 적룡문에서는 자네가 가장 많지 않나."

"알겠습니다."

"그건 그렇고, 비무대회 건은?"

"뭐, 초대장에 적어놓았으니 많은 문파에서 준비를 하고 올 것입니다. 만월교 문제도 있지만 그것과는 상관없이 이번 비무대회를 통해 자신들 문파의 가능성을 알리고 싶을 테니까요. 비무대회에서 우승만 한다면 현 귀주의 최고 후기지수를 가지고 있다는 홍보가 되는 셈이 아닙니까?"

"클클클, 어떤 후기지수가 튀어나올지 그것도 조금 궁금해지는군."

그러자 노인도 따라 웃었다. 그는 야일제 문주의 표정을 바라보면서 의미심장한 미소를 지었다.

"허허, 저희들이야 도련님이 우승했으면 하지요."

"그런 말 말게."

야일제 문주는 말도 안 된다는 듯 펄쩍 뛰었지만 은근히 자랑스러운 듯했다. 자신의 아들이 귀주에서 몰려든 후기지수들 중에서 당당히 우승을 한다면야 바랄 것이 없는 것이기 때문이다. 그것은 자식을 가진 모든 아버지들의 생각일 수밖에 없었고, 또 유난히 자식 사랑이 대단한 그였으니 당연했다.

이후로도 꽤 많은 이야기가 오갔다. 그리고 어느 정도 마무리가 지어지자 노인이 갑자기 생각난 듯 입을 열었다.

"아! 그리고 아가씨에 대해 할 말이 있습니다."

"뭔가?"

"오늘 낮에 도련님을 마중하러 가신다기에 그러려니 했는데, 혼자 돌아왔더군요."

"그래?"

야일제 문주는 별일 아니라는 듯 되물었다.

"그것이 뭐가 이상한가? 기다리다 지쳐서 온 것이겠지."

"뭐, 그럴 수도 있겠습니다만 혼자 돌아오셨다는 것이 이상합니다. 분명 나갈 때는 적룡단의 호위를 데리고 나가셨거든요."

"물어봤나?"

노인은 난감한 듯 고개를 저었다.

"제 말을 들으시겠습니까? 물어보기는 했습니다만, 화를 내시는지라……"

"허! 그런 고얀 것!"

문주는 말과 달리 걱정스러운 표정으로 고개를 설레설레 저었다.

"도대체 예의라고는 찾아볼 수 없으니 정말 걱정일세. 당최 무서움이라는 것을 모르니 말이야."

그러자 노인이 클클거리며 웃었다.

"그것이 매력이지요."

"매력은 무슨……. 자네라서 하는 말이지만, 누가 데려갈지 골치깨나 썩을 게야."

"허허허, 골치를 썩다니요? 오히려 그 반대일 겁니다. 안 그래도 아가씨에게 관심을 보이는 문파들이 많은데요. 걱정 마십시오. 좋은 조건의 혼처가 날 것입니다."

"그러면야 좋겠지. 아무튼 오늘 일에 대해서는 나중에 내가 따로 야일화를 직접 만나 물어보겠네. 무사들이 돌아오지 않았다면 어디 다른 곳에 심부름이라도 보낸 것이겠지."

"알겠습니다."

"마지막으로 만월교에서 온 자들은 유심히 관찰하게. 혹시 허튼짓을 할지도 모르니까."

"알겠습니다."

제2장
달빛 아래 만난 원수

귀주의 여름밤은 덥지만 그래서 맑았다. 규칙적으로 들리는 새소리와 풀벌레 우는 소리.

은은하게 뿌려지는 달빛 풍경은 더욱 사람의 마음을 어릴 적 동심의 그것처럼 푸근하게 했다. 하지만 모두에게 그렇게 다가오는 것은 아니다.

"개자식!"

좋은 풍경과 풀내음이 퍼져 가는 가운데 짜증스런 욕지거리가 나직이 울려 퍼졌다. 달빛을 멍하니 바라보고 있던 야일화가 삼 일 전 있었던 황당한 일을 생각하며 내는 소리였다.

그녀는 아직도 그 일에 대해 울화가 치밀어 미칠 지경이었다. 감히 적룡문의 금지옥엽, 설사 다른 문파의 사람이라 해도 함부로 할 수 없는 자신에게 그렇게 더러운 짓까지 할 빌어먹을 녀석이 있다는 것이 놀라울 뿐이었다.

"도대체 어느 문파지? 구강으로 오는 길이었으니 분명 할아버지 생신 축제에 오는 자가 분명한데. 한번 물어볼까?"

그런 마음은 굴뚝같았지만 그녀는 이내 고개를 저었다. 물어보는 것이 큰 문제는 아니지만 혹시 자신이 당한 일이 알려질 수도 있었기 때문이다. 그때 보았던 기생오라비 같은 녀석의 언행으로 보아 충분히 떠벌릴 가능성이 있었다.

"나쁜 자식!"

결국 욕으로 자신의 화를 달랜 그녀는 끓어오르는 화를 잊기 위해 침상으로 향했다. 잠이라도 자면 나을지도 모른다. 하지만 막 침대 위에 누우려 할 때 밖에서 시비의 목소리가 그녀를 방해했다.

"아가씨, 진하입니다."

야일화는 짜증이 잔뜩 묻어나는 목소리로 외쳤다.

"무슨 일이야?"

"드릴 말씀이 있어서요."

그녀는 문도 열지 않은 채 침상에 누우며 물었다.

"뭔데?"

"아가씨의 친구 분이 오늘 적룡문으로 오시는 것을 우연히 보았습니다."

"친구?"

"네, 예원이라는 아가씨와 친분이 있지 않으십니까?"

"예원? 예원이 왔단 말이야?"

"그렇습니다."

야일화는 시비의 말에 벌떡 자리에서 일어났다. 아주 오래전부터 적룡문과 만독부는 상당한 친분이 있었고, 적룡문이 만월교와 연합이라는 것이 알려지기 전까지는 자주 왕래를 하며 서로 친분을 쌓았었기 때문이다. 특히 만독부주의 손녀 예원은 그녀와 나이도 비슷한 데다 대화가 잘 통했기에 가깝게 지냈었다.

그녀는 문을 열며 시비 진하에게 기대감이 묻어나 있는 표정을 지었다. 조금 전의 어두운 기분은 완전히 사라진 상태였다.

"언제 왔지?"

"저녁쯤에 만독부에서 사람이 왔다는 것을 들었사온데, 좀 전에 이곳으로 오는 길에 멀리서 보았습니다."

"그래? 지금 어디 있어?"

"천진원에 계신 것으로 알고 있습니다. 어느 건물에 있는지는 자세히 모르겠구요."

시비는 야일화의 표정을 살피며 은근히 물었다.

"알아봐 드릴까요?"

그녀는 고개를 저며 장난기 가득한 미소를 지었다.

"아니, 내가 직접 찾아볼게. 갑자기 찾아가서 놀라게 해주는 것도 좋을 거야. 그런데 천진원에 있는 것이 확실하지?"

"네."

"알겠으니 이만 가봐!"

그녀는 시비를 보내고 급히 옷을 갈아입었다. 상당 기간 땀냄새만 풀풀 풍기는 적룡문의 무사들만 상대했던 그녀, 그런데 정말 오랜만에 수다를 떨 수 있는 기회가 찾아왔으니 기다릴 수 없는 것은 당연했다.

준비를 마친 그녀는 빠른 걸음으로 방을 나섰다. 거의 사 년 만에 만나는 것이었기에 무슨 이야기부터 떠들어댈까 잔뜩 기대하면서였다. 우선 천진원에 대기 중인 적룡단의 무사를 붙잡고 물어볼 생각을 하고 있었다. 하지만 그녀의 걸음은 천진원을 지나 울창한 숲길을 지날 때 멈춰질 수밖에 없었다.

"너, 너, 너……!"

그녀는 말도 제대로 꺼내지 못하며 분노에 몸을 부들부들 떨기 시작했다. 며칠 전 객잔에서 자신을 농락했던 그 빌어먹을 놈이 숲길 한쪽에 서 있었기 때문이다.

"너 이 변태자식!"

적룡문 금지옥엽의 입에서 튀어나올 말은 아니었지만 다행히 밤이라 욕을 들은 변태(?) 이외에는 사람이 없었다.

갑작스레 여인이 다가오다 멈추며 터져 나오는 욕지거리!

당연 달빛을 감상하며 이번 일을 어떻게 해결할지 생각하고 있던 악마금은 인상을 쓸 수밖에 없었다. 그저 달구경을 하러 나온 사람인 줄 알았는데 욕을 하고 있으니. 졸지에 변태가 되어버린 악마금은 표정을 구기며 욕지거리를 내뱉은 여인을 바라보았다. 그리고 이내 일그러진 표정을 점점 풀어 미소 짓기 시작했다. 자신이 아는 사람이었던 것이다.

"호! 이게 누구신가? 대적룡문의 고귀하신 분이 이런 곳에 어쩐 일인가?"

그의 비꼬는 듯한 말에 야일화는 나직이, 하지만 강한 억양으로 외쳤다.

"개자식, 역시 이곳에 오는 녀석이었구나! 그러면서 나에게 그따위 짓을 해?"

"호호, 왜? 그러면 안 되나?"

순간 이성을 잃은 그녀는 검이 없었기에 주위에 떨어져 있는 제법 굵은 나뭇가지 하나를 급히 주워 들었다. 적룡문주의 딸이었으니 당연히 상당한 무공 실력의 소유자였고, 적룡문의 독문심법인 단수공(丹首功)과 비전절기인 적룡화검(赤龍火劍)을 익히고 있었기에 나이에 비해 상당한 실력이 있었다. 그러니 자신감이 차 있을 수밖에…….

실제 며칠 전의 악마금을 생각한다면 할 수 없는 행동이었지만, 그때는 어이없이 당했다고 생각을 했었다. 누가 공격했는지도 모르게 여기저기 두들겨 맞으며 고통을 당했으니 그런 생각이 들 수밖에 없는 것이다. 악마금보다는 그를 호위하는 무사들의 실력이 대단하다고 생각하고 있을 뿐이었다.

"흥! 호위도 없는 놈이 입만 살았구나!"

그녀의 말에 악마금은 피식 웃었다.

"그래서? 네가 날 어떻게 할 수 있다고 생각하나?"

"닥쳐! 그때는 어떤 비겁한 수를 썼는지 모르겠지만 지금은 달라! 이번 기회에 내게 거슬리면 어떤 대가를 치르는지 몸소 가르쳐 주도록 하겠어."

"호호호, 그 말은 내가 자주 쓰는 거지. 하지만 지금은 적룡문을 어떻게 요리할지를 생각하느라 머리 터질 지경이니까 조용히 지나가라. 네가 적룡문주의 딸이기 때문에 한 수 접어주는 거니까 운 좋은 줄 알고."

"미친놈! 감히 내 앞에서 적룡문을 요리한다고 잘도 떠드는구나! 그러고도 무사할 줄 알아? 아버지에게 모두 말해 버리겠어."

"크하하하하!"

그녀의 말에 악마금은 대소를 터뜨리더니 더욱 음흉한 미소를 지었다.

"넌 말할 수 없는 처지 아닌가?"

"뭐?"

"후후, 나에 대해 말을 한다면 시집은 다 간 꼴이지. 잊었어? 말만한 처자가 바닥을 엉금엉금 기며 오줌을 지렸던 거. 난 아직도 기억에 생생한데."

"가, 감히, 내게 협박을……!"

"협박? 글쎄, 난 사실을 말할 뿐이니 협박이라고 하기에는 뭐하지. 아무튼 정 말하고 싶다면 해봐. 나도 그때 얼마나 재미난 구경을 했는지 전 무림에 떠들고 다녀주지. 아, 맞다. 떠들고 다닐 필요도 없겠군. 지금 이곳에 전 지역의 수많은 문파에서 와 있으니까. 크크크."

순간 야일화의 얼굴색이 하얗게 탈색됐다. 그리고 분노를 참지 못한 손이 빠르게 움직였다.

쉬이익!

"죽어!"

어느 정도 내공이 실렸는지 나뭇가지가 괴음을 퍼뜨리며 악마금을 횡으로 베어나갔다. 하지만 그에 신경 쓸 악마금은 아니었다. 잠깐 인상이 꿈틀거리기는 했지만 이내 가소롭다는 듯 손가락을 튕겼다. 그러자 탁 하는 소리와 함께 다가오던 나뭇가지가 허공에서 산산이 부서져 흩어졌다.

멀쩡하던 나무가, 그리고 내공을 실어 쇠몽둥이보다도 더 단단한 나무가 손잡이만 남긴 채 부서지자 야일화는 경악할 수밖에 없었다. 순간 객잔에서의 일이 생각나 방어적인 자세를 취하며 뒤로 훌쩍 물러섰다.

"어림없는 짓!"

악마금은 물러서는 그녀를 가만두지 않았다. 빠른 신법으로 따라 들어가며 그녀의 멱살을 잡아채 버렸다. 그리고 싸늘하게 식은 말투는 상대를 겁에 질리게 하기 충분했다.

"그냥 조용히 넘어가려고 했는데, 빌어먹을 년이 호의를 무시하는구나. 죽고 싶어?"

멱살을 쥔 손이 목까지 조여들자 그녀는 경악에 찬 눈으로 떠듬거렸다.

"어, 어떻게 이렇게 빨리?"

"그딴 소리 하기 전에 네 몸부터 걱정하는 것이 어때?"

그러면서 악마금이 손을 올려 그녀의 뺨을 후려쳤다.

짝!

경쾌한 소음과 함께 야일화의 목이 휙하니 돌아가며 바닥에 무너져 내렸다. 악마금이 내공을 싣지는 않았지만 꽤 힘을 주어 쳤기 때문이다. 바닥에 쓰러진 그녀는 뺨을 어루만지며 치욕스러운 듯한 표정으로 울먹거렸다.

"어떻게 내게 이렇게 대할 수 있어? 내가 누군 줄 알고!"

"닥쳐!"

"……."

"조용히 목숨 부지하고 싶으면 앞으로 날 건드리지 않는 것이 좋을 거다. 수틀리면 네년의 목을 따버릴 테니까. 알겠어?"

거친 악마금의 말에 그녀는 멍하니 있을 수밖에 없었다. 그때 악마금이 꼴도 보기 싫은 듯 외쳤다.

"알아들었으면 꺼져! 네 면상 마주 대하기도 질린다."

말과 함께 그는 몸을 돌리며 다시 달을 바라보기 시작했다. 좀 전에 있었던 일을 전혀 모르는 양 뒷짐까지 지고서였다. 흡사 달 구경이라도 나온 듯한, 고뇌에 찬 유생 같은 모습이었다.

야일화는 한참 후에나 몸을 일으켰다. 그리고 악마금을 바라보고는 눈빛을 번뜩였다.

"꼭 후회하게 만들어줄 거야!"

"뭐?"

"후회하게 만들어줄 거라고."

악마금이 험악한 표정으로 그녀를 돌아보자 야일화는 입 안으로 중얼거리며 도망치듯 천진원을 빠져나가 버렸다. 괜스레 예원을 찾아왔다가 봉변을 당했으니 더욱 기분이 나빴지만 도망치는 것 이외에는 할 수 있는 일이 없었던 것이다. 그것이 못내 창피하고 울화가 치밀었지만 어쩔 수 없는 상대였으니 꼬리를 말 수밖에 없다.

그녀가 사라지자 악마금은 고개를 설레설레 저었다.

"후회하게 만들어줘? 누가 누굴? 버릇없는 계집은 어쩔 수 없군. 그런데 어떻게 하지?"

그는 다시 적룡문에 대해 생각을 했다. 적룡문의 대우로 보아 이미 갈 길을 정한 듯한데, 바꿀 방법을 생각해 두지 않았기 때문이다. 무공에 대한 것 이외에 오랜만에 머리를 굴리던 그는 한참 후에 짜증이 잔뜩 묻어나는 투로 입을 열었다.

"협박이라도 해야 하나? 아니면 인질이라도?"

문득 그는 좀 전에 도망쳤던 야일화를 생각하며 웃음을 지었다.

"예의라고는 눈을 씻고 찾아봐도 없는 놈이니."

자신 또한 그녀보다 더했으면 더했지 덜하지 않다는 것은 생각하지 않는 악마금이었다. 하기야 자신의 눈썹은 보질 못하는 법이니까.

아무튼 그저 흘러가듯 떠오른 생각이었지만 막상 그런 쪽으로 머리를 굴리자 가능성이 충분하다는 계산이 서기 시작했다. 어차피 남들의 시선과 정의, 의리, 무인의 자존심 따위는 그에게 없으니 가장 좋은 방법 같기도 했다.

"저따위 년은 억울해하지도 못하겠지. 버릇도 고쳐 주고 말이야. 흐흐흐. 아무튼 마지막 방편으로 그것도 생각해 봐야겠군. 최후에 최후의 보루로."

제3장
복수의 칼날을 갈아라.

"어서 와!"

반갑게 맞이하는 예원의 인사에도 야일화의 표정은 어둡기만 했다. 어제 악마금을 만난 일이 머리 속을 밤새도록 괴롭혔기 때문이다. 그런 그녀의 표정을 보자 예원은 오랜만에 만난 만큼 서운함을 느꼈으나 표정을 숨기며 물었다.

"무슨 걱정이라도 있니?"

"아니야."

"그런데 얼굴 표정이 왜 그래? 우리가 얼마 만에 만난 줄 알고 있어?"

"잠을 못 자서 그럴 거야."

순간 예원이 의미심장한 미소를 지었다.

"호호, 너 좋아하는 남자라도 생긴 거니?"

"무, 무슨 소리야?"

"훗, 어느 대단한 문파의 후기지수일까? 너의 마음을 빼앗다니 궁금한걸?"

"그런 거 아니라니까!"

장난이었음에도 신경질적인 반응을 보인 야일화를 향해 예원은 의아한 표정을 지었다. 자신이 알고 있는 야일화는 도도하면서도 장난을 잘 받아주는 그런 아이였기 때문이다. 오랜만에 만났기에 약간의 변화가 있을 수도 있겠지만 단지 그것 때문이 아닌 것 같았다.

예원 또한 갑자기 심각한 표정이 되어 물었다.

"정말 무슨 일이 있는 거니?"

"나를 정말 화나게 하는 녀석이 있어."

"너를 화나게 해?"

"그래. 나쁜 자식!"

전에 없던 거친 욕설에 예원은 더욱 궁금한 표정으로 한참 동안 야일화의 분노에 찬 모습을 바라보았다. 적룡문이라고 한다면 귀주에서 알아주는 거대 문파. 그 문파에서 금지옥엽으로 자라난 문주의 딸을 화나게 한다는 것이 선뜻 이해가 되질 않았다.

"도대체 누군데?"

잠시 눈치를 보며 묻는 그녀의 말에 야일화는 입을 열려다 말고 우물거렸다. 그리고 고개를 젓는 그녀.

"그런 녀석이 있어. 분명 후회하게 해줄 거야."

"음……."

분위기가 이상하게 변해가기 시작했다. 예원은 뭔가를 말하려고 했지만 결국 꺼내지 못하고 입을 다물었다. 잠시 후 그녀는 어색한 분위기를 돌리기 위해 애썼다.

"그자가 누군지 모르겠지만 네 화를 감당할 수는 없을 거야. 아무튼 야일림은 어떻게 됐니? 돌아왔어?"

"며칠 전에 돌아왔는데, 얼굴도 제대로 못 봤어."

"왜?"

"몰라. 그 녀석 은근히 날 피하는 눈치란 말이야."

그 말에 예원이 갑자기 웃음을 터뜨렸다. 그녀는 야일림이 자신의 앞에 있는 그의 누나 야일화를 얼마나 싫어하는지 잘 알고 있었기 때문이다. 안 봐도 뻔한 그림이 머리 속에 그려지고 있었다.

그녀가 가늘게 뜬눈으로 미소를 짓고 있자 야일화가 뾰로통한 표정으로 물었다.

"왜 그래?"

"아, 아니야. 그냥 웃음이 나와서……. 쿡!"

그녀가 무슨 생각을 하고 있는지 짐작을 했던 모양이었다. 야일화 또한 미소를 지었다.

"하긴, 그 녀석이 날 보고 싶어할 리가 없지. 훗, 한번 불러볼까?"

"지금?"

"그래, 너도 한번 봐야 하잖아. 콧물 질질 흘릴 때 보고 한번도 못 봤으니까."

"그건 그런데, 올까?"

"호호, 내가 누구야?"

말과 함께 그녀는 건물 쪽에서 걸어오는 적룡단 무사 하나를 불렀다. 그러자 호명된 무사는 잘못 걸렸다는 표정을 역력히 드러내며 헐레벌떡 다가와 고개를 숙였다.

"부르셨습니까, 아가씨?"

야일화는 거두절미, 바로 명을 내렸다.

"지금 림이를 이곳으로 불러와! 아마, 안 오려고 별 핑계를 다 댈 거야. 그럼 내가 올 때까지 여기에서 기다린다고 전해."

"그거면 되겠습니까?"

"참, 그리고 만약 이각 이상 날 기다리게 하면 나중에 어떻게 될지는 알아서 상상하라고 그래. 그럼 당장 달려올 거야."

"아, 알겠습니다."

진땀을 흘리던 무사는 급히 몸을 날려 그녀들에게서 멀어졌다. 그가 사라지길 기다려 예원이 웃으며 입을 열었다.

"역시 넌 동생을 괴롭히는 걸 너무 좋아하는 것 같아."

"호호호, 그게 내 유일한 낙이잖아? 어릴 때 그 녀석이 운남으로 가는 바람에 얼마나 심심했는데……."

"괴롭힐 사람이 없어서겠지?"

"당연하지!"

"호호호!"

"호호!"

둘은 뭐가 즐거운지 연신 웃음을 흘렸다. 그렇게 이각이 다 되어갈 때쯤 두 명의 사내가 다가오는 것이 보였다. 왼쪽은 그녀들의 생각대로 야일림이었고, 오른쪽은 이십대 중반 정도로 보이는, 검을 찬 준수

한 모습의 사내였다.

그들이 다가오자 야일화가 생긴 것과는 전혀 다른 음흉한 미소를 지었다.

"왜 이렇게 보기가 힘드시나, 우리 차기 문주님?"

그녀의 말에 야일림은 한껏 인상을 찌푸렸으나 사람들 앞에서 굳이 언쟁을 하고 싶지 않았기에 꾹꾹 눌러 참는 눈치였다. 그래도 이대로 당할 수는 없는지라 은근히 화제를 돌려 옆에 대동하고 온 사내를 가리켰다.

"우선 인사해."

"누구시지?"

"대천문(大川門)의 청연(靑煙) 소협이셔. 들어봤지?"

무림 정세에 그리 관심이 없던 야일화는 고개를 갸우뚱거렸으나 예원이 눈을 동그랗게 뜨며 아는 척을 했다.

"아! 대천문의 청연 소협이라면 삼 년 전 단목문에서 주최했던 비무 대회에서 우승을 한 분인 걸로 알고 있는데, 맞죠?"

그녀의 말에 내심 기분이 좋은 청연은 오히려 겸양의 미소를 지으며 고개를 숙였다.

"그리 대단한 일도 아니었는데요. 알아봐 주셔서 감사합니다."

"대단한 일이 아니라뇨? 그때 비무에 참가했던 인원이 삼백 명이 넘었다고 들었는데요."

"하하, 그거야 어중이떠중이들이 많이 모였으니까요. 실제 대진 운이 상당히 좋았던 편이었습니다. 그렇지 않았다면 어떻게 되었을지 모르는 일이죠."

"훗, 겸손하시군요."

"별말씀을. 그런데……."

그는 예원과 야일화를 번갈아 쳐다보기 시작했다.

"이분은 적룡문주님의 따님이신 걸로 알고 있고, 여협께서는 어디에서 왔는지요?"

예원 대신 야일화가 대답을 했다. 그녀는 앞의 이 청연이라는 멀끔하게 생긴 사내가 그리 마음에 들지 않는 표정으로 슬쩍 시선을 돌린 채 동생을 바라보고 있었다.

"너도 알지? 예원이라고 만독부의 내 친구. 어릴 때 몇 번 보았잖아."

"아! 그랬군요. 안녕하셨어요?"

"호호, 그래. 십 년 만인가? 아무튼 못 본 사이에 많이 늠름해졌구나."

화사한 미소에 담긴 칭찬은 야일림을 기분 좋게, 하지만 조금은 쑥스럽게 만들었다. 하지만 누나 야일화가 끼어들어 그의 마음을 완전히 잡쳐 버렸다.

"늠름하기는 무슨……. 지 밥벌이도 못할 것 같은데."

발끈한 야일림이 벌컥 소리쳤다.

"무슨 소리! 누님보다는 낫습니다."

"호! 그래서? 그럼 나와 한번 비무를 해볼래?"

"흥, 하자면 못할 줄 압니까?"

분위기가 묘하게 변하자 청연이 너털웃음을 터뜨리며 끼어들었다.

"하하, 남매 사이가 상당히 좋군요."

야일화는 인상을 찌푸리고, 야일림은 쓴웃음을 지었다. 그러자 청연은 화제를 돌리며 말을 이었다.

"그런데 이번 비무대회에 상당히 많은 인원이 참가할 것 같은데, 야일림 소협은 어떻게… 당연히 출전하겠죠?"

"저는 마음이 내키지 않는데 아버님께서 출전하라고 하시더군요."

"허, 그럼 저에게 강력한 경쟁자가 생긴 셈이군요. 우승이 더욱 힘들 것 같은데요?"

"하하, 제가 어찌 청 소협에게 비교가 되겠습니까? 적룡문이 창피만 당하지 않으면 다행이지요. 아무튼 저는 걱정입니다. 비무대회가 축제 마지막 날인 닷새 후인데 그때까지 수련을 한다고 해서 느는 것도 아니고……."

"점창파에서 십 년이 넘게 수련을 했는데 무슨 걱정이십니까? 그곳의 수련 강도는 전 무림이 다 알고 있는데요."

"제가 워낙 재능이 없어서죠. 청 소협은 저보다 오히려 상황(上皇) 어르신의 제자 분을 염두에 두어야 할 겁니다."

그의 말에 청연은 물론 예원과 야일화까지 놀랍다는 듯한 표정을 지을 수밖에 없었다. 상황이란 귀주에서 가장 강하다고 알려진 인물. 화경이 된 후, 삼십 년의 철혈 같은 수련을 통해 거의 탈반경, 즉 무림인들이 말하는 출가경까지 근접했다는 인물이었기 때문이다. 결국 출가경을 넘지 못하고 회의에 빠져 은거한 귀주의 기둥이라 불리고 있었지만 남무림에 출가경의 고수는 통틀어도 두 명밖에 되지 않는다는 것을 감안한다면 역시 대단한 것일 수밖에 없었다.

게다가 상황 어르신의 나이는 이미 백구십 세가 넘었으니 배분으로 보나, 실력으로 보나 귀주에서는 최고의 대우를 받는 것이 당연한 일이었다.

특히 그는 나이답지 않게 쾌검을 추구하는 검수로 유명했는데, 사람들을 경악하게 한 점은 그의 처음 일 초를 제대로 받아낸 사람이 없었다는 것이다. 그러니 그 다음 초식을 제대로 구경한 사람이 있을 리가 없었다. 혹자는, 처음의 일 초보다 그 다음 수가 더욱 강할 것이라고 말하기도 했다.

하지만 그의 이름을 유명하게 한 것은 또 있었다. 실력도 실력이지만 제자를 안 받는다는 것이다. 그런데 은거 중 돌연히 이십 년 전 제자를 거뒀다는 소문이 떠돌았고, 당시 수많은 무인들은 누구인지 모르지만 그의 제자를 상당한 부러워할 수밖에 없었다.

귀주 최고의 고수이자 배분 높은 상황의 제자가 된다는 것, 그리고 그의 놀라운 쾌검을 배울 수 있다는 것은 수많은 후기지수들의 동경의 대상이 될 수밖에 없었기 때문이다.

아무튼 특별히 몸담고 있는 세력 없이 은거하고 있던 상황의 제자가 이번 비무대회에 참가를 한다니 놀라운 일었다. 그러니 은근히 기대를 하고 있었던 청연은 떨떠름한 표정을 지을 수밖에 없었다.

"왜 갑자기 이번 비무대회에 참가를 했을까요?"

예원이 그에 대답했다.

"벌써 이십 년이란 시간을 수련했으니 자신의 실력을 시험하고 싶었겠죠. 아직 어떻게 생겼는지 보지는 못했는데, 림이는 봤니?"

"어젯밤에 도착했다고 들었을 뿐입니다. 정문을 지키던 무사들의 말로는 상당히 잘생긴 검수라는데 나이가 조금 맞지 않는 것 같았습니다."

"나이가 왜?"

"어릴 때 제자로 받아들여졌다 해도 이십 년이나 수련을 했으니 최소한 이십대 중반은 되어야 하는 것이 정상인데, 이제 약관 정도의 나이로 보일까 말까 했다고 하더군요."

"설마, 화경의 고수는 아니겠지?"

다시 청연이 끼어들었다. 그는 조금 자존심이 상해 보이는 표정으로 입을 열고 있었다.

"설마 그럴 리가요. 많이 잡아봐야 서른일 텐데, 그 나이에 어떻게 화경에 들어설 수 있겠습니까?"

"하지만 전에 그자도……."

"그자라니요?"

예원은 말을 하다 말고 급히 입을 다물어 버렸다. 악마금이 떠올랐던 것이다.

그에 궁금증이 들었던 야일화가 물었다.

"전에 그자? 누구?"

"아, 아니야."

예원은 야일림과 청연의 눈치를 보며 고개를 저었다. 만독부는 이미 만월교를 도와주기로 했고, 그것을 굳이 드러낼 필요가 없다고 생각했기 때문이다. 야일화는 상관없겠지만, 청연에게는 껄끄러운 만독부의 치부를 드러내는 일일 수밖에 없었다.

모두의 공적인 만월교에 붙었다는 소리를 들어서 좋은 일이 있을 리 없고, 만독부의 자존심인 자신의 할아버지가 한낱 애송이, 어린 놈에게 패했다는 것을 선전할 필요도 없었다.

그녀는 약간 무안한 마음이 들었던 모양이다. 모두가 어색한 표정으로 자신을 바라보자 얼굴을 붉히며 고개를 숙였다.

"저는 조금 피곤해서 먼저 들어가 볼게요."

"같이 가!"

야일화가 예원을 따라가자 그것을 보고 있던 두 사내의 표정은 정반대로 변해 있었다. 야일림은 보기 껄끄러운 누이가 별일없이 사라지니 다행이라는 표정, 청연은 무림에서 알아주는 문파이자 얼굴까지 빼어난 미녀들이 사라짐에 은근히 아쉬운 표정이었다.

그녀들이 완전히 시야에서 사라진 후에 청연이 슬며시 입을 열었다.

"그런데 야 소협?"

"네?"

"한 가지 물어봐도 되겠소?"

"……?"

야일림이 수긍의 뜻으로 고개를 끄덕이자 청연의 은근한 목소리가 뒤를 따랐다. 자못 진지한 표정으로.

"야 소저가 좋아하는 사람이 있는지… 알고 싶소."

"예?"

"아! 그러니까. 혹시 야 소협의 누님이 혼처를 정했는지 알고 싶다는 말이오."

그 말에 순간 야일림은 쓴웃음을 지었다. 그리고 이내 걱정된다는 듯 청연을 보며 고개를 저었다.

"제가 이런 말 하기는 뭣하지만, 누님은 포기하는 것이 좋을 겁니다."

순간 청연이 얼굴을 붉혔다. 그것이 자신이 매형으로 마음에 들지 않는다는 소리로 받아들여졌기 때문이다. 약간 긴장된, 그리고 자존심이 상한 투로 반발하고 나섰다.

"그게 무슨 소리요? 우리 대천문이 그리 큰 문파는 아니지만 무시당할 정도로……."

"아아! 그런 뜻이 아닙니다. 오해하지 마십시오."

"그럼……?"

"하하, 저희 누님이 워낙 남자 보기를 돌같이 하는 데다, 성격이 괴상하고 우악스럽기 때문이지요."

말을 하면서도 자신의 성격 나쁜 누님에 대한 흉 보기(?)에 통쾌함을 느낀 야일림은 득의한 웃음을 흘렸다. 하지만 뜻밖에도 청연의 표정은 변하지 않고 진지하기만 했다.

"그럼 아직 마음에 담고 있는 사람이 없다는 것이군요."

"흠. 왜 그러십니까?"

"아, 아니오! 저도 이만 피곤하군요. 숙소로 돌아가야겠습니다. 그럼 다음에 다시 봅시다."

괜스레 자신의 마음을 들킨 듯해 청연은 공손히 포권을 하고는 사라져 버렸다. 그 모습을 보고 야일림은 고개를 설레설레 저었다.

"외모에 속았다가는 큰코다칠 텐데. 쯧쯧! 그건 그렇고, 예원 누님도 상당히 아름다워졌는걸?!"

예원이 자신이 배정받은 방에 들어왔을 때, 야일화도 뒤를 따라 들어와 나란히 탁자에 앉았다. 잠시 후 탁자에 놓인 차를 마시던 야일화가 궁금증을 참지 못하고 물었다.

"그런데 좀 전에 말했던 것은 무슨 뜻이야?"

"무슨 말?"

"네가 그랬잖아. 전에 '그자'라는 말."

"시, 신경 쓰지 마."

순간 야일화의 눈이 가늘어졌다.

"분명 뭔가 있어. 그렇지?"

"아니라니까."

"그러지 말고 말해 봐. 나에게 못할 말이 뭐가 있니?"

"음……."

잠시 생각에 잠겼던 예원이 아무도 없는 방을 한번 돌아본 후 나직이 말했다.

"아무에게도 말하지 마!"

"당연하지."

"좋아. 사실 엄청난 고수를 본 적이 있어."

"엄청난 고수라면 어느 정도를 말하는 거야?"

"나도 그건 잘 모르겠는데, 아무튼 상상도 할 수 없을 정도로 강한 고수야."

"자세히 말해 봐, 더 궁금해지잖아!"

"너, 우리 만독부가 도균에서 만월교에게 패한 사실은 알고 있지?"

"소문으로 들었어."

"그때 만난 자야."

"그때? 어느 문파였는데?"

잠시 뜸을 들이던 예원이 역시 나직한 목소리로 전에 도균에서 있었던 일을 설명하기 시작했다. 한참 동안 그녀의 이야기를 듣고 난 야일화가 놀랍다는 듯 입을 벌렸다.

"그래서 만독부주님을 패배시킨 자라는 말이야? 그것도 만월교에서 지원 나온 고수?"

"그래. 정말 굉장했었어!"

"그럼 나이는? 젊었다며?"

"자세히는 모르겠는데, 주위 분들 말씀으로는 실제 나이가 스물다섯이 안 될 것 같다고 하셨어. 그리고 겉으로 보이는 나이는 이제 약관도 될까 말까 했고."

"정말?"

야일화는 경악하며 믿을 수 없다는 듯한 표정을 지었다. 화경의 고수인 만독부주를 간단히 제압해 버린 고수가 있다는 것도 놀랍지만, 젊다 못해 어리기까지 한 애송이가 그 원흉이라는 말에 불신을 드러내 보일 수밖에 없었다. 실제 스물다섯 살이라는 나이가 어린 나이는 아니지만 무림에서는 이십대 중반 정도는 이제 솜털도 벗지 못한 나이로 취급되었던 것이 사실이었다.

경악한 야일화의 얼굴을 보며 예원은 씁쓸히 웃으며 고개를 끄덕여 주었다.

"내가 왜 거짓말을 하겠니?"

"하지만 믿어지지가 않아. 그 나이에 화경에 오를 수 있을까?"

"나는 잘 모르겠어. 할아버지 말씀으로는 현재 무림의 무공과는 전혀 다른 길을 가고 있는 것 같다고만 하셨으니까."

"음……."

잠시 침음을 흘리던 야일화의 표정이 묘하게 변하기 시작했다.

"그런데… 이런 거 물어봐도 되는지 모르겠네?"

"뭘?"

"잘생겼어?"

그녀의 엉뚱한 질문에 예원이 새침한 미소를 지었다.

"너, 잘도 그런 말을 하는구나?"

"뭐, 어때, 우리끼리인데. 아무튼 말해 봐. 어떻게 생겼어?"

"잘생겼다고 딱 꼬집어 말할 수는 없었어."

"무슨 소리야?"

"글쎄… 굳이 따지자면 여자처럼 예쁘장하게 생겼다고나 할까? 아름다운 것 같기도 하고."

"무공도 세고, 만월교의 책임자로 왔다니 신분도 대단할 거고, 잘생겼고. 멋진 남자인 것 같다?"

문득 야일화가 부러운 듯한 표정을 지었지만 예원은 소스라치게 놀라며 펄쩍 뛰었다.

"말도 안 되는 소리 하지 마! 직접 보면 넌 꼼짝도 못할걸."

"왜?"

"겉으로 드러나는 모습과 분위기는 완전히 달라. 그냥 보면 모르겠는데 한번 표정을 굳히면 정말 소름이 돋을 정도로 차갑게 보여. 게다가 너무 잔인한 성격이야."

의외의 반응이 나타났지만 야일화는 더욱 미소를 지었다.

"호! 난 그런 남자가 좋더라."

그녀의 말에 예원은 인상을 쓰며 한심하다는 눈으로 야일화를 바라보았다.

"너랑 말을 말아야지. 으휴!"

"왜? 너도 나처럼 매일 굽신거리며 아부나 하는 사내 녀석들만 보고 있어봐. 얼마나 한심해 보이는 줄 알아?"

"그래도 그렇지……. 그런데 그래서 그런 거야?"

"뭘?"

"아까 전에 청연 소협을 만날 때 너 기분이 별로 안 좋아 보였거든."

"흥! 그런 능글맞은 녀석은 신경도 안 써. 분명 속으로는 꿍꿍이를 숨기고 있는 녀석이 분명해."

"그렇게 보였니? 난 인상이 좋던데."

"그 녀석의 인상이 좋다고?"

"그렇던데……. 게다가 대천문은 그리 크지는 않지만 실속있다고 들었어. 청연 소협은 그곳에서 차기 문주로 지목되어 있고, 검술 실력은 삼 년 전 단목문 비무대회에서도 드러났지만 정말 대단해. 그 정도면 괜찮지 않니?"

"난 싫어. 왠지 웃으며 다가오는 자들은 기분이 나빠. 특히, 적룡문을 생각하며 굽신거리는 녀석들은 밥맛이야."

"왜 그런 걸까?"

예원은 그녀를 이해할 수 없다는 듯 고개를 갸우뚱거렸지만 이내 의미심장한 미소를 지으며 야일화의 얼굴을 뚫어지게 바라보았다. 갑자기 그녀가 자신을 뚫어지게 쳐다보자 무안했던 야일화가 떠듬거렸다.

"왜, 왜 그런 눈으로 보는 거니?"

"호호, 네 취향을 알 것 같아서."

"취향?"

"그래, 남자를 보는 취향 말이야. 호호호!"

"어떤 것 같은데?"

약간의 기대감이 섞인 그녀의 말이었지만 예원은 장난스럽게 그녀의 기대를 짓밟아 버렸다.

"겉으로는 강한 척하지만 넌 분명히 남자에게 순종하고 싶어하는 거야."

"순종?"

눈을 동그랗게 뜬 야일화를 향해 예원이 단호하게 고개를 끄덕였다.

"그래. 아주 거친 남자에게 아무런 말도 못하고 수줍어하고 싶어하는 그런 거 있잖아? 일종의 지배를 당하고 싶어하는 여자라고나 할까? 호호호!"

"말도 안 되는 소리 하지 마!"

야일화가 버럭 소리를 질렀다. 그러나 그녀 자신이 곰곰이 생각해 보아도 그럴 가능성이 있다는 생각이 들자 음흉한 미소를 지었다.

"그럴지도 모르지. 하지만 꼭 그렇게 단정지을 수만은 없을 거야."

"무슨 말이니?"

"나도 버르장머리없는 녀석을 알고 있거든. 꼭 복수를 해줘야 할 녀석. 그 녀석은 정말 마음에 안 들어!"

"누군데? 정원에서 말했던 그 남자야?"

"몰라도 돼!"

"치, 나는 다 말했는데, 넌 뭐니? 말해 줘!"

잠시 생각하던 야일화가 객잔에서 벌어진 일을 이야기했다. 물론 악마금 앞에서 그녀가 당한 창피한 것은 숨겨 버렸다. 그녀의 말을 듣고 난 예원이 예상대로 깔깔거리기 시작했다.

"호호호, 너 제대로 당했구나? 적룡문주님의 따님께서 말이야. 호호호!"

"웃지 마! 난 정말 심각해. 꼭 복수를 해줘야 돼!"

"어떻게?"

야일화는 무언가 말을 꺼내려 했지만 입을 다물어 버렸다. 어떻게 해야 처절하게 그 빌어먹을 녀석을 혼내줄지 생각나는 방법이 없었기 때문이다. 무공으로는 안 된다는 것을 벌써 두 번이나 실감했고, 무사들을 시키자니 적룡문에 온 손님을, 그것도 문 내에서 그렇게 대할 수는 없었다.

한참 말없이 고민하던 그녀를 향해 예원이 미소를 지으며 말했다.

"이런 방법은 어때?"

"어떤 거?"

"현령검 어르신이 계시잖아!"

"할아버지?"

"그래. 널 특별히 아끼시니까 부탁드리면 충분할 것 같은데?"

하지만 야일화는 고개를 저었다.

"할아버지는 내키지 않아. 그리고 그런 일에 나설 분도 아니고."

"하지만 조심스럽게 부탁을 드리면 비밀을 지켜주시지 않을까? 그리고 겁만 주는 것으로 끝낸 후 너에게 사과만 하게 해달라고 하면 들어주실지도 모르잖아."

"할아버지는 그런 일을 받아들이지 않으실 텐데……."

"그거야 말만 잘하면 되지 않겠어?"

그녀의 말에 약간 기울어진 표정으로 야일화가 물었다.

"어떻게 말하면 될까?"

"그는 네가 적룡문주님의 딸이라는 것을 알고 있었다며?"

"그렇지!"

"그걸 강조하는 거야. 아무튼 너를 그런 식으로 대한 것은 적룡문을 무시했다는 거잖아. 어르신은 적룡문에 대한 자부심이 강한 분이시니까 분명 네 부탁을 들어주실 거라고 봐."

"음. 하지만 어떻게 그 녀석과 할아버지를 대면시키지? 그 녀석이 '나 죽여주세요' 하고 따라오지는 않을 것 아냐? 게다가 할아버지도 만수장(萬獸莊)을 나오지 않으실 거고."

"그럼 그자가 어느 문파인 줄은 알고 있니?"

"몰라. 알아볼 생각도 못했어."

"그럼 숙소는?"

"그것도 모르지만 알아낼 수는 있어. 어제 만났던 장소에서 가까운 건물을 뒤져 보면 되니까. 그런데 그건 왜?"

순간 예원은 장난기 가득한 미소를 지었다.

"찾아가서 비무를 신청해."

"비무? 하지만 그의 무공 실력은 나와 비교가 되지 않게 강해."

"너보고 진짜 비무를 하라는 것이 아니야. 그렇게 해서 만수장으로 끌어들이라는 거지."

"하지만 그가 나와 비무를 할 이유가 없잖아."

"없긴 왜 없어? 아니면 계속 찾아와 복수를 해줄 거라고 말해. 그리고 이번 비무에서 너를 이기면 절대 찾아오지 않고 아는 척도 하지 않겠다고 말하면 분명 들어줄 거야."

"하지만 그 녀석의 성격으로 보아 충분히 거절하고도 남을 놈이던데……."

"성격이 상당히 괴상하다며? 자존심도 강하고?"

"그랬던 것 같았어."

"그런 자라면 분명 거절하지 않을 거야. 자만심이라는 것이 깊이 자리잡고 있거든. 그리고 만수장을 알 수도 있으니까 말하지 말고 믿을 만한 무사를 보내 안내를 맡겨. 그럼 현령검 어르신이 있는 줄은 상상도 못하겠지."

그녀의 말을 듣자 야일화는 키득거렸다. 멋모르고 왔다가 무림에서 알아주는 실력자, 자신의 할아버지를 보고 겁에 질린 빌어먹을 놈의 표정이 눈에 선하게 그려졌던 것이다. 누가 뭐래도 현령검 야일지는 적룡문에 있는 두 명의 화경 고수 중 하나였으니까.

갑자기 득의한 미소를 지으며 그녀가 자리에서 벌떡 일어섰다.

"나 지금 갈게."

"벌써? 오랜만에 만났는데 좀 더 이야기하고 가지 그래?"

"아니, 나에게는 정말 중요한 일이야. 그 녀석이 내 앞에 무릎 꿇고 비는 모습을 하루빨리 보고 싶어. 그리고 너는 축제가 끝날 때까지 있을 것 아냐?"

"그건 그렇지만 이틀 후에는 성규문을 찾아가야 하는데."

"성규문?"

"응, 그곳에 할아버지의 심부름이 있었거든."

"알겠어. 그럼 오늘 다시 찾아올게."

그녀는 얼마나 다급했는지 예원의 대답도 듣지 않고 방을 빠져나가 버렸다.

제4장
포기해야만 하는 복수

악마금은 적룡문 무사의 안내를 받으며 만수장으로 가고 있었다. 그는 지금 가는 곳이 만수장인지는 몰랐지만 입가에는 분명 미소가 걸려 있었다. 그것도 냉소적이면서도 비릿한 미소였다. 낮에 찾아왔던 뜻밖의 손님, 야일화의 비무 신청이 황당하기는 했지만 그것을 곧이곧대로 믿을 악마금은 아니었다. 분명 무슨 함정을 파놓았을 것이란 생각을 하고 있었던 것이다.

하지만 악마금은 상관하지 않았다. 함정이 있다면 뚫으면 그만이니까. 그것이 그의 생각이었다.

함정이 무엇인지는 모르지만 지금의 악마금에게는 전혀 위협적이지 못한 것이다. 게다가 함정이라는 것은 적에게 들키지 않아야 하는 것. 그런 만큼 제삼자에게도 은밀한 비밀을 요하는 것이다. 그러니 그로서는 오히려 잘된 일이라 할 수 있었다. 눈치 볼 것 없이 그녀의 함정을 무너뜨리고 그녀까지 흠씬 두들겨 줄 수 있을 것이기 때문이다.

자신을 상대로 복수를 포기할 줄 모르는 괘씸한 그녀에게 어떤 방법으로 고통을 줄까, 이런 저런 생각을 하는 가운데 벌써 거대한 정원에 도착해 있었다. 역시 남무림 최강의 문파답게, 문 내에 있는 정원은 담도 없는 넓은 숲과 같아 보였다.

"안으로 들어가시면 됩니다."

무사가 약간 두려운 표정을 드러내며 손으로 숲 저편을 가리키자 악마금이 물었다.

"그녀가 저기에 있나?"

"저는 자세한 것을 모릅니다. 아가씨가 시키는 대로 모시고 왔을 뿐! 그럼 이만!"

무사가 멀어지는 것을 바라본 악마금은 이내 시선을 돌려 정원으로 걸어가기 시작했다. 어느 정도 걸어가자 동물의 형상을 한 수많은 조각 석상들이 줄줄이 늘어서 있는 것이 보였다. 그리고 석상 주위에는 잘 다듬어진, 그것도 인위적인 손길로 다듬어진 것 같은 기화(奇花)들이 형형색색으로 그 모습을 뽐내고 있었다.

석상의 나열은 아주 길었다. 그리고 그 끝에 펼쳐지는 원형에 가까운 들판.

들판 주위 역시 꽃이 있었다. 이곳 주인은 꽃과 나무를 아주 사랑하는 사람이라는 것을 어렴풋이 느끼던 악마금은 공터에 들어서자마자 칠팔십 세 정도는 되어 보이는 늙은 노인을 한 명 발견할 수 있었다. 푸른 비단 장포에 곱게 뒤로 묶은 백발, 그리고 몸에서 느껴지는 기운은 오히려 젊은 사내들의 그것보다 더 강렬하고 차분하게 가라앉아 있었다. 하지만 그렇다고 혈기가 있어 보이지는 않았다. 뒤돌아 가위로 가지를 치고 있는 왜소한 체형 때문일지도 모르지만 은근히 상대를 압도하는 위엄이 서려 있는 듯했다.

비무를 하자는 야일화는 보이지 않았고, 노인만 있었으므로 악마금은 그에게 다가갔다. 그가 함정의 원흉이라고 확신을 하고 있었기 때문이다.

"꽃이 아름답군요."

"허허, 고맙군."

악마금이 온 것을 예전부터 알았던 모양, 노인은 쳐다보지도 않고 차분히 입을 열었다. 하지만 위협적이지 않은 은근한 자부심이 담긴 목소리였다.

"몇 년 동안 고생하며 지금의 상태를 만들 수 있었는데, 그 대가를 자네가 지불하는구먼."

"제가 지불한다고요?"

"그렇지. 신이 이런 아름다운 꽃과 나무를 만든 이유가 뭐겠나? 사람들에게 보이기 위한 것이 아니겠나? 그러니 칭찬해 줄 사람이 있어야 핀 의미가 있는 것이지."

"듣고 보니 그렇군요."

"허허허!"

노인은 미소를 지으며 다시 꽃을 손질하기 시작했다. 그의 말대로 몇 년간 그것만 한 것인지 상당히 능수 능란한 움직임을 보였다. 무림 고수라도 할 수 없을 것 같은 고도의 정밀한 손놀림! 그것을 보며 악마금은 내심 감탄했지만 굳이 표현하지는 않았다.
"이곳에서 약속이 있었는데… 혹시 어르신은 아십니까?"
"약속?"
"그렇습니다. 어떤 버릇없는 계집이 제게 비무를 신청하더군요."
순간 노인이 웃음을 터뜨렸다.
"클클클, 자네 대단하구먼!"
"무슨 말씀이십니까?"
"그렇지 않나? 그 아이가 적룡문주의 딸인 것을 알고 있다고 들었는데… 아닌가?"
"알고 있습니다."
"그러니 대단하지. 누가 감히 적룡문주의 금지옥엽에게 그런 말을 할 수 있겠나?"
그의 말에 악마금이 비소를 흘렸다.
"흐흐흐, 저야 그딴 것은 상관하지 않으니까요."
"호! 그런가?"
"그렇죠. 다만 제게 피해를 주는 자를 싫어할 뿐입니다. 누가 되었든 저를 걸고넘어지는 걸 그냥은 못 넘어가는 성격이거든요."
노인이 고개를 돌려 악마금을 바라보았다. 꽤나 흥미로운 눈빛으로 악마금의 전신을 훑더니 다시 입을 열었다.
"그럼 상대가 강력한 고수이면 어떻게 하겠나?"
악마금의 대답에는 지체가 없었다.
"막으면 뚫습니다. 잡으면 베어버립니다. 붙들면 죽입니다."
세 문장으로 그의 뜻은 정확히 표현한 셈이었다. 그의 말에 노인은 더욱 흥미로운, 그리고 재밌다는 표정이 되었다. 이제는 손놀림까지 멈추며 악마금을 뚫어져라 바라보고 있었다.

"무공에 대한 오만인가?"

노인의 눈과 마주친 악마금의 눈이 꿈틀거리며 순간 번뜩 살기를 내뿜었다. 누가 자신을 건드릴 수 있겠냐는 강한 무인의 자존심이 담긴 눈빛이었다. 그것을 본 노인의 눈 또한 이채를 띠었다.

"자신감이라고 해두죠."

"흠! 그럼 내가 만약 자네를 걸고넘어진다면 어떻게 하겠나?"

"보아하니 적룡문에서 상당히 배분이 높으신 분 같습니다만 어쩔 수 없지요."

"허허허. 그럼, 내가 화경의 고수라면?"

악마금의 입꼬리가 슬며시 뒤틀리기 시작했다.

"상관없습니다."

"대단하군! 좋아, 자신감이라고 해두지!"

악마금과 현령검 야일지는 계속 이야기를 나누었다. 야일지가 묻고 악마금이 그에 대답하는 식인데, 그것을 멀리서 숨어 보고 있던 눈이 있었다.

야일화는 악마금을 혼내주지 않고 이야기만 나누고 있는 할아버지에게 약간의 답답함을 느끼고 있었다. 빨리 저 앞뒤 못 가리는 버릇없는 녀석을 혼내주고 자신이 짠 하고 등장해 그간 받았던 수모를 갚아주고 싶었던 것이다.

하지만 이야기가 계속 길어지고 있으니 조바심이 날 수밖에 없었다. 하기야 처음부터 불안하기는 했다. 할아버지에게 부탁을 했을 때, 허허거리며 웃으시던 모습이 기억난 것이다.

"네게 그런 식으로 대하는 자가 있었다는 것이 믿기지가 않구나! 도대체 어떤 자인지 보고 싶은데?"

부탁을 들어주겠다며 했던 그 말이 걸리기는 했지만 믿었는데 지금 보니 더욱 의심만 들었다. 혹시, 이대로 넘어가는 것은 아닌가 하는 의심이……

"정말 저자가 보고 싶은 호기심에 부탁을 들어주신다고 했던 것은 아니겠지?"

혼자서 중얼거리던 그녀는 한숨을 푹 쉬었다. 그때까지도 악마금과 야일지는 부단히 말을 주고받고 있었기 때문이다.

"자신감이 있다는 것은 좋은 게야. 하지만 그 자신감을 드러내지 않고 갈무리하는 것도 처세술이라 할 수 있지."

"저는 그렇게 생각하지 않습니다. 상대에게 약한 모습을 보인다면 적만 많아질 뿐입니다. 생각해 보십시오. 만약 적룡문이 약했다면 지금까지 명맥을 유지할 수 있었을까요? 못해도 수많은 공격을 받았을 겁니다. 하지만 그렇지 않은 것은 강하다는 걸 적이 알고 있기 때문입니다. 적으로 돌리기보다는 오히려 굽신거리죠. 저는 귀찮은 것은 딱 질색입니다."

"그렇다면 처음부터 적을 만들지 않고 상대를 눌러 버리겠다는 말인가?"

"그렇습니다. 피할 수 없는 싸움은 어쩔 수 없겠지만 그 외에는 자신의 힘을 확실히 드러냄으로 해서 애초에 저항하려는 적들의 마음을 완전히 없애 버리는 것입니다."

"하지만 이건 기억해 두게."

"……?"

"지금까지 수를 헤아릴 수 없이 흘러온 무림사, 그중 수많은 절대강자들이 탄생했지만 결국 무너졌네. 즉, 그것을 보면 강할수록 부드러워야 한다는 말일세. 강하면 언젠가는 꺾이게 되어 있네. 이것처럼!"

말과 함께 야일지는 손 가위로 꽃가지 하나를 싹둑 잘라 버렸다. 가지가 꺾이며 떨어지는 꽃송이는 아름다움을 잃은 채 바닥에 쓰레기처럼 떨어져 내렸다.

그것을 유심히 바라보고 있던 악마금은 피식 웃으며 고개를 저었다.

"떨어진 쓰레기가 되어도 좋습니다. 나보다 강한 자에게 꺾이는 것도 나쁘지는 않지요."

"허허허, 자네와 말을 나누면 나눌수록 마음에 드는군! 소속이 어딘가? 이곳 적룡문에 왔으니 축하객이겠지?"

"만월교에서 왔습니다."

야일지의 표정이 미비하게 꿈틀거렸다.

"만월교라……. 이해가 가는군."

"무슨 뜻입니까?"

"나쁜 뜻은 아니니 오해하지 말게. 노부가 알고 있기론 만월교는 강력한 고수들이 많다고 들었지. 그리고 그런 집단일수록 개개인 하나하나가 모두 자부심이 대단하지. 거기에 종교적 입장을 취해 교주를 숭배하고 있으니 다른 사람들이 눈에 들어올 리가 있겠나?"

그러자 악마금이 광소를 터뜨렸다.

"하하하하!"

"왜 그러나? 내가 잘못 말한 것이라도 있나?"

"아닙니다. 하지만 절 잘못 보셨군요."

"잘못 봤다?"

"그렇습니다."

악마금은 고개를 끄덕이며 오만한 표정을 지었다.

"전 만월교 따위에게 휘둘릴 생각은 추호도 없습니다."

"그럼? 혹시, 만월교에 고용된 무사이던가? 내가 알기론 만월교도들은 그런 식으로 말하지 않는 것으로 알고 있는데?"

"교도인 것은 사실이지만 저는 좀 다르지요. 지금은 굳이 그곳을 떠날 이유가 없기에 있을 뿐입니다. 그리고 그들이 지시하는 일에 대한 불만도 크게 없지요. 좋은 대우에 마음껏 무공을 수련할 수 있으니 몸 담고 있을 만한 곳이 아닙니까?"

"흠! 자넨 자유분방한 성격도 가졌군. 그럼 무공에 대해 물어봐도 되겠나?"

"얼마든지!"

"그럼 따라오게."

야일지는 미소를 지으며 정원 옆쪽에 나 있는 길로 걸어가기 시작했다. 악마금이 따라가자 그곳에 조그마한 공터가 나오고 공터의 중앙에 사방이 탁 트인 정자 하나가 세워져 있는 것이 보였다. 미리 준비를 해 놓았던지 정자 안에 위치한 탁자 위에는 술과 안주가 가지런히 놓여 있었다.

말없이 서로 자리를 잡은 그들은 술을 한 잔씩 마신 후 다시 이야기를 나누었다. 그때 멀리서 따라붙어 감시를 하고 있던 야일화가 결국은 참지 못하고 뛰쳐나왔다. 자신도 모르게 술상이 차려져 있는 것으로 보아 자신의 할아버지가 복수할 생각이 눈곱만큼도 없었다는 것을 알았기 때문이다.

이 상황을 도저히 묵과할 수 없는 그녀. 이런 식으로 술까지 마신다면 어쩌자는 것인지 그녀로서는 이해가 되지 않는다는 표정으로 할아버지에게 항의했다.

"도대체 무엇을 하시는 거예요?!"

돌연한 그녀의 출현에도 악마금과 야일지는 전혀 감정의 동요도 보이지 않았다. 오히려 숨어 지켜보고 있었다는 것을 알고 있다는 듯한 느긋한 표정이었다.

그녀는 정자로 뛰어올라 와 자신의 할아버지 야일지를 화가 난 듯 바라보았다.

"할아버지, 어떻게 이러실 수가 있어요?"

"왜 그러느냐? 마음이 통하는 친구가 왔으니 술은 당연한 것이 아니겠느냐?"

야일지의 능청스러운 말에 야일화는 쌍심지를 켜며 그를 노려보았지만 상황은 전혀 변하지 않았다. 악마금 또한 그녀가 신경도 쓰이지 않는 표정으로 술잔의 술만 들이키고 있을 뿐!

"이 녀석이 저에게 무슨 짓을 했는지 말했잖아요! 할아버지를 믿고 말씀드린 건데 희희낙락 술이라니요?"

"말조심하거라! 이 녀석이라니?"

평소에 어떤 투정도 받아주던 야일지가 날카롭게 외치자 야일화는 움찔할 수밖에 없었다. 그때 악마금이 웃으며 끼어들었다. 그것도 얄밉게 존대를 하고 있었다.

"그렇게 서 있지 말고 앉아서 같이 드시지요?"

야일화는 아무 말도 할 수가 없었다. 마음 같아서는 술잔의 술을 악마금의 얼굴에 뿌려주고 싶었지만 옆에 할아버지가 노여운 눈으로 바라보고 있으니 어쩔 수 있나!

혼자서 씩씩거리다 결국 자리에 털썩 앉았다. 그제야 야일지가 표정을 풀며 그녀를 타일렀다.

"이미 지나간 일은 털어버리거라. 그리고 몇 번 보았겠지만 정식으로 인사하지 않았을 테니 지금 인사를 나누는 것이 어떻겠느냐? 이분은 만월교에서 온……."

아직 이름을 듣지 않았다는 것을 생각한 그가 말끝을 흐리자 악마금이 대답했다. 이름 정도는 가르쳐 주어도 상관없다고 생각했기 때문이다.

"악마금입니다."

"아! 그렇군, 악마금 소협이시다."

"흥!"

하지만 야일화는 꼴도 보기 싫다는 듯 고개를 홱하니 돌려 버렸다. 그것을 보며 웃음을 흘리던 야일지가 대신 소개했다.

"이 아이는 내 손녀 야일화일세. 올해 이십육 세로 한 살 아래인 야일림이라는 남동생이 있지. 아직 혼처는 정하지 않았네."

그것으로 대충 짐작하고 있었던 것에 대한 확신을 악마금은 가질 수 있었다. 문주의 딸을 손녀라 부른다면 달리 생각할 필요가 없었던 것이다.

이곳에 오기 전 대략적으로 적룡문에 대해 조사를 해본 바로는 앞에 있는 늙은이는 현령검이라 불리는 화경의 고수, 야일지가 분명했다.

그때 할아버지의 말에 순간 야일화가 인상을 팍 찡그리며 대들었다.

"왜 그런 쓸데없는 말까지 하세요?"

"허허, 그것이 어찌 쓸데없는 말이 되겠느냐? 너도 이제 혼인을 생각할 나이지 않느냐?"

"무, 무슨 소리 하시는 거예요? 그리고 제 나이에 무슨……. 혼인은 아직 일러요."

이십육 세라는 여인의 나이에 혼인은 한참이나 늦은 것이었지만 그것이 무림에도 통용되는 것은 아니었다. 오히려 무림인들은 서른이 넘어도 그리 늦지 않다는 생각들을 가지고 있었고, 실제로도 강호무림의 여인들은 늦게 혼인을 하는 편이었다.

무공을 익히는 것이 혼인보다 중요한 것! 그것은 목숨을 부지하는 수단으로 생각했기에 많은 수련으로 시간을 보내야 할 수밖에 없었다. 그리고 지금에 이르러서는 무공 때문이 아니더라도 굳이 빨리 하려는 무림의 여인들은 없었다.

그러니 아직 한창 나이라 생각하고 있던 야일화가 성질을 내는 것은 당연한 것일지도 몰랐다. 그것도 정말 징그럽게 싫은 악마금하고 은근히 엮으려 하고 있으니 더할 수밖에. 하지만 이제 야일지와 악마금은 그녀에게 신경을 쓰지 않고 있었다. 술잔을 슬며시 기울이던 야일지가 물었다.

"자네의 그 자신감있는 무공은 무엇인가?"

"음공입니다."

"뭐?"

언제나 지금까지 보아온 상대들과 같은 반응, 같은 표정은 악마금에게 비소를 흘리게 했다. 어쩌면 모두 음공이라는 말에 반응이 이렇게 같을까? 하는 생각 말이다. 그는 재차 묻는 그의 질문에 뚜렷이, 또박또박 다시 입을 열어주었다.

"음공이라고 했습니다."

"허!"

"말도 안 돼!"

동시에 야일지와 야일화의 황당한 듯한 경악성이 터져 나왔다. 자신있는 무공이 음공이라는 것에 대해 이해 안 가는 것은 사실이었지만, 그보다 놀란 것은 저급한, 그래서 무공으로 치지도 않는 음공을 익혔다고 자신있게 말하고 있는 앞의 사내, 악마금에 대한 놀라움이었다.

잠시 귀를 의심하고 있던 야일지와 야일화 때문에 침묵이 감돌 수밖에 없었다. 하지만 악마금은 신경 쓰지 않았다. 사람들의 얼굴에 담긴, 뚜렷이 표현할 수 없는 비하를 보았으나 그것조차 미소로 넘겨 버렸다. 자신이 떳떳하니 창피함을 느낄 필요는 전혀 없었다.

그래도 살아온 인생만큼이나 경험이 많은 야일지는 평정심을 빨리 되찾았다. 그는 온화한 표정으로 악마금의 얼굴을 살펴보더니 웃으며 물었다.

"그럼 다른 무공은 뭘 익혔나?"

그에 대해서도 숨길 필요가 없었으므로 악마금은 간략하게 이야기하기 시작했다.

"기본적인 권각검도봉술 등은 모두 익혔습니다. 그리고 오 년 정도는 꽤나 많은 무공을 익혔죠. 대부분 만월교에 있는 무공이었지만 실제 다른 문파나 무림에 떠돌고 있는 무공도 상당수 익혔습니다. 종류를 따진다면 헤아릴 수 없죠. 사부의 말로는 익히는 것에 열을 올리는 것보다 많이 아는 것에 주력하라고 하셨습니다."

"흠. 사부가 누구인지 물어봐도 되겠나?"

"그건 말씀드릴 수 없습니다."

"그럼 주 무공은 무엇인가?"

"말씀드렸다시피 음공입니다. 다른 무공을 많이 익힌 것도 음공을 좀 더 실전에 다양하게 사용할 수 있게 하기 위한 것이었을 뿐입니다. 그리고 그것과 함께 자신있는 것은 신법이죠."

결국 야일지도 실소를 터뜨렸다. 저급한 무공을 위해 수많은 뛰어난 무공을 익힌다는 것이 도저히 이해가 가질 않았던 것이다.

"헐! 자네 사부가 누구인지는 모르겠지만 천재 아니면 바보일 걸세."

"하하하, 저도 그 둘 중 하나라고 생각합니다. 아마 바보일지도 모르지요."

자신의 사부를 바보라 칭하는 악마금을 향해 다시 놀라운 표정이 되는 야일지와 야일화였다. 도대체 무슨 생각을 가지고 사는 인간인지 정말 궁금하다는 표정들이었다. 하지만 이내 다시 말이 오가기 시작했고, 대부분 악마금과 야일지의 대화였다. 그들은 계속해서 질문을 하기도 하고 무공에 대해 토론을 하기도 했다. 특히 수련 방법에 대해 많은 말을 했는데, 야일지가 큰 관심을 드러냈다.

끝날 줄 모르는 대화와 술자리. 그 속에서 목이 타는지 술을 다시 한 잔 마신 야일지가 은근한 표정으로 물었다.

"음공을 익혔다면 악기를 다루겠군."

"굳이 악기를 사용하지 않아도 되지만 제가 즐깁니다."

"호! 그런가?"

"그렇습니다. 어릴 때부터 좋아했죠."

"그럼 들려줄 수 있겠나? 들어보고 싶군."

"못할 것도 없지요."

그러면서 악마금은 품속에서 작은 피리 하나를 꺼내 들었다. 작은 숨을 들이쉰 그는 피리를 살며시 잡으며 입에 대었다. 곧이어 울려 퍼지는 청아한 소리!

피이잉—!

청명한 소리가 정원에 은은히 울려 퍼지며 아름다운 소리가 깔렸다. 조용한 달밤, 살랑거리는 바람, 그리고 차려져 있는 술상은 분위기를 부드럽고 아늑하게 만들어주었다.

느린 듯하면서도 피리 특유의 장음과 떨림은 야일지와 야일화의 마음을 차분하게 했다. 특히 야일화는 악마금을 멍하니 바라볼 수밖에 없었다. 만날 때마다 건방지고, 무식한 녀석이라고만 생각했는데 눈을 감고 피리를 불자 분위기가 완전히 달라 보였기 때문이다. 찌푸린 악마금의 인상에서는 세상사의 심오한 진리를 터득하려는 서생의 고뇌가 느껴지기도 했다. 또는 사랑을 강요하는 슬픈 사내의 모습 같기도…….

피이잉! 피이이잉—!

손의 움직임은 빠르지 않았다. 하지만 연주가 계속될수록 분위기는 묘하게 바뀌고 있었다. 거기에 악마금은 조미료 역할로 약간의 내력을 슬쩍 주입하기 시작했다. 그러자 놀라운 일이 벌어졌다. 정자 주위에 피어 있는 꽃잎들이 파르르 떨리더니 이내 허공에 뿌려지듯 펄럭였기 때문이다.

붉은 꽃잎, 분홍 꽃잎, 파랑 꽃잎 등등이 어지럽게 장내를 메우자 장관이 연출되었다. 피리 소리와 조화를 이루어 이리저리 떨어져 내리는 그것은 흡사 천사의 날갯짓과 같아 보였다. 그리고……!

피잉—!

짧은 음으로 연주되는 빠른 곡!

즉흥적으로 만들어낸 곡조는 지금까지 휘날리던 꽃잎들을 멈추게 했다. 두둥실 떠 있는 꽃잎들은 마치 겨울눈이 떨어지다 시간이 멈춘 것과 같아 보였다.

"아!"

야일화의 입에서 끝끝내 참고 있던 탄성이 터져 나왔다. 이 신기한 현상, 그리고 눈에 보이는 아름다움은 그녀처럼 사랑을 꿈꾸는 여인에게는 결코 그냥 지나칠 수 없는 것이기 때문이다. 하지만 자신의 탄성에 놀란 그녀는 급히 손으로 입을 틀어막았다. 그리고 붉어지는 얼굴.

악마금과 눈이 마주친 그녀는 괜히 지른 탄성을 후회하며 투덜거렸다.

"그리 좋은 음악은 아니네."

마음과 다른 그 소리가 분위기를 바꾸어놓았다. 악마금이 연주를 멈추며 그녀를 노려보았던 것이다. 피리 소리가 멈추자 허공에 떠 있던 꽃잎들이 우수수 떨어져 내렸다.

"너는 언제나 입과 마음이 따로 노는 계집이구나?"

"무슨 소리야?"

악마금은 말없이 기분 나쁜 표정을 노골적으로 드러내며 자리에서 일어섰다. 그 모습을 본 야일지가 급히 입을 열었다.

"철없는 아이의 말은 귀담아듣지 말게."

"철이 있든 없든, 저는 사람들에게 들려주기 위한 음악이 좋습니다. 이 녀석이 좋은 음악이 아니라면 실패한 거죠. 그럼 저는 이만 가보겠습니다."

마음에도 없는 말을 했던 그녀는 악마금이 사라지자 이상하게 마음이 울적함을 느꼈다. 그리고 피리 소리를 계속 듣고 싶다는 생각도 들기 시작했다. 하지만 그것도 잠시, 그런 생각이 들었던 것에 놀란 그녀는 퍼뜩 정신을 차리며 무언가 생각이 났다는 듯 할아버지 야일지에게 따졌다.

"이렇게 보내면 어떡해요?"

"무슨 소리냐? 너 때문에 간 것이 아니냐?"

"그게 아니라 혼내주시기로 했잖아요?"

그녀의 말에 야일지는 고개를 저었다.

"대단한 고수다."

"네?"

"나도 승부를 점칠 수 없을 정도의 고수란 말이다."

그 말에 야일화는 믿지 못하겠다는 얼굴로 멍하니 할아버지를 바라보았다. 그 표정을 읽은 그가 설명을 했다.

"나도 처음 저 악마금이라는 자의 자부심이 대단하기에 한번 겨뤄볼 생각이 들었다. 하지만 석연치 않은 점이 있어 좀 더 저자의 내력을 알아보기 위해 술자리로 끌어들인 것이지."

그것은 야일화도 이해가 갔다. 그러니 무공에 대한 이야기에 시간을 많이 할애했을 것이라는 생각이 들었다.

"그럼 지금 저 녀석에 대한 판단이 섰다는 뜻인가요?"

"그렇지. 극강의 고수 같구나. 너도 보지 않았느냐? 소리만 가지고도 주위 사물을 마음대로 움직일 수 있는 것은 쉽지가 않아. 어떻게 보면 꽤 편벽한 술법이라고 볼 수도 있겠지만, 글쎄……."

야일지는 강한 부정을 하듯 다시 고개를 저었다.

"소리에서 피어나는 내력이 상당히 압축되어 있다는 것을 알 수 있었다. 그것은 환골탈태를 경험해 기의 성질을 변화시켰다는 뜻이지."

"말도 안 돼요!"

그녀는 믿고 싶지 않았지만 할아버지는 확신에 찬 표정으로 말을 이었다.

"세상에는 이치에 벗어나는 일들이 종종 일어나는 법이다. 그리고 저자가 그에 어울리는 것 같구나."

"하지만 화경의 고수라고 하더라도 실력에 많은 차이가 있는 것 아닌가요? 설사 저자의 무공 경지가 화경이라고 해도 할아버지께는 상대가 안 될 거예요."

"화경의 고수끼리도 실력 차가 많이 나기는 하지. 수련을 하지 않으면 제자리걸음이니까. 이미 커진 단전에 부단히 노력을 해 내공을 채우고 수련을 해야 화경에 올라서도 강해질 수 있다. 하지만 저 악마금이라는 자의 내공은 나의 내공에 비해 전혀 떨어지지 않았어. 오히려 강하다는 것을 인정해야 할 것 같구나."

"……!"

야일화는 경악한 표정으로 아무 말도 하지 못한 채 악마금이 사라진 곳을 바라보았다.

'설마 그 정도 고수일라고? 할아버지가 잘못 보신 것일 수도 있어. 그런데 어떻게 하지? 이렇게 끝내면 내 체면이 뭐가 되냐고.'

내심과는 달리 그녀는 한숨을 쉬었다. 그것도 포기의 한숨이었다.

제5장
계획은 무엇일꼬?

축제가 시작되는 첫째 날에는 크게 특별한 행사는 없었다. 먼 곳에서 출발해 아직 도착하지 못한 문파를 배려해서였다. 하지만 둘째 날에는 각 문파에서 온 사람들이 적룡문에 선물을 전해주는 시간이 있었기에 악마금도 현각과 배정, 일구, 정일, 흑룡사 대원 네 명과 함께 정각전(政閣殿)으로 향했다.

확실히 적룡문의 전대 문주를 위한 축제에는 엄청난 사람들이 몰려온 모양이었다. 정각전에 도착도 하기 전에 각 문파에서 온 수많은 축하객들을 볼 수 있었다.

정각전은 거대한 일층 건물로, 단층임에도 불구하고 높이가 무려 십장은 되어 보였다. 그 주위로 청석판이 드넓게 깔려 있어 깔끔한 모습을 뽐내고 있는데, 건물 밖 청석판 위로 음식과 술을 담고 있는 많은 원형의 탁자들이 나열되어 있었다.

　시간이 되자 사람들은 하나둘씩 계단을 올라 식탁에 자리를 잡기 시작했다. 특별히 정해진 자리가 없었으므로 악마금 일행은 일부러 가장 구석진 곳에 자리를 잡았다.

　징—!

　사람들이 자리를 잡기 바쁘게 거대한 징 소리가 울려 퍼지며 정각전 안에서 적룡문주와 장로들이 모습을 드러냈다. 정각전 정문 앞에도 긴 탁자가 있었고, 그들은 그곳에 자리를 잡았다. 당연 적룡문주 야일제가 군웅들을 정면에서 바라볼 수 있는 탁자 중앙에 위치했다.

　그들이 앉기 바쁘게 한 젊은 무사가 정각전 한쪽에서 크게 외쳤다.

　"지금부터 적룡문의 전대 문주님이시자, 무림의 명숙이신 현령검 야일지 어르신의 생신을 축하하는 시간을 가지겠습니다. 그럼 적룡문주님의 연설 후 제가 호명하는 문파부터 차례로 앞으로 나와 축하와 함께 준비해 오신 선물을 계단 밑에 놓아주시면 감사하겠습니다."

　그의 말이 끝나고 적룡문주 야일제가 자리에서 일어섰다. 그는 위엄 서린 표정으로 수많은 무림군웅들을 바라보며 굵지만 나직한 목소리로 입을 열었다.

　"혼란한 귀주를 위해 애쓰시는 여러분, 먼 길을 마다하지 않고 와주셔서 제가 적룡문을 대표하여 감사의 말을 전하겠습니다. 아버님이 이 자리에 계셨다면 아마 여러분의 노고에 고개를 숙이셨을 겁니다. 몸이 편찮으셔서 참석하지는 않았지만 다행히 큰 병이 없음을 밝히는 바이며, 이틀째인 오늘을 시작으로 마지막 날까지 마음껏 즐겨주시기를 바랍니다."

적룡문주의 말이 끝나자 모두 갈채를 보냈다. 그 후 적룡문의 무사 말대로 문파들이 하나씩 호명되기 시작했고, 호명된 문파의 소속 무사들은 자리에서 일어나 정각전 앞 적룡문주의 탁자 앞으로 다가와 선물을 놓고 문주의 축하 서신을 읽어 내려가기 시작했다. 그렇게 어느 정도 시간이 지나자 만월교가 호명되었다.

"다음은 만월교에서 오신 분, 앞으로 나와주십시오."

순간 웅성거리며 좋던 장내의 분위기가 싸늘하게 식었다. 악마금과 흑룡사 대원들이 구석에서 걸어나오는 것을 보며 사람들은 멸시의 눈빛을, 혹은 원수를 보는 듯 분노의 눈길을 보냈다.

뚜벅! 뚜벅!

발걸음 소리마저 크게 들리는 듯한 침묵 가운데 악마금이 앞에 서고 그 뒤로 현각 등이 예물을 앞의 탁자에 놓으며 교주의 친필이 담긴 서신을 읽기 시작했다.

"적룡문의 큰 행사를 맞이하며 전대 문주인 현령검 야일지 선배의 생신을 축하드리는 바, 귀주의 안녕과 무한한 적룡문의 발전을 기원하며 작지만 성의를 담은 선물을 준비했습니다."

거기까지 읽어 내려가자 장내의 사람들이 소곤거리기 시작했다. 하지만 현각은 신경 쓰지 않고 뒤이어 계속 읽어나갔다.

"제가 직접 찾아뵈어야 하겠지만 본 교의 일이 겹친 관계로 그러지 못한 점을 이해해 주셨으면 하는 바이고, 대리인인 부교주 악마금을 통해 본 교의 정성을 표합니다. 만월교 교주 배상!"

"헉!"

"뭐? 부교주?"

순간 사람들이 놀랍다는 듯한 표정으로 선두에 선 악마금을 바라보았다. 약관도 되어 보이지 않는 젊은 놈이 만월교의 부교주라는 직책을 가지고 있다는 것이 믿어지지가 않았기 때문이다. 비록 만월교에 부교주라는 직책이 없다는 것을 알고 있었고, 임시직이라는 것을 감안해야 했지만 놀라운 일이 아닐 수 없었다.

"도대체 교주의 신임을 얼마나 받고 있기에 저 나이에 부교주라는 임시직을 맡은 거지?"

"무공을 익힌 것 같지는 않은데?"

"그러게나 말이야!"

사람들의 시선은 하나같이 악마금을 향해 웅성거리고 있었다. 하지만 악마금은 아무런 말도 하지 않은 채 적룡문주를 향해 포권을 할 뿐이었다. 그의 행동을 보며 적룡문주 야일제가 입을 열었다. 사실 그도 묻고 싶은 것이 많았지만 내심을 숨겼다.

"우선 귀 교로 돌아가면 교주님께 선물을 감사히 받았다고 잘 전해 주시오."

"알겠습니다."

공식적인 자리였기에 예의를 갖춘 악마금의 모습에는 평소와는 전혀 다른 의젓함이 묻어나 있었다. 그는 인사를 끝내고 몸을 돌려 자신의 자리로 돌아갔다. 그가 앞을 지나갈 때마다 사람들이 그를 두고 소곤거렸지만 그에 연연할 악마금은 아니다. 자리에 다시 앉아 차려진 음식을 먹으며 딴청을 부렸다.

만월교 다음으로도 문파들은 계속 줄을 이으며 앞으로 나왔고, 마지막으로 무사가 외쳤다.

"천산에서 상황 어르신의 예물을 들고 오신 분은 앞으로 나오십시오!"

만월교와는 다르게 또 다른 놀라움이 터져 나왔다. 귀주 최고의 고수가 보낸 예물! 하지만 그것은 관심거리가 아니었다. 사람들의 이목을 끈 것은 선물을 가지고 온 사내였다. 분명 상황의 제자임이 틀림없을 것이기 때문이다. 하지만 사람들 사이를 지나 걸어나오고 있는 사내를 보았을 때는 웃음이 나올 수밖에 없었다. 이십대 초반의 사내. 하지만 얼마나 감지 않았는지 머리에서는 개기름이 흐르고 있었고, 옷도 누더기였던 것이다.

게다가 걸음걸이도 동네 불량배마냥 건들거리기 짝이 없어, 완전히 한량 인생의 표본 같은 분위기를 풍기고 있었다. 그는 안 그래도 더러워 보이는 머리를 벅벅 긁더니, 도저히 무인답지 않은 말투로 입을 열었다.

"사부님께서 선물을 드리라고 했으나, 죄송합니다."

사내는 생긴 것과는 달리 순박해 보이는 미소를 씨익 지어 보이며 말을 이었다.

"사실, 선물을 가지고 오다가 그만 잃어버려서 빈손으로 왔지 뭡니까? 이해해 주시길!"

순간 여기저기에서 웃음보가 터져 나왔다. 축하객으로서 가장 중요한 선물을 중간에 잃어버렸다는 것은 그들을 웃게 만들기 충분했던 것이다. 적룡문주도 황당한 표정을 감추며 애서 미소로 대답했다.

"괜찮소. 어디 선물이 중요하겠소? 마음이 중요한 것이지요. 아무튼 오시느라 수고가 많았을 테니 축제 마지막 때까지 푹 쉬십시오."

"하하, 그럼 저야 고맙죠. 그런데 비무대회는 언제 합니까?"

모두가 아는 사실, 공공연히 떠도는 소문도 모르는 그를 향해 적룡문주는 여전히 미소를 짓고 있었다.

"마지막 날 하기로 계획이 잡혀 있습니다. 상황 어르신의 제자 분이 참가를 하신다면야 저희 문중의 영광이겠지요. 부디 좋은 결과를 내시기 바랍니다."

"하하하, 참가라니요? 저는 그런 거 관심도 없습니다. 참가해 봐야 배만 고프죠. 차라리 그 시간에 먹고 싶은 거나 잔뜩 먹겠습니다. 먹으면서 보는 싸움 구경이 얼마나 재밌는데……."

"허!"

멍청한 것인지, 아니면 일부러 그러는 것인지 모르겠지만 야일제는 실소를 흘려야 했다. 귀주 최강의 고수 상황의 제자가 저런 망나니 같은 녀석이라는 것이 이해가 가지 않을 정도였기 때문이다. 은근히 기분 나쁘기까지 한데, 그런 그의 기분을 모두가 보는 앞에서 드러낼 수는 없는 일!

"허허, 그럼 그렇게 하시지요, 소협. 그런데 명호와 성함을 물어봐도 되겠소?"

사내가 쑥스러운 표정으로 머리를 긁적였다.

"곽대정(郭大正). 명호라는 거창한 것까지는 아니고, 사부님이 저에게 희강(喜罡)이라고 평소에 부르더군요."

"희강 곽대정?"

"그렇습죠."

어떻게 보면 그와 딱 맞는 명호 같았다. '기뻐서 강하다' 라는 뜻을 내포하고 있었으니 말이다. 진짜로 강한지 어떤지는 모르겠지만 분명 실없는 웃음이 많은 놈인 것은 확실하다는 생각과 함께 적룡문주는 지금의 행사를 끝냈다.

다음은 만찬이었다. 사람들이 음식을 즐기며, 혹은 술을 마시며 다른 문파의 고수들과 교류를 하기 시작했다.

가장 활발하게 움직이는 것은 바로 젊은 남녀들이었다. 그들은 주위에 있는 상대 문파의 후기지수들의 얼굴을 익히고, 미래 혹은 현재의 남편감과 아내감을 고르기에 혹은 추파를 던지기에 바빴다. 그와 달리 무공에 관심이 있는 자들은 상대의 실력을 가늠하기도 하고 무림에 떠도는 소식을 나누며 정보를 키워 나갔다. 하지만 모두가 그런 부류는 아니었다.

"빌어먹을!"

조용히 욕지기를 내뱉은 악마금은 주위를 둘러보았다. 어차피 신경쓰지는 않았지만, 그리고 신경 쓸 그도 아니었지만 노골적인 사람들의 힐끔거리는 시선은 역시 기분을 더럽게 하는 것이었다. 그래도 이 자리는 만월교를 대표해 참석한 것이니 섣불리 행동할 수가 없는 것이 짜증을 솟구치게 했다.

"지루하군."

그는 말과 함께 적룡문주 쪽을 바라보았다. 적룡문주 야일제는 무림의 명숙들과 함께 자리를 하여 담소를 나누고 있었다. 그것을 보고 악마금은 짜증나는 투로 투덜거렸다.

"따로 자리를 마련하기 힘들겠는데? 어이, 현각!"

"예!"

"더 이상 이런 곳에서 기다리기 싫다. 지금 가서 문주님께 시간 좀 내달라고 전해. 조용히 할 말이 있다고 하면 알아들을 거다."

그 말에 현각은 난감한 표정을 지었다. 아무리 그래도 적룡문주의 무림 신분은 상당히 높은 것이었다. 게다가 그와 함께 이야기를 나누고 있는 자들 또한 각 문파에서 온 노고수들, 그런 그들의 사이에 끼어들어 적룡문주와의 만남을 주선한다는 것은 상당히 예의에 어긋나는 것이기 때문이다.

"좀 더 기다려 보는 것이 어떻겠습니까?"

하지만 그럴 필요가 없었다. 적룡문주가 슬쩍 악마금 쪽을 쳐다보더니 다가오고 있었기 때문이다. 적룡문주가 다가오자 악마금은 어쩔 수 없이 자리에서 일어나 하기도 싫은 예를 갖추며 포권했다.

"분위기가 좋군요."

"그렇소? 다행이군. 그럼 편히 쉬다 가시오."

단지 그 말만 남기고 지나치려는 그를 악마금이 불러 세웠다. 그러자 주위에 퍼져 있던 사람들이 은근히 그들을 주시하기 시작했다.

"잠시 할 이야기가 있습니다만."

"흠. 죄송하지만 지금 조금 바빠서, 축제가 끝난 후에 이야기하는 것이 어떻소? 내가 따로 자리를 마련하리다."

순간 악마금이 노골적으로 비웃음을 흘렸다.

"그때가 되면 저는 할 이야기가 없습니다. 알고 계실 텐데요?"

"하지만 지금은 정말 시간이 없소. 미안하군요."

"훗, 그럼 지금 문주님의 행동에 대해 제 마음대로 해석해도 되겠습니까?"

 순간 야일제의 인상이 구겨졌다. 하지만 많은 사람이 보고 있는 가운데 노기를 드러낼 수는 없는 일이었다.

 "허허, 뭔가 단단히 오해하고 계신 모양이군요."

 "오해라기보다는 확신이죠. 그럼 저는 이만 숙소로 돌아가야겠습니다. 괜히 시간만 허비했군요. 돌아가자!"

 몸을 돌리며 악마금이 흑룡사 대원들에게 외치자 난감한 표정을 짓고 있던 그들도 어쩔 수 없이 그 뒤를 따랐다. 그들이 사라지자 괜히 뒤가 찜찜한 야일제는 고개를 젓고는 이내 밝게 웃으며 다른 사람들에게 안부를 묻기 시작했다.

 정각전을 빠져나온 악마금을 따라가던 정일은 조용한 침묵을 깨며 불안한 듯 물었다.

 "이렇게 해도 될까요?"

 "어차피 예상했던 바, 꼴을 보니 저 녀석은 마음을 이미 정했어. 바꾸기 힘들다."

 "하지만 조금 심한 것 같았습니다. 적룡문과 적룡문주는 누가 뭐라 해도 남무림의 최강 집단과 그 수장입니다. 오히려 그들의 기분을 건드리는 안 좋은 상황이 벌어질 수도 있지 않겠습니까?"

 "상관없어. 우리를 무시하는 놈들에게 예를 차릴 필요는 없지. 지금 숙소로 가는 즉시 내 방으로 와라. 지시할 것이 있다."

 현각이 고개를 갸우뚱거렸다.

 "지시라 하시면?"

"이대로 물러서면 꼴이 우스워질 것은 뻔해. 우리끼리 해결한다."

그의 말에 순간적으로 대원들이 경악한 표정을 지었다.

"하지만 적룡문을 어떻게……?"

"방법이 있어. 어쩔 수 없이 우리 말을 들을 수밖에 없는 방법."

모두 황당한 듯한, 그리고 멍한 눈빛으로 앞서 걷고 있는 악마금의 뒷모습을 바라볼 수밖에 없었다. 하지만 더 이상의 언급은 없었다. 그때 그들 쪽으로 다가오는 무리가 있었다. 모두 일곱 명이었는데 그들을 본 악마금이 두 눈을 동그랗게 뜨더니 갑자기 비릿한 미소를 지었다.

"호! 이게 누구야? 만독부의 고수들 아닌가?"

순간 만독부주 예상의 심부름을 위해 타 문타에 갔다가 늦게 행사에 참석하려던 예원과 만독부의 고수들이 경악하며 걸음을 멈춰 세웠다. 잊고 싶지만 절대 잊을 수 없는 인물을 만났으니 당연했다.

"다, 당신이 여기에 어떻게……?"

예원의 물음에 악마금이 입꼬리를 말아 올렸다.

"어떻게긴? 만월교도 초대를 받았으니 참석하는 것은 당연한 것 아닌가?"

"하지만 당신이 이곳에 올 줄은 몰랐군요."

떨떠름한 그녀의 말에 악마금은 다른 소리를 했다.

"그래, 그간 그 버릇없는 성격은 많이 고쳤나?"

그의 말에 얼굴을 붉히는 예원이었으나 아무런 반박도 할 수 없었다. 말대답을 해봐야 자신만 손해라는 것은 이미 몇 번이나 뼈저리게 느끼지 않았던가!

붉그락푸르락 얼굴을 구기며 말없는 그들을 향해 악마금이 손을 들어 정각전을 가리켰다.
　"늦은 것 같은데 빨리 가봐. 어중이떠중이들이 모두 몰려 있으니까. 너희들까지 참석하면 꽤나 어울릴 거야."
　그러면서 악마금은 할 말 다 했다는 듯 인사도 없이 그들을 지나쳐 버렸다. 그가 완전히 보이지 않게 되어서야 예원이 몸을 떨었다. 참고 있었지만 악마금을 볼 때마다 그 잔인한 모습이 떠올랐으니 소름까지 끼쳤다.
　그녀는 한참 후에 진저리를 치며 투덜거렸다.
　"하필 만월교에서 저 사람이 파견 나오다니. 왜 저자를 보냈을까요?"
　"글쎄……."
　"어쩌면 문제가 생길지도 몰라요."
　그녀의 말에 옆에 있던 사형도 동조를 했다.
　"그럴지도. 워낙 안면 몰수한 자니까. 아무튼 우리 만독부는 혹시 모르는 풍파에 휘말리지 않게 조심하는 것이 좋을 것 같다."
　"그래야죠. 사숙도 없이 우리끼리 왔는데. 아무튼 늦었으니 빨리 가요."

　악마금은 방에 모인 흑룡사들을 향해 그들이 해야 할 일을 설명하기 시작했다. 그의 말이 끝나자 그들의 인상은 구겨질 대로 구겨져 있었다.
　역시 반발이 튀어나왔다.

계획은 무엇일꼬?

"꼭 그럴 필요가 있겠습니까?"

"맞습니다. 그건 저희 권한 밖입니다. 본 교에 연락을 한 후 지시에 따르는 것이 낫다고 생각됩니다."

"우리 권한 밖?"

악마금은 거만한 표정을 지으며 말을 이었다.

"우리가 할 일은 적룡문의 뜻을 파악하고 우리에게 올 수 있게 하는 것이다."

"하지만 그것은 회유라는 방법입니다. 이렇게 일방적으로 문제를 일으킨다면 오히려 타초경사를 범할 수도 있습니다."

"분명 회유할 수 있으면 회유하라고 했다. 그 방법은 내가 정하는 거고. 알겠나?"

"하지만 이건 너무 무모한 짓이라……."

"됐어!"

악마금은 귀찮은 듯 그들의 말을 끊었다.

"내가 한다면 하는 거야. 가장 확실한 방법이 있는데도 포기를 하고 싶은 거냐?"

그의 말에 흑룡사들은 아무 말도 하지 않았다. 시키는 대로 할 수밖에 없을 것 같았기 때문이다. 저 성격 더러운 상관의 고집은 이미 파악될 대로 된 상태였으니까. 결정했다면 바꿀 수 없었다.

'젠장! 일이 잘못되면 적룡문과 철천지원수지간이 될 텐데…….'

내심을 숨긴 채 그들은 악마금의 지시를 받기 위해 방을 나섰다. 준비할 것도 많고 철저한 탐문도 해야 했기 때문이다.

제6장
납치

축제 마지막의 전날 밤, 다음날 비무대회가 있었기에 모든 사람들이 일찍 잠을 청했다. 그렇지만 그런 가운데 모종의 음모를 위해 움직이는 자들도 있었다.

피이잉—!

밤이 깊어갈 무렵 적룡문 내원에 은은한 피리 소리가 울려 퍼졌다. 어디에서 들리는지 모호한 소리는 박자를 타며 일정하게, 그리고 구슬프게 울려 퍼졌다. 어떤 잠들지 못한 자가 달밤에 취해 분위기를 내는 모양이었다. 내원을 지키던 적룡문의 무사들은 모두 그렇게 생각할 뿐이었다. 수많은 문파에서 사람들이 몰려왔으니 그럴 수도 있다는 생각인 것이다.

하지만 피리 소리에 서서히 내력이 틀어지고 있다는 것을 알아차렸다면 결코 방심하지 않았을 것이다. 불행히도 그들은 소리에 내력이 실려 나온다는 것을 알아채지 못했고, 그래서 피리 연주가 이각이 지속될 때 정문으로 네 명의 흑의복면인이 잠입한 사실을 알 수가 없었다.

야일화는 잠이 들 시간임에도 자지 않았다. 며칠 전부터 마음이 울적한 것도 있었고, 불현듯 들려오는 피리 소리 때문이기도 했다. 피리 연주를 들으며 그녀는 몸을 일으켜 창문을 열었다. 밝은 달빛이 문을 열자마자 쏟아져 들어와 연주와 자연스럽게 조화를 이루었다.
'그가 부는 것일까?'
그녀는 아직도 할아버지와 함께 들었던 정자에서의 연주를 잊지 않고 있었다. 그렇기에 지금 들리는 소리를 어렴풋이 악마금의 연주로 추측할 수 있었다. 그런데 문득 궁금증이 일었다.
'도대체 어떤 자이기에 젊은 나이에 부교주라는 임시직을 얻은 거지? 그 정도라면 교주의 신임이 대단할 텐데……. 능력이 없고서는 절대 안 될 거야. 혹시 내가 그를 오해한 것은 아닐까?'
하지만 마음이 동한 상태도 잠시, 순간 그녀는 인상을 찌푸렸다.
"나쁜 놈! 개자식! 감히 날……!"
이미 포기를 했음에도 밀려오는 분노는 어쩔 수 없는 모양. 그녀는 거칠게 창문을 닫으며 침상으로 다시 다가갔다. 하지만 누울 수가 없었다. 언제 들어왔는지는 모르지만 문 앞에 두 명, 침상 옆에 한 명, 그리고 자신의 뒤에도 하나의 인기척이 느껴졌기 때문이다.
갑작스럽게 나타난 흐릿한 검은 인영!
'침입자?'

생각과 함께 그녀가 떠듬거리며 물었다.

"누, 누구냐?"

"알 필요 없다."

흑의인들 중 문 앞에 서 있던 하나가 대답하고, 동시에 그녀의 뒤에 있던 하나가 손을 움직였다.

파꽉!

손놀림은 기계적인 동작처럼 한 치의 오차도 없이 야일화의 혈도를 눌러 기절시켰다. 남은 두 명의 사내가 바닥으로 무너지는 그녀를 순간적으로 붙들어 소리를 막고, 혈도를 눌렀던 흑의인이 품속에서 검은 포대 하나를 빼 들었다. 당연히 그 포대는 야일화가 들어가야 할 곳이었다.

모든 일을 순조롭게 마친 흑의인들 중 정일이 속삭였다.

"빨리 침상 밑으로 집어넣어."

"젠장! 정말 괜찮을까?"

"어쩔 수 없지. 이미 강은 건넜으니까."

그들은 속삭이면서도 처음에 잡았던 계획대로 움직이고 있었다. 포대에 싼 야일화를 침상 밑을 조심스럽게 뜯어내어 그 속에 집어넣고, 다시 나무로 표시나지 않게 덮어버렸다. 그리고 누군가가 들어왔던 흔적을 남기기 위해 충분히 어질러 놓는 것도 잊지 않았다. 이렇게 어질러 놔야 사람들이 침상에 신경을 쓰지 않기 때문이다. 이것은 일종의 기만술이라고도 할 수 있었다. 마지막으로 미리 준비했던 솜을 넣은 큼지막한 포대를 들고 나가면 사람들은 야일화가 납치된 것인 줄 알고 어질러진 방에는 신경조차 쓰지 않을 것이 분명했다.

납치 79

모든 일을 마친 그들은 눈짓과 함께 들어올 때와 달리 재빨리 창문을 부수고 요란하게 도망치기 시작했다. 그 후 내원에서 소동이 일어났다. 야일화가 기거하는 방 창문을 뚫고 흑의괴한들이 뛰쳐나왔으니 당연한 일이었다.

"침입자다!"

소리와 함께 뒤를 잇는 재빠른 움직임은 역시 적룡문이라 할 수 있었다. 절정고수들이 지키는 내원답게 빠른 대응으로 흑의괴한들을 뒤쫓기 시작했다.

그렇게 어수선한 시간이 흐르고 적룡문의 무사들 대부분이 사방으로 괴한들을 찾으러 나갔을 때, 대담하게도 또다시 적의를 입은 수상한 사내가 조용히 내원 담장을 넘고 있었다. 그는 주위를 살펴보며 적룡문의 무사들이 이리저리 분주히 움직이는 것을 확인했다.

"생각대로군!"

수상한 사내, 악마금은 몸을 일으켜 피식 미소를 흘리며 장내로 뛰어들었다. 숨어들었다는 것을 전혀 알지 못할 자연스런 움직임이었다. 일부러 옷도 적룡문 무사들과 비슷하게 입었으니, 당당하게 행동한다면 오히려 눈치채지 못할 것이라는 것 때문에 정한 계획의 일부. 의도대로 무사들은 야일화를 찾기에, 괴한들을 쫓기에 바쁠 뿐 그에게는 신경도 쓰지 않았다.

당당한 걸음으로 야일화의 방을 찾아 들어간 그는 침상 밑을 뜯어냈다. 그러자 큼지막한 포대 하나가 모습을 보였고, 그 안에 사람이 있다는 것을 알아차릴 수 있었다. 악마금은 그것을 툭툭 쳐본 후 반응이 없자 흐뭇한 표정을 지었다. 야일화가 깨어났을 때 자신을 보고 보일 반응이 벌써부터 기대가 되었기 때문이다. 하지만 생각할 시간은 그리 많지 않았다. 그는 바로 포대를 들쳐 업고 건물 지붕으로 올라섰다.

그 후 지붕과 지붕 사이를 지나며 은밀하게 움직이기 시작했다. 하지만 완전히 몸을 숨길 수는 없었다. 하기야 이 정도는 악마금도 예상했었다. 피리를 불어 무사들의 안력과 내력, 그리고 집중력을 흐려놓는 데도 한계가 있었다. 내원을 지키는 무사들은 최소한 이 갑자는 훌쩍 넘는 내공의 고수들.

죽이기 위한 음공이 아닌 이상 한계가 있었다. 그래서 흑룡사들을 미끼로 사용했던 것이다. 들어올 때는 몰라도 나갈 때, 그것도 야일화를 가지고(?) 나가는 경우는 들킬 염려가 많기 때문이다. 흑룡사 네 명이 추적을 뿌리칠 수 없다는 판단이 서는 것은 당연했다.

아무튼 그들을 쫓아 적룡문 무사들이 내원을 빠져나간 사이 악마금이 야일화를 쉽게 가지고 나올 수 있을 것이다. 완전히 들키지 않는다는 것은 불가능하겠지만 추적자는 얼마 있지 않을 것이라 생각했고, 예상대로 내원의 담을 넘을 때 세 명의 무사에게 들켰다.

악마금이 무언가 들고 조심스럽게 빠져나가는 것을 발견한 적룡문의 무사 하나가 외쳤다.

"적이닷!"

"젠장! 들켰군."

소리와 함께 악마금은 자신이 가진 신법을 최대한으로 펼쳤다. 경공의 오묘함이나 화려함은 완전히 배제한, 순수 내력을 끌어올린 쾌의 경공이었다.

그의 엄청난 내력이 들어간 경공은 파공음을 자아내며 몸에서 은은

한 빛을 만들어냈다.

추적자들은 그리 많지 않았다. 적룡문을 빠져나오기 전에는 사십 명이 넘던 인원이 적룡문에서 이십 리 정도 멀어지자 다섯 명으로 줄어 있었다. 악마금의 극강에 다다른 경공술 덕분이었지만 늦추지 않고 따라오는 자들의 실력 또한 인정해 줘야 했다. 아마 다섯 명 모두가 내원에 남아 있던 적룡신귀들일 것이 분명했다. 그들은 적룡문의 최고 정예였으니 말이다.

그래도 악마금의 신법이 대단하기는 한지 거리는 점점 벌어지고 있었다. 하지만 악마금은 더 이상 도망가지 않고 바닥에 내려섰다. 야일화까지 짊어지고 있는 상황이니 불편하기도 했거니와 이곳에서 흑룡사들에게 미리 준비시켰던 통로로 들어가야 했다. 그래야 적들의 추격을 완전히 따돌릴 수 있기 때문이다.

그는 멈춰 섬과 함께 포대를 풀어 야일화의 얼굴을 살짝 드러냈다. 위협용으로 쫓아오는 상대에게 행동의 제약을 줄 요량이었다. 얼굴이 포대에서 빠져나온 야일화는 답답한 공기가 사라지고 밤바람의 시원함이 밀려오자 흐릿하게 눈을 떴다. 혈도가 제압당해 움직일 수도, 소리를 지를 수도 없었지만 그것만으로도 행복감을 느낄 수 있었다. 안 그래도 더운 지방의 여름이었기에 포대 속에 있는 것은 고역이었기 때문이다.

하지만 눈을 떠 자신을 납치한 빌어먹을 놈을 보자 잠시의 행복도 싸그리 사라져 버릴 수밖에 없었다. 두 눈을 커다랗게 뜨고 경악한 채, 그 빌어먹을 주인공인 악마금을 보고 있을 뿐!

눈으로 뭔가를 말하려 했지만 악마금은 비릿한 웃음을 흘리며 조롱

하듯 입을 열었다.

"잠시 쉬었다 가자. 귀찮은 쥐새끼들이 다가오고 있거든."

'귀찮은 쥐새끼?'

그녀는 속으로 쾌재를 불렀다. 납치범에게 귀찮은 추적자가 있다는 것은 곧 적룡문의 무사들이라는 소리였기 때문이다. 하지만 그 또한 하나의 꿈과 같은 허무함으로 사라졌다. 다가오는 인기척 쪽을 보자 다섯 명이 다였던 것이다.

"여기 있었구나!"

경공을 멈추며 바닥에 사뿐히 내려서는 적룡문의 적룡신귀 중 하나가 비꼬듯 입을 열었다.

"반항없이 아가씨를 내려놓는다면 약간의 제재만 가할 뿐, 조용히 처리해 주겠다."

"미친놈들. 나에게 그따위 소리를 해?"

적룡신귀의 말에도 악마금의 반응은 심드렁하기만 했다. 덤벼볼 테면 덤비라는 도발적인 행동이었다. 그것을 보고 있던 다섯 명의 적룡신귀의 표정이 처음에는 황당함, 그리고 이내 분노로 바뀌기 시작했다. 그중 하나가 나직하지만 위협적인 목소리로 으르렁거렸다.

"죽고 싶어 환장했구나?"

하지만 악마금은 손가락을 들어 까딱거려 보였다.

"시간 아까우니까 한꺼번에 덤벼."

"닥쳐라!"

쉬이익!

순간적으로 적룡신귀 하나가 검을 뽑아 악마금을 향해 찔러왔다. 악마금은 그것을 보고 피식 미소를 지었다. 솔직히 그 빠른 속도와 검에서 풍겨 나오는 강력한 기운에 내심 놀라고 있는 것도 사실이었지만 상관은 하지 않았다.

'역시 적룡문의 정예군! 이 정도면 흑룡사와 붙어도 전혀 밀리지 않겠어.'

생각과 함께 악마금은 손가락을 몇 번 튕겼다. 그러자 손가락에서 섬전과 같은 빛이 뿜어지며 접근하고 있는 적룡신귀의 몸을 향해 날아갔다.

"헛!"

방어를 하지 않고 있기에 방심하고 마음껏 달려들던 사내는 갑작스런 공격에 헛바람을 일으키며 몸을 틀었다. 하지만 완전히 피할 수가 없었기에 몸을 회전시키며 검무를 펼쳤다.

채채챙!

빠르게 움직이는 검에서 순식간에 푸르스름한 빛이 생겨나며 악마금이 쏘아낸 장난 같은 모든 강기를 쳐냈다.

"호! 역시 대단하군!"

약간의 감탄성에는 비꼬는 듯한 의미도 들어 있었다. 그리고 소리가 들리는 즉시 악마금은 소리의 파장에 내력을 실어 터뜨려 버렸다.

쾅!

갑자기 검무를 펼쳤던 적룡신귀 머리 위로 일자형 강기가 번개를 치듯 떨어져 내려 몸을 강타했다. 소리는 그리 크지 않았지만 강기에 격중된 사내는 피를 흘리며 바닥에 쓰러져 있었다. 그 신기한 광경에 남은 네 명의 적룡신귀가 움찔했지만 그 시간은 정말 잠깐이었다.

"고수닷! 조심!"

누군가가 외치며 동시에 검을 뽑아 들었다. 하지만 그보다 악마금이 더 빨랐다. 검을 뽑는 그 순간 손을 휘젓자 거대한 반월형의 강기가 그들을 덮쳤던 것이다.

그 거대한 크기만큼 위이잉거리는 파공음은 소리와 함께 적룡신귀 네 명 중 셋을 토막 내버렸다. 위로 솟구쳐 피한 자가 한 명 있었지만 목숨의 길이는 잠깐 연장된 것일 뿐이다.

공중으로 피했다 싶은 순간 갑자기 몸이 터질 것 같다는 생각이 들더니 엄청난 고통이 엄습했기 때문이다. 악마금이 그의 심장의 파동에 내력을 실었던 것이다.

내력을 끌어올렸다면 이렇게 손쉽게 당하지는 않았겠지만 경황 중에 급히 피한 적룡신귀의 실수였다.

파파팟!

허공에서 육과 뼈가 조각이 나며 사방으로 떨어져 내렸다. 그 모습을 장인이 자신의 작품을 감상하듯 자못 흐뭇하게 바라보고 있던 악마금은 곧이어 야일화를 바라보았다. 그러자 그녀가 혈도가 제압되었음에도 부들부들 떨고 있는 것이 보였다.

그녀는 지금 제정신이 아니었다. 믿을 수 없는 광경이 펼쳐졌으니 당연한 것이겠지만 해도해도 너무하다는 생각이 들었다.

'어떻게 적룡신귀 다섯 명이 변변한 대응도 못한 채 당할 수가 있지? 그리고 저자는 너무 잔인해. 사람 죽이는 것을 즐기고 있어.'

한순간 두려움 때문에 욕지기가 튀어나올 것 같았지만 아혈이 제압되어 있어 다행히 실례는 하지 않았다. 하지만 그것이 더욱 엄청난 고통이었다. 나올 때는 나와주어야 시원한 것이기 때문이다. 결국 정신이 아득해지는 것을 느끼며 그녀는 다시 기절해 버렸다.

"내가 너무 잔인했나?"

그녀의 눈이 돌아가는 것을 보고는 악마금이 중얼거렸다.

"그래도 이 정도로 기절이라니……. 한심하군."

아무튼 조금 있으면 더 많은 추적자들이 올 것이 뻔했기에 그는 야일화를 다시 업고 미리 만들어놓았던 땅굴을 찾아 들어갔다. 땅굴 속은 짧은 시간을 들여 만든 것답지 않게 정교했지만 기어다녀야 하는 것은 어쩔 수 없었다.

땅굴이 시작된 곳에서 삼십 장 정도는 기었을까. 입구가 보이자 악마금은 밖으로 나와 주위를 둘러보았다. 아무것도 없는 공터. 마을의 주민들이 가꾸는 밭이었다. 사방이 훤하니 갈 곳은 많았다. 하지만 그는 그중 북쪽으로 향했다. 이것도 역시 미리 계획된 것이었다.

"도대체 어떻게 된 건가?"

노기 서린 적룡문주 야일제의 물음에 이번 내원의 경비를 총책임졌던 영 장로는 쩔쩔매며 대답했다.

"죄송합니다. 감히 침입자가 있을 줄은 생각 못했기에……."

"지금 내가 그것을 묻고 있는 건가? 왜 화야가 납치되었냐는 말이야? 그리고 어떻게 침입을 하는데 눈치를 채지 못할 수가 있나?"

영 장로로서는 '죄송합니다'라는 말을 반복할 뿐 뚜렷이 대답할 말이 없었다. 그 또한 이해가 안 가기는 마찬가지였기 때문이다. 적룡문의 정예들 대부분이 경계를 서고 있는데 어떻게 네 명이나 되는 괴한이 침입을 했는지, 또 어떻게 추격 중 갑자기 사라져 버렸는지 그의 머리로는 알 수 없었다.

한참을 떠듬거리던 그는 결국 마지막도 '죄송합니다' 라는 말을 반복할 뿐이었다. 그쯤 되자 야일제도 참지 못하고 노성을 터뜨렸다.

"빌어먹을 앵무새 같으니라고. 죄송하다고? 그 말 한마디면 화야가 제 발로 돌아오기라도 한단 말이냐?"

"하지만 추격 도중에 갑자기 사라졌는지라……."

"닥쳐라!"

평소라면 입에 담지도 못할 말이었지만 그만큼 아끼던 자식이 괴한들에게 납치를 당했으니 눈이 돌아가는 것은 당연한 야일제였다. 눈빛으로 사람을 죽일 수 있다면 그렇게 하겠다는 듯 영 장로를 노려보며 주먹을 쥔 손을 부들부들 떨었다. 그때 같이 있던 노인이 끼어들었다.

"너무 상심하지 마십시오."

"그게 무슨 소린가? 지금 상황이 어떻게 돌아가는지 알고 있는 겐가?"

"우선 노기를 가라앉히십시오. 지금 같은 심정으로는 아무런 대안도 나오지 않습니다."

차분한 노인의 목소리는 순간적으로 야일제의 기분을 차분하게 만들었다.

"방법이라도 있나?"

"지금으로서는 없습니다."

야일제가 인상을 찌푸렸으나 노인은 전혀 상관하지 않았다. 더욱 느긋한 표정을 지으며 입을 열었다.

"아직 걱정할 필요는 없습니다. 납치라는 것은 인질의 이용 가치가 원하는 바와 맞을 때 이루어지는 것이죠. 괴한들은 이미 만월교라는 것이 밝혀졌습니다. 대충 짐작은 가지만 정확한 조건은 모르지 않습니까? 분명 원하는 것이 있을 겁니다."

"원하는 것이야 뻔하지 않은가?"

"그렇습니다. 하지만 저희 측에서도 신중을 기해야 합니다. 그리고 그들은 분명 접촉을 해올 것입니다. 그러니 그전에는 아가씨의 신변이 안전하다는 것이죠. 만약 무슨 일이라도 일어난다면 우리 적룡문을 평생 적으로 돌려야 하니 섣불리 건드리지는 못할 거라는 것이 저의 생각입니다."

"흠! 그렇다면 어떻게 해야겠나?"

"우선 저들의 조건을 모르니 기다려 봐야겠지요."

"하지만 어떻게 넋 놓고만 있겠나?"

"밤새 추적을 벌였지만 흔적도 발견하지 못한 상태입니다. 아주 철저히 계획한 것이 분명합니다. 게다가 지금은 타 지역의 수많은 문파들이 몰려 있는 상황, 만약 아가씨께서 납치된 것이 알려진다면 우리 적룡문의 체면이 땅에 떨어집니다. 지금 중요한 것은 소문을 막는 것입니다. 다행히 미리 둘러대기는 했지만 그쪽으로 상당히 신경을 써야 할 것입니다."

잠시 침음을 흘린 야일제가 입을 열었다.

"영 장로!"

노인 때문에 다행히 위기를 모면한 영 장로는 화들짝 놀라며 야일제 문주를 바라보았다.

"예, 하명하십시오."

"자네는 책임지고 계속 조사를 하게. 대신 철저히 보안을 유지해야 하네."

"알겠습니다."

"그리고 원래는 비무대회 우승자를 가린 후에 공식적인 발표를 할 생각이었지만, 예상대로 만월교의 소행이라면 그렇게 넘길 수는 없겠지. 그들이 포기할 수 있게 대회 개막식 때 발표할 테니 그것도 준비하게. 그리고 은밀히 만월교도들이 숨어 있을 만한 곳을 확인하고 계속 수소문해 보게."

"알겠습니다."

허름한 초가 안에서 여인의 찢어질 듯한 비명성이 들렸다. 하지만 그것은 단발로 끝이 나고 곧이어 잠잠해졌다. 비명의 주인은 야일화였고, 그것을 막은 자는 악마금이었다.

포대를 벗기고 혈도를 풀자마자 비명이 튀어나왔기에 악마금이 손으로 그녀의 입을 틀어막았던 것이다. 입을 막은 손에 의해 숨이 막힐 듯함을 느낀 그녀는 두 눈을 부릅뜨며 악마금을 노려보았다. 그러나 악마금은 피식 웃으며 재밌다는 듯 분노에 충혈된 눈을 구경할 뿐 전혀 감정의 동요도 보이지 않았다.

"지금 그런 표정을 지을 때가 아닌 것 같은데?"

"우웁!"

목소리는 나오지 못했지만 충분히 알아들을 수 있었다. 분명 '감히 날 납치해' 라는 말일 것이라고 생각하며 악마금은 더욱 재밌다는 표정이 될 수밖에 없었다.

"후후, 숨이 막힐 테니 손은 치워주지. 하지만 다시 비명을 지를 시에는 어떻게 되어도 난 모르는 일이야. 알겠어?"

그의 손이 치워지자 야일화는 반항하듯 비명을 지르려고 했지만 악마금의 차가운 눈빛이 시야에 들어왔기에 급히 입을 다물어 버렸다. 그리고는 코로 거친 숨만 씩씩거리며 여전히 악마금을 노려볼 뿐이었다. 한참 후 진정이 됐는지 그녀가 떨리는 목소리로 물었다.

"여기가 어디야?"

"알 필요 없어."

"그럼 날 어떻게 할 거지?"

악마금이 비릿한 미소를 지으며 고개를 갸웃거렸다.

"글쎄… 어떻게 할까?"

"풀어줘. 그러면 지금까지의 일은 없었던 걸로 하겠어."

"하하하, 멍청하군!"

"……?"

"얼마나 힘들게 잡아왔는데 상당한 값이 나가는 너를 풀어줄 수 있을 것 같아?"

"그럼 도대체 어떻게 하겠다는 거야?"

"호호호."

소름 끼치는 악마금의 웃음은 그녀를 움찔하게 만들었다. 겁에 질린 표정을 짓는 그녀를 향해 악마금이 느긋하게 뒷짐을 지며 말을 이었다.

"그걸 결정할 수 있는 자는 네 아버지뿐이야. 네 아버지가 너를 끔찍이 사랑하기를 빌 수밖에. 기도나 해둬."

"우리 아버지에게 원하는 것이 뭐지?"

"만월교와 함께 귀주를 통합하는 계획을 세우는 거다."

"지금도 우리 적룡문은 만월교와 뜻을 같이하고 있어."

"하하하, 세상 물정 모르는군. 겉으로나 그렇지. 이미 틀어져 버린 상태야. 네가 풀려날 수 있는 방법은 단 하나다."

"……?"

"모든 무림인들 앞에서 공식적으로 우리 만월교와 앞으로도 계속 연합을 하겠다는 것을 밝히는 거지."

그의 말에 야일화는 가소롭다는 듯 코웃음을 쳤다.

"흥, 아버지가 어떤 생각을 하고 있는지는 모르겠지만 날 납치했다는 것만으로도 네놈 뜻대로는 되지 않을 거야."

"호, 과연 그럴까? 만약 그렇게 된다면 그 예쁜 얼굴에 칼자국이 여러 개 생길 텐데? 게다가 무공을 전폐시킨 후 창녀 굴에 팔아넘겨 버릴 거야. 그것도 아주 싼값에."

적룡문주의 딸로서는 차마 듣지 못할 협박. 과연 그녀도 여자였으므로 얼굴에 칼자국을 낸다는 말에 두려운 표정을 짓기 시작했다. 경악한 그녀를 보며 악마금이 덧붙였다.

"난 귀찮은 것은 딱 질색이야. 그리고 성격이 더럽지. 아무튼 밖에 수하들이 지키고 있으니 도망갈 생각은 꿈도 꾸지 않는 것이 좋을 거야. 그 녀석들은 여자에 굶주려 있거든. 흐흐흐!"

"너, 너……."

분한 듯 쌍심지를 켜며 악마금을 노려보았지만 너무 분하고 화가 나 제대로 입을 열지 못했다. 하지만 그녀의 마음에는 상관도 하지 않고 악마금은 잔인하게 몸을 돌렸다.

"어디를 가려는 거야?"

"비무대회."

"비무대회?"

"그래. 사실 그런 시시한 대회에 참가하기는 싫지만 어쩔 수가 없지. 내기를 할 생각이거든. 이건 너희 적룡문을 위한 것이지. 너무 쉽게 우리와 연합 결성을 결정하면 사람들을 볼 낯이 없을 거 아냐? 그래서 내기 식으로 어쩔 수 없이 내 뜻을 따르게 만든다는 거야. 어때? 꽤 마음이 깊지 않나?"

그녀는 악마금의 말에 실소를 머금었다. 무식한 무인인 줄은 알고 있었지만 이건 무식을 넘어 간덩이가 부은 경우라고 생각했기 때문이다. 악마금의 실력을 보기는 했지만, 그래도 적룡문을 상대로 거의 사기에 가까운 일을 벌인다는 것이 이해 가질 않았다.

'저 무식한 자신감은 뭐지?'

"그런데 난 언제 풀어줄 거야?"

"글쎄… 말했다시피 너희 아버지가 우리 만월교와 영구히 동맹 맺을 것을 허락한다면 내일 당장에라도 풀어줄 수 있지. 왜?"

순간 악마금이 은근한 표정을 지었다.

"나랑 더 있고 싶은 거냐?"

"닥쳐!"

그녀의 일갈을 흘려버리며 악마금은 초가를 빠져나와 적룡문으로 향했다.

제7장
누가 운이 좋은 놈일까?

때는 여름이라 새벽부터 날은 밝았다. 그리고 곧이어 우중충해지는 하늘. 비를 쏟을 것 같은 하늘 아래서 악마금이 초가를 나와 적룡문에 도착했다. 그는 정문을 지키는 무사들을 보고 피식 웃으며 말을 걸었다.

"비무대회에 참가하려고 왔소."

간밤에 일어난 납치 사건은 이미 적룡문에서 철저히 소문을 막았지만 정문을 지키고 있던 무사들은 주범이 누구인지 알고 있다. 그러니 황당한 표정을 지을 수밖에.

아가씨를 납치해 간 놈이 얼마 지나지 않아 나타났으니 얼떨떨한 기분까지 느끼고 있는 중이었다. 흡사 소풍이라도 나온 듯한 걸음걸이, 무슨 일이 일어났는지 전혀 모른다는 듯한 악마금의 얼굴이 가증스럽게 보였던 것이다.

스르릉!

너나 할 것 없이 무기를 뽑아 든 문지기들은 악마금을 향해 검을 겨누며 인상을 썼다.

"제 발로 걸어오다니!"

"미친놈!"

적의를 담은 거친 말투와 하는 꼬락서니를 보고 악마금은 혀를 찼다. 하기야 상황 파악을 못하는 멍청한 놈들이니 문지기나 하고 있는 것이겠지만 앞뒤 분간을 해야 할 것이 아닌가! 당연히 악마금의 입에서 좋은 소리가 나올 리 없었다.

"죽기 싫으면 문 열어."

"닥쳐랏!"

무사 하나가 노성과 함께 체격답게 거대한 장검을 찔러 넣었지만 악마금에게 먹힐 리 만무. 음공을 사용할 필요도 없이 한 손으로 목을 노리는 검을 흘려버리고 반대쪽 손으로 사내의 복부를 타격했다.

퍽!

그리 크지 않은 둔탁한 소리가 흘러나오자 상황을 감지한 남은 자들이 진을 갖추기 시작했지만 어림없는 짓이었다. 역시 악마금은 권각술을 펼쳐 다섯 명의 무사를 잠깐 사이에 주물러 주었다. 그래도 적룡문과 아직 원수가 될 순 없었기에 손속에 사정을 두었지만 쓰러진 자들은 한참 동안 일어설 줄 몰랐다. 그러자 바닥에 구르는 동료를 보고 질렸던 무사 하나가 급히 비굴한 표정으로 입을 열었다.

"죄, 죄송합니다만, 잠시만 기다려 주십시오."

"이제야 말이 통하는군. 꼭 정겹게 폭력이 오고 가야 알아먹는 녀석들이 있지."

"……!"

"난 기다리는 것은 질색이니 빨리 알려!"

그의 말이 끝나기도 전에 무사는 적룡문 안으로 비행하듯 사라져 버렸다.

잠시 후 악마금의 소식을 접한 문주가 잘못 들었다는 듯 재차 확인을 했다.

"지, 지금 뭐라고 했나?"

"예, 만월교의 부교주가 찾아왔습니다."

"뭐라던가?"

"비무대회에 참가하려고 왔다 합니다."

"비무대회?"

뜬금없는 소리에 야일제 문주는 고개를 갸우뚱거리며 옆에 있던 노인을 바라보았다. 하지만 노인도 고개를 저었다.

"황당하군요. 비무대회에 참가하려고 왔다? 그렇다면 어제 납치 건은 관계가 없는 것이라는 말일 수도……."

"아니야. 어제 그를 본 자들이 몇 명 있지 않은가. 게다가 숙소도 이미 비어 있었어. 무슨 꿍꿍이가 있는 것은 확실하네."

"문주님의 말씀을 들으니 그런 것 같군요. 하지만 전혀 예측을 하지 못하겠습니다. 너무 갑작스런, 게다가 뜻밖의 행동인지라……."

야일제는 한참을 고민한 후에도 고개를 저었다.

"어떻게 했으면 좋겠나?"

"지금 그를 막을 방법은 없는 것 같습니다. 우선 무슨 생각을 하고 있는지 지켜보는 것이 어떻겠습니까?"

"비무대회에 참가를 시키자는 말?"

"그렇습니다. 어차피 타 문파의 사람들은 모르고 있습니다. 여기에서 그를 막아 사람들의 이목을 끄는 것보다는 조용히 접촉해 타협을 보는 것이 낫겠지요."

"흠. 타협이라……. 알겠네. 자네 말대로 하는 것이 나을 것 같군."

그러면서 문주는 무사에게 악마금을 다른 문파에서 온 축하객들과 다를 것 없이 대접하라는 명을 내렸다. 그리고 은밀히 따로 사람을 시켜 감시를 하라고도 덧붙였다. 무사는 고개를 숙여 대답한 후 정문으로 나가 악마금을 문 내로 입장시켰다.

이른 아침이었지만 수많은 사람들이 적룡문의 대연무장 입구에 몰려 있었다. 그간 익혔던 무공을 시험하기 위해, 또는 자신이 소속된 문파와 사부의 명성을 높이기 위해, 더 나가 자신의 명성을 알리고 좀 더 좋은 대우를 받기 위한 젊은이들이 비무 신청서를 제출하며 대기하고 있었다. 그사이 악마금이 걸어가자 그를 알아본 사람들이 소곤거리기 시작했다. 설마 만월교에서 비무대회에 참가할 줄은 생각지도 못했기 때문이다.

자신이 지나갈 때마다 웅성거리는 가운데에서도 악마금은 태연하게 신청대 앞으로 나가 중년인을 보며 입을 열었다.

"만월교에서도 참가를 할 거요."

"나이가 어떻게 되시오?"

"스물하나."

"흠, 생각보다 많군요. 그럼 이름은?"

"악마금."

"예?"

"악마금이오!"

잘못 들었다는 듯한 말에 악마금이 다시 한 번 대답하자 중년인은 멍한 표정이 되었다. 이름에 악마라는 단어가 들어갈 수도 있냐는 듯한 황당한 표정이었다.

"악마금이라고 했소?"

"그렇소. 문제가 있소?"

"아, 아니오."

사내는 급히 시선을 아래로 깔며 종이에 이름을 적어나갔다.

"특기는 뭐요? 검이나 도 같은 것 말이오."

"꼭 말해야 하오?"

"비무대결인지라 상대의 특기는 알려주는 것이 예의요."

"예의라……."

악마금은 자조적인 미소를 띠며 한 자 한 자 또박또박 대답했다. 두 번 말하기 귀찮았기 때문이다. 하지만 중년인만 들을 수 있도록 나직이 입을 열었다.

"음공."

악마금의 대답에 중년인은 이번엔 경악한 표정이 되었다. 그가 다시 확인하기 위해 물어보려는데 악마금은 이미 몸을 돌려 걸어가고 있었다. 그의 뒷모습을 보고 중년인은 말도 안 된다는 얼굴이었지만 분명히 들었기에 종이에 적기 시작했다.
"음공이라니… 말도 안 되는 소리!"

악마금은 아무도 없는 곳을 찾았다. 안 그래도 만월교를 좋게 생각하지 않는 녀석들 태반인데, 눈요기가 될 필요를 느끼지 못했기 때문이다. 괜스레 시비거리를 만들고 싶지 않은 그는 나무들이 빽빽이 들어차 있어 세상과 차단된 듯한 느낌을 주는 공터로 들어가 가부좌를 틀고 앉아 운기조식에 들어갔다. 그런데 거기도 사람이 오지 않는 곳은 아닌 모양이다. 짜증스럽게도 이각이 지나자 여인과 사내의 목소리가 점점 가까워지는 것이 느껴졌다.

우선 사내 목소리가 먼저였다.
"야 소저는 왜 안 보이죠?"
그에 대답하는 여인의 목소리.
"글쎄요? 저도 오늘 한 번도 못 봤는데……."
그러자 사내 목소리가 의미심장한, 그래서 낮은 목소리로 말을 받았다.
"어제 내원에 도둑이 들었다던데, 그것과 관련있는 것이 아닐까요?"
"설마요."
"아닙니다. 사실, 적룡문이 어딥니까? 도둑이 들 리가 없지요. 사람들은 은근히 적의 내습이 있었다고들 소곤거리고 있어요."
"음. 저는 잘……. 하지만 별일이야 있겠어요?"
"아무튼 전혀 근거없는 소문은 아닌 것 같았습니다. 그런데 만독부에서도 정 소협이 출전한다고 들었는데, 맞습니까?"

"그래요. 정 사형이 가장 강하니까요."

"흠, 그럼 경쟁자가 늘어나는 건가?"

그 말에 여인의 상큼한 목소리가 답했다.

"설마 청연 소협을 이길 수 있겠어요? 이번 대회의 강력한 우승 후보잖아요."

"허허, 그렇게 말씀하시면 제가 무안하지요. 무림은 바다와 같이 넓다고 하지 않습니까? 또 압니까? 불세출(不世出)의 고수가 돌연 등장해 세상을 놀라게 할지?"

"훗, 그 사람이라면 몰라도 그 정도 고수가 있을 리가 없죠. 그것도 서른 살 미만의 후기지수들만의 대회에서요."

"그 사람? 누구를 말씀하시는 겁니까?"

청연의 물음에 예원은 난감한 듯 고개를 저었다.

"아, 아니에요. 그저 몇 번 만난 적 있던 사람이 있어요."

하지만 말과 함께 그녀는 두 눈을 동그랗게 뜨며 경악할 수밖에 없었다. 그들의 산책길 종점(終點)에 문제의 그 사람, 악마금이 서서 그들을 바라보고 있었기 때문이다.

"다, 당신이 여기에 왜?"

"호, 난 여기 있으면 안 된다는 법이 있나?"

"그건 아니지만……."

"쓸데없는 신경 꺼. 나도 적룡문의 축하객이니까."

그의 눈치를 살피며 예원이 조심스럽게 물었다.

"당신도 비무대회에 참가하는 건가요?"

"왜? 참가하길 바라나?"

그녀는 속으로만 고개를 저을 뿐 긍정도 부정도 하지 않았다. 하지만 문제는 공명심에 들떠 있는 청연이었다. 며칠 전 정각전에서 문주에게 선물을 전해주는 것을 보았기에 악마금이 만월교의 교도라는 걸 알고 있었기 때문이다. 자신의 실력을 자신하는 만큼 무림의 공적이 되다시피 한 앞의 버릇없는 만월교도를 눌러 버리고 싶은 생각이 그에게 있었다.

뭐, 보기에는 무공도 익히지 못한 계집아이 같은 녀석이었지만 건방진 말투를 그냥 넘기고 싶지는 않았던 것이다. 게다가 자신의 멋진 무훈을 구경해 줄 아름다운 여인까지 있었으니 금상첨화가 아닌가.

"자신있는 것 같은데 참가해 보지 그러시오?"

그의 말에 악마금이 인상을 찡그렸다. 눈에 보이지도 않는 녀석이 끼어들고 있으니 기분이 나쁠 수밖에. 자연 퉁명스런 대답이 나왔다. 사실 다른 곳이었다면 이미 손을 썼겠지만 지금은 그럴 수가 없었다. 우선 중요한 일이 앞에 있는 만큼 문제를 최대한 줄여야 했기 때문이다.

"넌 뭐야?"

"뭐? 지금 뭐라고 했소?"

"어디에서 온 놈인지는 모르겠지만 지금 싸울 생각 없으니 조용히 있어라."

한껏 찡그려진 청연의 면상을 바라보며 악마금이 비릿한 웃음을 흘리자 그는 분노해 손을 돌려 검을 잡았다. 이것은 그의 계획의 일부였다. 멋지게 검을 뽑아 만월교도를 처리한 후 무림공적을 쓰러뜨린 명성을 얻을 수도 있기 때문이다. 하지만 그의 검은 채 뽑기도 전에 멈춰졌다. 악마금에게 버릇을 가르쳐 줄 요량으로 막 검을 뽑으려는데 한 손이 그의 소매를 잡았던 것이다.

"왜, 왜 이러시는 겁니까?"

예원이 겁에 질린 듯 떠듬거렸다. 지금 무언가 사정이 있어 악마금이 가만 있는 것 같았기에 내심 다행이라는 생각도 하고 있는 중이었다. 예전 도균 같았으면 검에 손이 닿기도 전에 이 청연이라는 잘생긴 무사는 몸이 터져 버렸을 테니까 말이다.

"그, 그냥 가요."

"하지만 말하는 투가 완전히 우리들을 무시하는 것 같지 않습니까. 이대로 물러선다면 내 자존심이 허락치 않을 것이오."

그러나 예원은 굽히지 않고 정색을 했다.

"괜히 분란을 일으키지 말아요. 저자는 말투가 원래 그러니 그냥 가요."

"하지만……."

말을 하기도 전에 예원은 청연의 옷을 끌어 몸을 돌렸다. 그 뒤로 느껴지는 악마금의 비웃음이 신경에 거슬렸지만 어쩔 수 없었다. 그녀로서는 어떻게 해볼 상대가 아니라는 것을 뼈저리게 느껴봤던 것이다. 괜히 시비가 붙었다가 쥐도 새도 모르게 저승행 마차를 타기는 싫었다.

그냥 가기가 무안한지 청연은 예원이 들으라는 듯 중얼거렸다.

"운이 좋은 놈이군."

제8장
연기

"문주님이 은밀히 만나뵙기를 원하오."

적색 장포를 입은 무사의 말에 악마금은 피식 미소를 지었다. 역시 생각대로 접촉을 해왔기 때문이다. '그럼 그렇지'라는 표정으로 악마금은 무사를 따라 아무도 없는 정원으로 향했다. 그곳에 도착하자 야일제 문주가 떨떠름한 표정으로 인사를 건넸다.

"선물은 잘 받았소."

"선물이랄 것까지야 없지요. 오히려 제가 선물을 받은 격이니까. 아가씨는 잘 모시고 있습니다."

야일제는 잠시 인상을 구기며 더 이상 시간을 끌 필요가 없다는 듯 단도직입적으로 물었다.

"무엇을 원하오?"

"무엇을 해줄 수 있습니까?"

"흠!"

악마금이 얄밉게도 화사한 미소를 지으며 말을 이었다.

"솔직히 제가 원하는 것을 알고 있을 텐데요? 그것을 원합니다."

"그럴 수는 없소. 이미 우리는 뜻을 정했고, 비무대회 본선이 열릴 때 의사를 확실히 공표할 예정이오."

"그럼 따님의 안위는?"

다시 인상을 구기는 야일제였다.

"만약 내 딸아이를 건드린다면 당신들도 무사하지는 못할 거요."

"호! 그렇습니까?"

악마금은 짐짓 두렵다는 표정을 지으며 고개를 저었다. 그 모습이 오히려 야일제 문주를 조급하게 만들었다.

"그런데 어쩝니까? 만월교는 몰라도 저는 겁이 없는 놈이라서……. 게다가 공교롭게도 이번 일은 만월교와 상관없이 제가 꾸민 일이라 본교에서도 지금쯤 소식을 알았겠지만 어쩔 수 없을 겁니다."

순간 야일제가 몸을 부들부들 떨었다. 끓어오르는 분노를 극도의 인내심으로 참고 있다는 것이 여실히 드러나고 있는 것이다. 하지만 악마금은 신경도 쓰지 않고 계속 그의 속을 긁어대기 시작했다.

"만약 교주님이 이 사실을 알았다면 따님을 돌려보내라고 하겠지만 이곳까지 지시가 당도하려면 최소한 이틀이 걸릴 겁니다. 뭐, 솔직히 말씀드리자면 지시가 떨어져도 저는 따르지 않을 용의 또한 있어서……. 제가 원래 남의 말을 듣기 싫어하는 체질이죠."

"고얀!"

결국 참지 못한 야일제는 악마금을 죽일 듯 노려보며 살기를 드러내기 시작했다. 생각 같아서는 이 빌어먹을 녀석의 목을 단숨에 부러뜨려 버리고 싶은 심정이었다. 무공에 대한 자신감이 넘치는 그였으므로 충분히 그럴 수 있다고 생각했다. 아니면 맞불 작전으로 악마금을 사로잡아 야일화와 바꿀 수도 있지 않은가! 거기까지 생각이 미치자 점점 더 그러고 싶은 마음이 들었다.

하지만 잠시 후, 그럴 수 없다는 것을 본능적으로 깨달았다. 그가 은근히 내력을 끌어올리고 있는 가운데 차가운 한기가 악마금으로부터 뿜어져 나왔기 때문이다.

내력의 기운을 몸 밖으로 뽑아내는 거야 어느 정도의 고수들도 할 수 있겠지만 야일제로서는 자신의 몸이 굳을 정도로 극강의 한기를 분출한다는 것이 놀라웠다. 급기야 자신도 모르게 몸이 부들부들 떨리는 것을 느낀 그는 경악한 눈으로 악마금을 바라보았다.

야일제가 살기를 드러내자 지금까지 한 문파의 문주를 대할 때의 예우(禮遇)를 정중히 지켰던 악마금은 싸늘한 눈빛으로 나직이 중얼거렸다.

"문주님을 죽이기는 싫습니다. 내력을 거두십시오."

악마금의 말에 주문에라도 걸린 듯 야일제는 처음 들었던 생각을 완전히 날려 버리고 멍하니 악마금의 말을 따랐다.

"다, 당신은 누구요? 어떻게 그 정도의……."

"제 신분은 자세히 밝힐 수 없습니다. 다만 한 가지 짚고 넘어가야 할 것은 지금 만월교의 힘은 그 어느 때보다 강하다는 거지요. 뭐, 이런 말을 하기는 뭐하지만 어차피 우리와의 인연을 끊지 않을 것이라 믿고 말씀드리겠습니다. 조만간 귀주는 만월교에 넘어오게 되어 있습니다, 그들만 완벽히 완성된다면……. 그건 제가 확신을 하지요."

"그들?"

"그 또한 정확히 말씀드릴 수 없습니다만, 저 같은 놈들이 만월교에는 상당수 있지요. 대량 학살이 가능한 극강의 고수들이 귀주를 휩쓸어 버릴 겁니다."

야일제는 다시 한 번 경악한 얼굴이 될 수밖에 없었다. 방금 피부를 찢을 듯한 한기를 경험해도 믿을 수 없었는데 앞의 악마금 같은 자들을 만월교에서 양성하고 있다니 놀라울 수밖에 없었다.

그의 표정 변화를 보고 악마금이 쐐기를 박기 위해 덧붙였다. 적룡문주의 표정으로 보아 감언(甘言)을 더한다면 회유를 할 수 있을 것 같았기 때문이다.

"적룡문이 지금까지 얼마나 많은 고생을 했는지 본 교는 잊지 않고 있습니다. 이제 귀주를 통합해 그 중심에 서야 할 텐데 저희와 멀어지겠다는 것이 억울하지 않습니까? 계속 저희와 연합을 구축한다면 훗날, 그간 받았던 피해의 몇 배를 보상받을 수 있을 텐데요. 잘 생각해 보십시오."

악마금이 거기까지 말하자 솔직히 야일제는 마음이 만월교 쪽으로 상당히 기울어진 것이 사실이었다.

하지만 그는 적룡문 전체를 책임지고 있는 한 무리의 수장. 신중에 신중을 기하기 위해 다시 물었다.

"도대체 어느 정도의 고수들을 양성하고 있는 거요? 정확히, 그리고 앞으로의 만월교가 가진 계획을 들어보고 싶소."

악마금은 대답을 미루고 야일제의 얼굴을 유심히 살폈다. 그 후 무슨 비밀이라도 말하는 듯이 더욱 나직한 목소리로 입을 열었다.

"대량 살상을 할 수 있는 무공을 만월교에서 오래전 개발했습니다. 그리고 재능이 있는 아이들을 골라 뽑아 지금까지 수련을 시켰지요. 그 결과 올해 안으로 그들은 세상에 은밀히 드러나게 될 것입니다."

"대량 살상?"

"그렇습니다. 손도 안 대고 적들을 무너뜨릴 수 있는 극강의 고수들이죠."

"정말 그런 무공이 있다는 말이오?"

"그렇습니다. 잘 생각해 보십시오. 만약 우리 만월교와 영원한 동맹임을 지금 무림 군웅들에게 선포한다면 따님은 물론 고이 보내 드릴 것이며, 조만간 본 교에 연락해서 고수들을 파견하도록 할 것입니다. 본 교도 적룡문을 정말 필요로 하고 있으니까요."

"그렇다면 지금까지 왜 한 번의 지원도 없었소?"

"그건 적룡문의 세력을 믿고 있었기 때문이지요. 다른 문파에도 도움 요청이 많았던지라 어쩔 수 없었습니다. 하지만 지금은 도균의 일도 마무리되었고, 그 때문에 만월교도 조금의 여유가 생긴 형편입니다."

"흠."

야일제는 타협은커녕 이제는 완전히 악마금에게 넘어가 버린 상태가 되어버렸다. 그래도 덥석 동조 의사를 밝힐 수는 없는 일, 그는 잠깐 생각에 잠긴 듯 신중한 표정을 짓더니 난감한 듯 떠듬거렸다.

"그런데 문제가 있소."

"……?"

"바로 장문과 그 연합 세력인데… 지금 아버님의 생신 축제를 핑계로 우선 평화 협정을 맺은 상태요. 양쪽 다 상당한 피해를 입고 있으니 저들도 은근히 바라는 바이겠지만, 우리 적룡문이 공식적으로 만월교와 동맹을 맺을 것이라는 의사를 밝힌다면 엄청난 반발이 있을 것이오."

"그 점은 저도 알고 있습니다. 그래서 따로 계획한 것이 있지요."

"무엇이오?"

"적룡문이 어쩔 수 없이 우리에게 동조 의사를 밝힌 것처럼 보이게 하는 겁니다."

야일제 문주는 의아한 표정을 지었다.

"무슨 뜻인지……?"

"아, 그러니까 저와 문주님이 연극을 하자는 말입니다."

그러면서 악마금은 자신이 계획한 바를 차근히 설명하기 시작했다. 그의 말이 계속될수록 적룡문주의 표정이 묘하게 뒤틀리더니 나중에는 슬며시 웃음까지 흘렸다.

"하하하, 그거 상책이군! 하지만 그래도 만월교와 동맹을 맺는다는 것은 변함이 없지 않소?"

"그래도 섣불리 공격해 올 리는 없습니다. 이번 축제가 끝이 난 후 인질 때문에 어쩔 수 없었다는 것과 만월교를 직접적으로 돕지는 않을 것이라는 말을 은근히 장문의 연합에 알리십시오. 그러면 그들도 믿을 겁니다. 혹, 믿지 않더라도 어떻게 하기란 참 난해하겠죠. 만약 공격을 한다면 적룡문이 완전히 우리 만월교 쪽으로 돌아설 것이 걱정될 테니까요."

"흠!"

"우선 적룡문은 그렇게 이 일대의 문파들을 그런 식으로 묶어두기만 하면 됩니다. 그것도 본 교에는 상당한 이득입니다."

야일제는 연신 고개를 끄덕이고 있었다. 곱게 자란 턱수염을 쓰다듬던 그가 불현듯 고개를 들어 악마금을 보았다.

"좋소! 소협의 뜻대로 하리다."

악마금은 평소의 그답지 않게 정중히 고개 숙여 포권을 했다.

"그래 주신다면야 본 교의 큰 영광입니다. 그럼 저는 문주님만 믿겠습니다."

"아! 그리고 딸아이는 어디에 있소?"

"저희가 손끝 하나 건드리지 않고 모시고 있습니다. 오늘 저녁에 아무도 몰래 신변을 넘겨 드리도록 하겠습니다. 다만 다른 문파에 알려지지 않게 한동안 아가씨를 내원 밖으로 나가지 못하도록 하십시오."

"그건 걱정 마시오. 그럼 이만 가보겠소."

"살펴가십시오."

적룡문주는 주위를 세심히 살피며 조심스럽게 그곳을 빠져나갔다. 그가 사라지자 악마금은 표정을 확 바꿔 비소를 지었다.

"크크, 나도 허풍 하나는 알아줘야겠군. 나 같은 놈이 어디에 있다고. 호호! 아무튼, 이제 연극을 하는 일만 남았군!"

비무대회 참가 인원은 총 백사십팔 명이었다. 모두가 한 문파에서 주목을 받는, 현 귀주무림의 앞날이 촉망받는 젊은이들이었다. 물론 그중에는 한 문파에서 여러 명을 대거 출전시킨 곳도 있었고, 아무도 없는 문파도 있었다.

비무는 본선 여덟 명을 뽑아 오후에 본격적으로 치르게 했었고, 오전은 예선을 치르도록 정해졌다. 대연무장에 여덟 개의 큰 비무대가 설치되어 각 상대별로 일 대 일의 대결을 펼치는 방식이었다. 이런 식으로 하나하나 대결을 펼친다면 시간이 많이 걸리겠지만 하루인 것을 감안해 비무 시간을 정했다.

예선 비무는 모두 일각. 그 안에 승부가 나지 않는다면 심사자들이 판정 평가를 내리는 식이었다. 대진표는 공개를 하지 않고 대기자들을 호명함과 함께 바로 비무를 펼치게 했다.

징ㅡ!

비무대회를 시작하는 징 소리가 울리자 대기하고 있던 참가자들이 모두 연무장으로 들어섰다. 혹, 시비가 일어날 수가 있었기에 그 외 구경꾼들은 출입을 금했고, 예선 통과자 여덟 명의 본선 비무만 사람들에게 공개하기로 되어 있었다. 그리고 철저히 상대의 특기를 숨기기 위해 각 비무대마다 다른 대결을 볼 수 없도록 천막을 쳐 철저히 비공개를 택하고 있었다.

본격적으로 비무대회가 시작되자 악마금은 자신이 배정받은 비무대 근처에 팔짱을 끼고 심드렁한 표정으로 서 있었다. 사람들 눈에 띄기 싫었으므로 최대한 비무대 모서리 칸막이 쪽에 기댄 채였다. 그렇게 다섯 번의 비무가 끝나자 비무대 안쪽에서 중년인이 나오며 다음 차례를 나직이 호명했다.

"만월교의 악마금과 비룡표국의 강천월!"

천막으로 둘러싸인 비무대는 그리 크지 않았지만 대결을 펼치기에는 충분했다. 악마금은 비무대 한쪽 귀퉁이 부분에 서서 여전히 팔짱을 끼고 있었다. 상대, 강천월이라 불린 사내는 봉이 특기인 것 같았다.

얇지만 긴 봉을 들고 악마금을 노려보는 모습이 기선을 제압하겠다는 의도로 보였지만, 정작 당사자인 악마금은 귀찮다는 표정만 노골적으로 보여줄 뿐 일부러 눈도 마주치지 않은 채 하늘만 바라보고 있었다.

그때 심사자 두 명 중 한 사내가 엄한 목소리로 입을 열었다.

"상대를 다치게 해서는 안 되며 급소를 노려서도 안 되오. 상대가 쓰러지면 공격을 중지해야 하고, 포기할 의사가 있다면 확실히 '포기'라고 외치시오. 그때 상대는 공격을 중단해야 하오."

그는 악마금과 강천월의 확인을 받아내려는 듯 번갈아 바라본 후, 일갈을 날렸다.

"그럼 시작하시오!"

비무의 시작은 우선 예의를 표시하는 것이었다. 심사자의 말과 함께 강천월이라고 불린 청년이 봉을 겨드랑이에 끼며 악마금을 향해 포권을 했다.

"잘 부탁드립니다."

"됐어. 공격이나 해봐."

순간 강천월의 표정이 싸늘하게 식었다. 그리고 한 대만 쳐도 날아갈 것 같은 건방진 악마금을 향해 섬전과 같은 속도로 다가들었다.

팟!

땅을 박찬 그의 신형은 정확히 악마금의 일 장 앞에서 떠올랐다. 그리고 경기를 흘리며 떨어지는 봉!

쉬이익!

좀 전에 악마금에게 무시를 당한 값을 톡톡히 치러줄 모양인지 강력한 내공이 실렸음이 분명했다. 하지만 무시무시한 파공음과 함께 봉에서 엄청난 바람이 불 때까지 악마금은 움직이지 않았다. 그것을 보고 내심 쾌재를 불렀지만 그것은 강천월의 생각일 뿐, 봉이 악마금의 머리를 막 부서뜨리려는 순간 놀라운 일이 벌어졌다.

파파팍!

"크아악!"

봉이 허공에서 부서지고, 파편이 강천월의 몸을 덮치자 고통의 비명이 비무대를 울렸다. 믿을 수 없다는 듯 자리에서 벌떡 일어서는 심사자들. 그들은 경악한 눈으로 악마금과 쓰러진 강천월을 번갈아 바라보며 입을 쩍하니 벌리고 있었다.

악마금은 전혀 움직이지 않고 팔짱 낀 손가락만 슬쩍 움직이는 것을 감지했을 뿐인데, 오히려 공격을 가한 강천월의 봉이 터지며 쓰러졌으니 황당할 수밖에.

아직도 상황 파악이 되지 않았던 심사자 중 하나가 불신이 가득한 시선으로 악마금을 보며 떠듬거렸다.

"마, 만월교 악마금 승!"

여러 번의 비무에서 악마금을 이긴 자는 아무도 없었다. 그 정도가 아니라 제대로 건드려 본 자도 없자 심사자들은 더욱 경악할 수밖에 없었다. 무슨 사술이라도 익혔을 것이라고 생각할 뿐 달리 해석할 방법이 없었던 것이다. 가만히 있는 악마금을 공격하다가 모두 어떻게 당한지도 모르고 기절해 나갔으니……. 악마금이 속한 비무 조에서는 역시 그가 우승을 했다.

꽤나 시간이 걸릴 줄 알았던 예선은 의외로 빨리 끝나고 모두 잠깐의 휴식을 취했다. 그리고 오후 본선 비무대회가 시작되자 구경꾼들이 정각전으로 몰리기 시작했다.

거대한 정각전의 마당 중앙에는 지름이 십 장이나 되는 둥근 원형의 비무대가 설치되어 있었다. 그 주위로 탁자들이 나열되어 있어 수많은 사람들이 음식을 즐기며 비무를 구경할 수 있도록 배려해 놓았다.

본격적인 대회가 시작되기 일각 전이 되자 이번 본선 진출자들이 호명되고 비무대 위로 올라서기 시작했다. 그때 악마금을 본 사람들이 경악한 표정을 지으며 놀라움의 탄성을 질렀다.

"저자는 만월교도 아니야?"

"무공을 익힌 것 같지 않은데 어떻게 올라왔지?"

수많은 웅성거림 속에서도 크게 놀라지 않는 사람들도 있었다. 바로 만독부의 예원과 그녀의 사형들이었다. 오히려 그들은 걱정스러움부터 드러냈다. 자신들의 사형인 정유선이 본선에 진출했는데 악마금이 있으니 보지 않아도 결과는 뻔했던 것이다.

그것은 도균에서 악마금을 본 적 있는 정유선도 마찬가지였다. 악마금을 보자 얼굴이 핼쑥해지며 진땀까지 흘리기 시작했다.

"흐흐, 너는 본 적이 있는 것 같은데? 만독부?"

본선 진출자들의 소개가 시작되자 정유선과 일렬로 서 있던 악마금이 그를 발견하고는 음침한 미소와 함께 말을 걸어왔다. 그러자 정유선은 똥이라도 씹은 표정으로 고개를 끄덕일 수밖에 없었다.

"그렇소. 도균에서 본 적 있소."

"흐흐, 너도 알겠지만 난 사정을 두지 않아. 그러니 만약 나와 대결을 하게 되면 조용히 내려가라."

완전히 자신을 아이 취급하는 발언에 정유선은 분노가 치밀어 올랐지만 아무런 행동도, 대꾸도 할 수 없었다. 씩씩거리며 얼굴만 붉힐 뿐!

본선 진출자들은 자신들의 소개가 끝나자 모두 비무대 아래로 내려갔다. 다음은 이번 비무대회를 연 적룡문주 야일제의 연설이었다. 비무대가 훤히 보이는 상석에 있던 그는 자리에서 일어서더니 단상으로 나왔다. 그런데 그가 막 입을 열려고 할 때 누군가가 소리쳤다.

"잠깐 할 말이 있소!"

모두가 돌아보자 비무대 위에 서 있던 악마금이 앞으로 몇 걸음 걸어나오고 있었다. 그리고는 모두가 들어도 충격적인 말을 하기 시작했다. 이곳에 오게 된 목적과 함께 야일화를 납치한 것까지 세세히 말하자 모두들 경악한 표정이 되기 시작했다. 감히 적룡문주의 딸을 납치한 것도 놀라운 일이었지만, 그것을 뻔뻔스럽게 말하는 것에 대한 놀라움이 더 컸던 것이다. 하지만 더욱 경악할 만한 것은 설명 후 덧붙인 말이다.

"나는 바보가 아니오. 고로, 적룡문주의 딸을 살리고 싶거든 정당하게 내기를 하자는 거지. 모두가 보는 앞에서 결과에 승복하기로! 만약 내가 진다면, 우리 만월교는 적룡문에 대해서는 절대 손을 대지 않겠소. 그리고 적룡문주의 딸도 무사히 돌려보내 줄 것이고."

거기까지 말하자 문득 적룡문주가 인상을 찌푸리며 입을 열었다.

"그럼 당신이 이긴다는 전제 하의 조건은?"

난감한 표정은 여실히 드러나 있는데, 당연히 연기였다. 이미 악마금과 말을 맞춰놓은 상태였으니 말이다. 지금은 분노한 듯, 또한 노한 듯 사람들에게 보이는 것이 중요했다. 더욱 중요한 것은 딸을 살리기 위한 아버지의 정을 표현하는 것이다.

"당연히 적룡문은 이 순간부터 우리 만월교와 예전처럼 관계를 계속 유지하는 것이오."

장내에 싸늘한 침묵이 감돌았다. 모두들 적룡문주의 결정을 확인하기 위해 시선을 모으고 있었기 때문이다.

"대결 방식은?"

"누구든 상관없소. 나를 이길 수 있는 자가 있다면 얼마든지."

거만한 그의 말에 사람들이 소곤거렸다. 계집아이 같은 녀석이 도대체 뭘 믿고 저런 말을 하는 것이냐는 시선과 함께 비웃는 자까지 있었다. 아무리 보아도 악마금이 불리한 것은 기정사실처럼 보이는 내기였기 때문이다. 그러니 사람들은 은근히 적룡문주가 내기를 받아주기를 바라는 눈치였다. 무림 후기지수들은 젊은 혈기와 호승심까지 불태우기 시작했다.

이곳에서 만월교의 부교주를 꺾어 명호를 드날릴 수 있는 기회와 함께 적룡문주의 딸을 구함으로 해서 얻어지는 막대한 이득은 상상도 할 수 없는 것일 테니 말이다.

모두의 바람이 이루어질 순간이 다가왔다. 적룡문주는 이미 악마금과 계획한 바가 있었기에 겉으로는 걱정스러운 표정을 잔뜩 지으며 고개를 끄덕였다.

"좋소. 아무리 보아도 당신이 불리한 조건임은 기정사실이오. 자신이 있는 것 같은데, 어디 해봅시다."

악마금 역시 고개를 끄덕였다.

"그럼 내기는 성사된 것으로 알고… 누구든 날 이길 수 있을 것 같은 자들은 올라와 봐!"

악마금의 말투가 갑자기 바뀌었다. 도발적이면서 모든 사람을 자신의 아래로 보는 하대에 대부분의 사람들이 적의를 드러내기 시작했지만 안하무인 악마금은 한술 더 떠 거만하게 말을 이었다.

"단, 부상은 각오해야 할 거다. 어쩌면 목숨이 왔다 갔다 할 수도 있으니 그것도 각오하도록!"

제9장
불세출의 고수

"내가 먼저 하지."

자신감이 담긴 목소리가 장내를 울렸다. 청연은 그 목소리만큼이나 자신있는 표정으로 비무대 위로 올라섰다. 어떻게 악마금이 본선까지 올라왔는지는 모르겠지만 그가 볼 때는 한참의 하수로 보였기 때문이다. 여인과 같은 예쁘장한 얼굴은 더욱 그를 자신감에 차게 할 수밖에 없었다.

그는 악마금이 내기를 걸었을 때 황당함마저 느꼈었다. 그래서 지금 그의 기분은 상당히 좋을 수밖에 없다. 만월교의 부교주를 꺾음으로 해서 생기는 명성은 헛되지 않을 것이기 때문이다. 오히려 그는 악마금이 한 방에 나가떨어지지나 않을까, 은근히 조바심이 날 지경이었다. 너무 쉽게 이긴다면 그의 공이 줄어들 수도 있으니 말이다.

적당히 강한, 하지만 자신에게는 결국 패배의 쓴맛을 보는 그런 상대이기를 바라고 있었다.

그가 검을 들고 비무대 위에서 예의를 갖추자 눈치를 보며 고심하던 사람들이 약간의 실망감을 드러냈다. 그들 또한 청연과 비슷한 생각을 하고 있었던 것이다.

하지만 악마금은 고개를 삐딱하게 옆으로 꺾으며 청연을 하찮은 벌레 보듯 바라보았다.

"난 대상을 정하지 않았다. 누구든 상관없다는 말이지. 하나 너 같은 놈은 상대가 안 될 테니 괜스레 목숨 날리지 말고 내려가!"

"훗! 어떻게 본선까지 올라왔는지는 모르겠지만 정말 못 들어주겠군. 무슨 천하제일의 고수라도 되는 듯한 말투인데… 그게 마음에 안 들어!"

"호, 그래?"

악마금은 피식 웃으며 가늘게 뜬 눈으로 상대를 바라보았다.

"몇 초 만에 끝내주면 그 소리가 들어가나?"

"닥쳐! 너를 쓰러뜨리고 귀주에 만월교의 무공이 얼마나 하찮은 것인지 증명해 보이겠다!"

스르릉!

순간 분개한 청연은 검을 뽑음과 동시에 내력을 끌어올리기 시작했다. 그리고 이어지는 신법!

화려하게 밟는 보법과 빠름은 확실히 우승 경력이 있는 후기지수다웠다. 순식간에 악마금에게 접근한 그는 신룡검법(神龍劍法) 제삼초 유운적호(流雲赤湖)의 초식을 이용해 상대의 열두 군데 요혈을 노렸다.

하지만 그것이 악마금에게 먹힐 리가 없었다.

빠르고 화려하게 움직이는 검에 경기가 쏠리며 소리가 터져 나왔다. 악마금이 그것을 이용했기 때문이었다.

쾅!

"크악!"

검초를 다 펼치기도 전에 갑자기 청연의 가슴 부위에서 폭음이 울렸다. 무언가 터진 듯한데, 비무를 관전한 사람들은 아무도 알 수 없었다. 검초를 펼치다가 가슴이 터진다는 것은 이해 불능의 현상이었던 것이다.

"크윽!"

상당한 충격을 받았지만 죽을 정도는 아닌 모양. 청연은 검게 그슬려 훤히 드러난 가슴을 손으로 누르며 자리에서 일어섰다. 하지만 처음의 자신감은 온데간데없었다.

"무, 무슨 짓을 한 거냐?"

"글쎄… 너 같은 놈은 알 권리도 없어."

말과 함께 악마금이 손을 휘저었다. 귀찮은 듯 소매가 살짝 펄럭였을 뿐인데 놀라운 일이 또 벌어졌다. 이번에는 조금 전보다 더욱 큰 소리가 터졌고 청연은 어떠한 충격을 받으며 십 장이나 날아가 비무대 밖으로 곤두박질쳤던 것이다. 그리고 이번 공격에는 일어서지도 못하고 기절해 버렸다.

그 모습을 못마땅한 듯 바라보던 악마금이 혀를 찼다.

"클, 그따위 실력으로 뭘 해보겠다고. 흑룡사 하나도 감당하기 어렵겠군."

그러면서 그는 비무대 바로 밑에서 경악한 눈으로 자신을 바라보고 있는 청연과 같은 본선 진출자들을 향해 손가락을 까딱거려 보였다.

"너희들도 저 멍청한 놈처럼 공명심에 눈이 어두워져 있다면 올라와 봐. 단, 귀찮으니 한꺼번에 모두 덤벼!"

그의 말에 모두들 슬금슬금 눈치를 보기 시작했다. 무공의 특성을 알아야 공격을 해도 대응할 수 있을 것이 아닌가. 처음 공격은 아무런 변화도 없이, 두 번째 공격은 손을 휘젓는 것으로 비무가 끝나 버렸으니 황당한 마음을 감출 수가 없었다. 그래도 자존심이 상하는지 부정도 긍정도 못하고 있는데, 그중에도 당당하게 도망(?)치는 녀석들이 있었다.

악마금을 잘 알고 있는 만독부의 정유선과 이미 아버지인 야일제에게 비밀리에 이야기를 들은 야일림이었다. 그들이 사라지자 남은 본선 진출자들도 더 이상 있고 싶은 생각이 없었다. 모두 조용히 장내로 걸어갔다.

"영 멍청한 놈들은 아니군! 좋아, 다음은 누구야?"

"노부가 한번 도전해 보지."

악마금의 말에 사람들 사이에서 한 노인이 화려한 경공을 펼치며 비무대 위로 올라섰다. 백발을 바람에 휘날리는 모습과 정순한 안광으로 보아 상당한 수련을 거친 정도 계열의 고수가 분명해 보였다. 그는 악마금과 마주함과 동시에 말을 이었다.

"적룡문은 잘 알지 못하나 무인으로서 동도의 어려움을 그냥 지나칠 수 없어서 나온 것이니 너무 흉보지 말게."

"훗, 늘그막하게 이름이라도 날려보고 싶어서겠지."

순간 노인의 얼굴이 붉어졌다.

"네놈은 노부가 누구인 줄 아느냐? 어디에서 함부로 입을 나불대는 것이냐?"

"글쎄… 난 원래가 그렇게 생겨먹은 놈이라. 어디, 공명심에 들뜬 늙은이의 소속은 어딘가?"

"네 이놈!"

노인은 더 이상 참을 수 없는 듯 악마금을 향해 덮쳐들었다. 확실히 아직 내공이 그리 크지 않은 젊은이들과는 확연히 달라 보였다. 군더더기없는 움직임과 몸에서 은근히 풍겨 나오는 강력한 기운 등은 상당한 시간을 무공 수련에 매달린 노인임을 알게 해주었다.

"내가 너의 버릇을 고치지 못하면 성을 갈 것이다."

노인의 특기는 권각술인 것 같았다. 말과 함께 초식에 의해 주먹을 움직이기 시작하자 마지막 일격에 푸르스름한 원형의 강기가 주먹에서 뿜어져 나왔다. 하지만 악마금은 여유로움을 잃지 않았다. 오히려 비꼬는 듯 다가오는 강기를 바라보며 중얼거렸다.

"그럴 일은 없을 거다."

악마금은 역시 손을 휘저었다.

쾅!

순간 노인의 눈이 동그랗게 떠졌다. 전신의 내력을 쏟아 부은 것은 아니지만 상대에게 다가가기도 전에 터질 정도로 약하지도 않았던 것이다. 그런데 악마금이 손을 움직이자 거짓말처럼 터져 버렸으니 놀랄 수밖에 없었다.

"어, 어떻게……?"

갑작스러운 놀라움은 동작을 굼뜨게 만들고 판단 능력을 느리게 한다. 잠시 균형이 흐트러진 노인의 빈틈을 놓치지 않은 악마금이 그냥 넘어갈 리 만무, 순간 땅을 박차고 노인의 품 안으로 뛰어들었다. 극쾌의 신법은 강한 바람을 일으켰다. 그리고 이어지는 둔탁한 소리!

퍽!

악마금의 주먹이 노인의 명치에 박혀들고, 다음은 허벅지였다. 발로 허벅지를 걷어찬 후에는 어깨, 얼굴, 가슴, 복부, 다리 등에 쉴 새 없이 손이 오갔지만 시간은 그리 길지 않았다.

퍽퍽퍽!

눈 깜짝할 사이에 북 치는 소리가 여러 번 터져 나오고 난 후 사람들이 마지막으로 볼 수 있었던 장면은 노인의 목줄이 악마금의 손에 잡혀 있다는 것, 그리고 몸을 부들부들 떨고 있다는 것이 전부였다.

평소 노인 정도의 실력이라면 이 정도에서 당하지는 않았겠지만 워낙에 악마금의 신법이 빨라 속도를 감지할 수 없었던 데다, 손으로 막으려 해도 내력에서 밀려 도리어 튕겨 나왔던 탓이다.

노인의 목을 거칠게 잡아 조르고 있는 악마금의 손에 더욱 힘이 들어가기 시작했다. 고통에 의한 본능적인 동작으로 노인이 악마금의 팔목을 붙잡았지만 땅속 깊이 만년한철의 쇠몽둥이처럼 꼼짝도 하지 않았다.

악마금은 잔인하게도 눈이 돌아가는 노인의 얼굴을 구경하며 나직이 읊조렸다.

"말했지, 그럴 필요 없다고. 죽을 놈이 성을 바꿔 뭐 하나?"

팍!

말과 함께 힘을 준 손에서 노인의 몸이 서서히 기울어져 갔다. 털썩 하며 바닥에 쓰러진 노인의 목은 살점이 뜯겨져 있어 피를 울컥울컥 쏟아내고 있었다.

즉사! 그 단어가 주는 의미는 장내를 침묵 속으로 접어들게 하기에 충분하고도 남는 것이었다. 그래도 무림의 대선배인데 설마 죽일 줄 몰랐기에 충격도 그만큼 컸다. 하지만 더욱 놀라운 것은 악마금의 반응. 그는 잔인하게 사람을 죽였음에도 불구하고 심드렁한, 당연히 해야 할 일을 했다는 듯한 표정으로 장내를 돌아보며 내력이 실린 목소리로 나직이 외쳤다.

"다음!"

조용한 장내는 이제 무겁게 가라앉아 있었다. 아무런 감정의 동요도 보이지 않는 악마금을 향해 역겹다는 듯한 시선만 보낼 뿐!

"이제 없나?"

누구도 나서지 않자 악마금은 내심 흡족한 마음을 가지고 뒷짐을 지었다. 사실 이렇게까지 할 필요는 없었지만 귀찮은 것은 딱 질색이었던 악마금이다. 처음부터 확실히 무언가를 보여주지 않으면 끊임없이 도전을 해올 것이 짜증났던 것이다.

"없으면, 이번 내기는 만월교의 승리로……."

"잠깐!"

건들거리는 걸음걸이와 허리에 비껴 찬 검이 악마금의 눈에 띄었다. 기름기 줄줄 흘러 번뜩이는 머리와 허름한 옷은 다음이었다. 전체적으로 불량스럽게 보이는, 더불어 나태함까지 묻어 있는 사내가 천천히 비무대 위로 올라서고 있었다.

"나도 한번 해보고 싶은데… 안 되겠소?"

"허!"

악마금은 순간 실소를 머금어야 했다. 검도 제대로 차지 못한 녀석이 자신의 살인 장면을 보고도 나왔다는 것이 충분히 그를 황당하게 만들었기 때문이다. 그리고 보니 악마금도 사내에 대해 기억이 났다. 며칠 전 적룡문주에게 선물을 잃어버렸다던 희강이라는 웃기는 별호에 곽대정이라 자신을 밝혔던 거지 같은 녀석이 말이다.

악마금은 호기심이 가득 묻어나는 표정이 되어 물었다.

"정말 해볼 생각이냐?"

"흠! 나 같은 놈은 자격이 없는 건가!"

"자격이 없기는. 죽을 자격은 충분하지. 흐흐."

비소를 흘리던 악마금이 여유로운 몸짓으로 고개를 끄덕였다.

"공격해 봐라."

"히히, 먼저 공격해도 될까? 후회할 텐데……."

그의 말에 순간 악마금이 인상을 구겼다. 코까지 후비며 심드렁한 모습을 뽐내기라도 하는 것이 상당히 신경에 거슬렸던 것이다.

"쓸데없는 소리 말고 덤벼!"

"흠, 그럼 사양하지 않겠소."

그러면서 사내는 올라올 때만큼이나 천천히 검 손잡이를 잡았다. 그리고 그보다 더욱 느리게 뽑아내는 검!

소리조차 없을 정도로 천천히 뽑히는 검을 보던 악마금은 순간 긴

장할 수밖에 없었다. 검의 초단과 중단이 드러나고, 마지막 검끝이 완전히 뽑히는 순간 곽대정의 몸에서 엄청난 기운을 감지했기 때문이다.

순간 이게 아니라는 생각이 몰려왔지만 생각은 길고 후회는 짧았다. '탕' 하는 소리와 함께 검신(劍身)이 완전히 몸을 드러내는 찰나 눈앞에 곽대정이 서 있었던 것이다. 그것도 놀라운데 더욱 악마금을 경악하게 한 것은 나타났다고 생각되는 순간 검날이 이미 그의 정수리를 노리며 위에서 아래로 떨어져 내리고 있었기 때문이다.

"헙!"

순간 숨을 멈춘 악마금은 본능적인 동작으로 몸을 틀었다. 그러자 바로 눈썹을 스치며 전신을 훑고 내려가는 검신의 옆면을 볼 수 있었다. 섬뜩한 느낌이 들었으나 그보다는 상대에게서 멀어져야 한다는 생각이 먼저였다.

파파팟!

땅을 박차고 몸을 뒤로 눕히듯 빠르게 뒤로 물러선 악마금은 내심 끓어오르는 분노를 느끼기 시작했다. 까딱 잘못했다간 몸이 두 동강 날 뻔했으니 당연한 반응. 그러나 그는 분노도 터뜨리기 전에 또다시 경악을 하며 인상을 찌푸렸다.

뒤에서 느껴지는 거대한 기운의 주인공은 빌어먹을 곽대정밖에 없었기 때문이다. 그리고 머리에서 점점 가까워지는 싸늘한 경풍은 아마 첫 번째와 같이 검을 내려치고 있음이 분명했다.

'늦었다.'

악마금이 내린 판단은 정확했다. 몸의 균형이 흐트러진 상황에서 피하기란 여간 까다로운 것이 아니다. 실제 그런 공격쯤이야 악마금에게는 별것 아닐 수도 있지만 방금 전에 보여주었던 상대의 놀라운 속도는 결코 흘려버릴 수 없는 것이었다.

'제길!'

"크아아아!"

이미 피할 수 없다고 생각한 악마금은 본신의 내력을 온몸으로 방출시키며 괴성을 질렀다. 내력이 실린 소리였기에 귀를 찢을 것처럼 클 수밖에 없었고, 그 소리의 파동에 내력을 담아 음폭을 사용해 버렸다.

쿠콰콰콰쾅—!

다급한 나머지 제한적으로 사용하기는 했지만 몸에서 갑자기 빛을 뿜어내며 터지는 강기의 폭발은 비무대는 물론이고 그 주위로 오 장을 더 쓸어버렸다. 그러니 구경하던 사람들이 무사할 리가 없었다. 음폭에 타격을 받아 쓰러지고, 미리 피하기는 했지만 폭발과 함께 생기는 회오리에 휘말려 부상을 당한 자도 많았다.

자욱이 피어난 연기는 빨리 가라앉았다. 그리고 보이는 광경은 지옥도의 한 장면. 못해도 오십여 명은 되는 것 같은 무사들이 바닥에 피떡이 되어 쓰러져 있었던 것이다. 하지만 악마금은 마음이 전혀 풀리지 않았다.

악마금은 음폭까지 피한 곽대정을 바라보며 다시 내력을 끌어올리기 시작했다. 음폭이 퍼지는 그 놀라운 속도마저 피해 버린 곽대정을 인정 안 할 수가 없었지만 화가 나는 것은 어쩔 수 없기 때문이다. 그때 곽대정은 공중에서 내려오고 있었다. 몇 번을 허공에서 발

길질을 하더니 이미 쑥대밭이 되어버린 비무대 위로 사뿐히 내려섰
다.

"빌어먹을 자식, 정말 화나게 하는군!"

말과 함께 몸속에 있는 모든 내력을 분출하자 악마금의 몸에서는 주
위를 얼려 버릴 극강의 한기가 서서히 퍼지며 운무 같기도 하고, 빛 같
기도 한 호신강기가 퍼져 나갔다.

"저, 저럴 수가?"

"어떻게?"

이제는 강기에 가려 악마금의 형상조차 보이지 않게 되자 멀리 떨어
진 사람들이 불신이 가득한 표정으로 연신 경악성을 질러댔다. 이 정
도의 고수가 있으리라고는 생각지도 못했기 때문이다.

"서, 설마 화경?"

"아니야. 화경으로 저 정도의 강기를 만들 수는 없어."

나름대로 악마금을 평가하고는 있었지만 결론은 나오지 못했다. 악
마금의 외모로 보이는 나이는 결코 화경을 넘어 출가경에 오를 수 없
다고 판단했던 것이다. 하지만 눈앞에서 벌어지고 있으니……!

"대단하군!"

악마금의 악귀와 같은 모습을 보고 곽대정 또한 놀란 듯 두 눈을 동
그랗게 뜨고 있었다. 희뿌연 빛이 사방으로 퍼져 왔기에 계속 뒤로 물
러서면서 한마디 했다. 그리고 잠시 후 그가 검을 바닥으로 휙하니 던
져 버렸다.

무인에게 검을 버린다는 것은 특별한 의미가 있었다. 그것은 목숨
보다 소중한 자존심을 버린다는 뜻이기 때문이다. 그런데 곽대정이

생각할 필요도 없다는 듯 검을 패대기치니 자연 악마금도 움찔할 수밖에 없었다. 이제 막 처음으로 자신을 화나게 한 상대를 최고의 실력으로 끝장내려는데 포기 의사를 밝히자 기분이 더러울 수밖에 없다.

"지금 건 뭐냐?"

그의 물음에 곽대정은 씨익 미소를 지으며 고개를 저었다.

"나보다 강한 게 분명한데 뭐 하러 싸우겠소? 내가 졌소. 난 가늘고 길게 사는 게 좋소. 벽에 똥칠할 때까지 살고 싶은 사람이오."

"하하하, 그럼 내가 '그래? 그렇다면 여기에서 끝을 내지'라고 할 것 같은가?"

"흠, 그런 건 아니겠지만 무기도 안 들었는데 설마 공격을 하겠소?"

"난 그런 것 따위는 몰라. 넌 날 화나게 했고, 지금 기분이 무지 더럽다는 것이 중요한 거지."

"히히, 그럼 공격해 보시오. 난 저항도 안 할 테니."

그러면서 곽대정이 몸을 돌려 사람들 사이로 걸어가기 시작했다. 그 모습에 악마금은 실소를 머금을 수밖에 없었지만 이내 웃으며 물었다.

"무슨 무공을 익혔지?"

잠시 걸음을 멈춘 곽대정은 고개를 갸웃거렸다.

"무공이랄 것까지는 없는데……. 다섯 가지 초식밖에 모르오. 사부님이 그것하고 신법, 경공술밖에 안 가르쳐 줬거든."

"다섯 가지?"

"그렇소. 좀 전에 당신에게 썼던 거요. 솔직히 그거면 어떤 상대든 일 초에 죽일 수 있을 것 같았는데."

"그럼 네 사부는 그것밖에 모른단 말이냐?"

"그건 아닌 것 같소. 많이 알고 있는데 지금 다섯 초식을 제대로 익히지 않으면 안 가르쳐 준다나 어쨌다나? 아무튼 잘된 거지. 난 배울 생각도 없으니까."

순간 악마금이 재밌다는 듯 웃었다.

"하하하, 정말 특이한 놈이군."

자신도 특이하다는 것을 전혀 인식하지 못한 그였지만, 어쨌든 지금까지 악마금이 만나본 사람 중에서 가장 관심이 가는 녀석인 것은 분명했다. 악마금은 곽대정을 찬찬히 살펴본 후 표정을 고치며 진지하게 물었다.

"나이가 어떻게 되나?"

"스물여덟."

"놀랍군. 그 나이에 화경이라니……."

"헐, 무슨 소리. 소협이야말로 놀랍소. 나보다 어린 것 같은데 출가경 아니오?"

"글쎄! 강호에 통용되는 출가경과는 의미가 조금 다르지. 그런데 신법이 정말 빠르던데 무엇인지 물어봐도 되겠나?"

"공간참(空間斬)이란 거요."

"공간참?"

"사부님은 그렇게 부르더이다. 공간을 가르고 상대에게 접근한다고 하던데… 시간에 구애를 받지 않고 상대와의 거리를 없앤다고 하더군요. 이걸 극강으로 익히면 말 그대로 백 장 밖의 적도 눈 깜짝할 시간도 걸리지 않고 죽일 수 있다고 했소. 솔직히 믿지는 않지만."

"흠······."

잠시 생각에 잠겼던 악마금이 고개를 들더니 말했다.

"지금 살려주는 대가로 한 가지 제안을 하지."

"······?"

"훗날 만나면 비무를 다시 한 번 해보는 것이 어때?"

곽대정은 순간 인상을 찌푸렸으나 이내 고개를 끄덕였다.

"좋소. 하지만 소협이 말했듯이 다시 만난다는 전제 하에서요. 히히히!"

"그렇게 하도록 하지."

곽대정은 웃으면서 장내를 빠져나가 버렸다.

그리고 남은 사람들은 두 고수의 출현에 경악을 금치 못했다. 이십 팔 세의 나이에, 그것도 초식은 다섯 가지밖에 모르는 화경의 고수. 다른 한쪽은 그보다 더한 출가경의 고수.

보이는 나이로 봤을 때는 절대 불가능한 것이었지만 아무튼 귀주에서 훗날 무림의 기둥이 될 만한 인재 두 명이 동시에 나타난 셈인 것은 분명했다.

"자, 이제 다음?"

악마금은 여전히 내기를 중요시했지만 이 상황에서 나올 사람은 아무도 없었다. 모두 서로의 눈치를 살피며 두려움에 떨고 있을 뿐. 그러자 악마금이 고개를 저으며 한심하다는 듯 사람들을 훑어보았다.

"귀찮은 일이 이제 끝이 났군. 아무튼 이번 내기는 만월교의 승리. 이제부터 적룡문은 우리 본 교의 영원한 동맹이다. 앞으로 만월교에서 적극적인 지원을 약속하지. 그럼 나는 이만!"

악마금은 자신의 할 말만을 남기고 역시 그곳을 벗어나 예전 숙소로 향했다. 그가 사라지자 적룡문주가 멍하니 중얼거렸다.

"약간 미덥지 못한 것은 사실이었지만 지금은 오히려 잘된 일이란 생각이 드는군. 그런데 만월교에서 어떻게 저런 고수를 양성했지? 아무튼 지금부터 바빠지겠군."

그의 말대로 축제의 마지막을 위해 적룡문은 상당히 분주하게 움직였다. 뿐만 아니라 축제 중에 피해를 입은 문파에게는—악마금의 음폭에 의한 사상자—적룡문에서 보상을 해주었다. 하지만 다행히도 자신의 딸을 무사히 돌려받은 데다 만월교의 힘을 직접 확인했으니 그리 손해라고는 할 수 없었다.

약간 걸리는 점이 있다면 자신의 딸인 야일화의 신변이 인도될 때 그녀가 악마금의 뺨을 후려친 것이 걸린다면 걸린다고나 할까.

"빌어먹을 새끼!"

'쫙' 소리 나게 악마금의 뺨을 친 후 그녀가 내뱉은 말이었다. 그때 그 모습을 보고 있던 야일제 문주는 경악했지만 이미 일은 벌어진 후, 어쩔 수 없었다.

악마금의 실력을 알고 있기에 은근히 두려운 빛으로 눈치만 보는데 악마금은 쓸쓸한 미소만 짓고 넘어가 버렸다.

악마금의 생각 같아서는 끝까지 건방진 그녀의 목줄을 따버리고 싶었지만 힘들게 동맹을 유지한 적룡문과의 사이를 흐릴 필요가 없기에 참은 것이었다.

제10장
속임수에 속임수

적룡문의 소식이 만월교에 도착했을 때는 이미 상황이 끝난 후였다. 소식을 받기 무섭게 교주가 직접 참가한 회의가 진행되었다. 역시 악마금을 탐탁지 않게 생각했던 장로들이 토로했다.

"저번에도 그랬지만 너무하는군요."

이번에 복귀를 한 마독조 구로 장로의 말에 마영 장로가 고개를 끄덕이며 나섰다.

"맞는 말입니다. 아무리 그래도 적룡문주의 여식을 납치까지 하다니……. 만약 실패했으면 악마금과 흑룡사들은 어떻게 됐겠습니까? 아니, 그보다 우리 만월교의 체면은 어떻게 됐겠습니까?"

그러자 이번에는 통천 장로였다.

"체면은 이미 무너진 상태입니다. 우리가 납치를 했다는 것을 적룡문의 축하객들에게 공개적으로 알렸다고 했으니까요. 전에 분명 징계를 내렸음에도 이런 식으로 나온다면 상당히 불손한 생각을 가지고 있다고밖에는 달리 생각할 여지가 없습니다. 전에는 근신으로 처리했지만 이번은 그냥 넘길 수가 없습니다."

모든 장로들이 한마디씩 거들자 모양야 장로도 여론을 따랐다.

"여러분의 심정을 저도 이해합니다. 그냥 넘길 수는 없겠지요. 하지만 지금은 조금 더 참고 기다리는 것이 나을 겁니다. 아직은 그의 힘이 필요하니까요. 처벌은 귀주의 상황이 조금 완화되었을 때가 좋습니다."

"그렇기는 합니다만, 너무 지나치다는 생각은 버릴 수 없습니다."

그러자 지금까지 침묵을 지키고 있던 교주가 입을 열었다.

"모두 그만!"

침묵 속에서 그녀가 말을 이었다.

"그에 대한 것은 모양야 장로의 말대로 나중에 따로 생각할 것이다. 우선 악마금에게 적룡문에 대기하라고 일러라. 이미 적룡문에 약속을 했다고 하니 도균에 있는 교도들을 적룡문으로 보낼 것이다."

"알겠습니다."

교주의 말에 거짓말처럼 공손한 표정들로 바뀐 장로들이 고개를 숙였다. 그러자 그녀는 다음 문제를 거론하기 시작했다.

"제이총단은 어떻게 됐지?"

그 일의 책임을 맡았던 유용 장로가 이미 떠나 있었기에 통천이 대신 대답했다.

"이미 정상적인 상태로 돌입한 상태입니다. 요차문이 이미 우리와 짜놓은 대로 공격을 해왔기에 가능했습니다. 이미 짜놓은 각본대로 그들을 물리쳤고, 두 번째 공격에서 전 태화방의 세력권을 상당수 넘겨줬습니다."

"연합의 낌새는?"

"요차문과 우리 사이를 의심할 수가 없을 겁니다. 게다가 역공작까지 펼쳤기에 그 점에 대해서는 걱정하지 않으셔도 됩니다."

"사업은 어떻지?"

"전장 세 개, 주루 네 개, 표국 하나를 구입했고, 주위에 땅을 사들여 소작에 붙이기로 했습니다. 그리고 은밀히 남만 쪽으로 들어오는 상아를 밀무역하기 위해 접촉 중입니다. 그것도 조만간 성사될 것 같다고 유용 장로에게서 연락이 왔습니다."

"그럼 무력은?"

"우선 흑룡사 일백 명만 보냈습니다. 그 외에 이번에 도균에서 투입하려 했던 교도들이 적룡문 쪽으로 가야 하기에 본 교에서 천여 명의 고수들을 투입할 생각입니다. 지금 그곳에는 역시 천여 명 정도의 교도들이 자리를 잡고 있습니다."

"천여 명을 따로 보낸다는 것은 본 교의 주력 부대인가?"

"아닙니다. 역시 마을에 퍼져 있는 고수들입니다. 실력이 상당히 떨어지는 것은 사실이지만 지금은 어쩔 수 없습니다. 하지만 조금 무리를 해서 조만간 흑룡사 사백 명을 더 보낼 생각입니다."

"흠……."

잠시 생각하던 교주가 고개를 끄덕이며 말했다.

"그럼 마야는 언제쯤 보냈으면 좋겠나?"

"소교주님께서는 잠시만 더 기다리시는 것이 나을 것 같습니다. 아직 안정적이지가 못해 무슨 일이 일어날지 모르니까요."

"한 달 안에는 정상적으로 운영이 되겠지?"

"지금도 서두르고 있으니 충분히 가능합니다."

"좋아. 그럼 이번 달 안으로 마야를 보내도록 하지."

"알겠습니다. 그렇게 준비를 하지요. 그런데 호위는 어떻게 하실 생각이십니까? 혹시 모르니 사람들 눈에 띄지 않게 가는 것이 좋을 듯한데, 호위가 문제입니다."

"그것은 걱정 마라. 마야의 호위대 뒤에 십월령(十月靈) 중 세 명을 붙일 것이다."

그녀의 말에 장로들이 놀라움을 드러냈다. 십월령은 열 명으로 구성된 교주의 독립 호위대로 그녀가 가장 아끼는, 교내에서 실력이 최절정에 이른 집단이었기 때문이다.

교주의 호위대는 두 개가 더 있는데, 혼원귀(混元鬼) 삼백 명과 파천귀(破天鬼) 이백 명이었다. 혼원귀는 조를 정해 돌아가며 교주를 주기적으로 지키고 있었고, 파천귀는 교주가 총단을 나갈 때 호위를 담당했다.

교주의 호위이니만큼 절정의 고수들로만 구성되어 있어 만월교 내에서도 두려움의 대상이었다. 실력적인 면이야 흑룡사나 적룡사 등도 떨어지지 않지만 교주를 가까이에서 보필하고 있으니 신분에서 호위대가 조금 높은 편인 것이다.

아무튼 그녀의 독립 호위대 중 가장 아끼는 십월령을 세 명이나 마야에게 붙인다는 말에 안심을 한 통천 장로는 고개를 숙이며 호기롭게

속임수에 속임수 135

대답했다.

"알겠습니다."

"그리 중요한 사항이 없으니 오늘 회의는 짧게 끝내는 것이 좋겠군. 더 의논할 것이 있다면 나는 이만 갈 것이니 나중에 수하들을 시켜 마야를 연공실로 보내거라."

그녀가 말과 함께 일어서자 모두가 외쳤다.

"교주님의 빠른 무공 성취를 바랍니다!"

　　　　　　　＊　　　＊　　　＊

어둠 속, 은밀한 밀실에 이십여 명의 인물이 앉아 있었다. 침중한 분위기 속에 누군가가 입을 열었다.

"이번 만월교에서 만든 분타에 소교주가 온다는 정보를 입수했습니다. 그래서 여러분을 긴히 보자고 한 것입니다."

그에 대답하는 목소리에는 놀람이 섞여 있었다.

"호! 그런 면에서 본다면 이번 적들의 분타는 상당한 의미를 부여한 모양이군요."

"그렇습니다. 초반 우리가 연합을 결성할 때와는 달리 이곳을 기점으로 삼을 예정인 것 같습니다."

그의 말에 다른 사내들이 모두 인상을 찌푸렸다. 어부지리를 얻을 수 있다는 말에 연합을 결성했건만 정반대의 결과가 나타났으니 당연한 반응이었다. 하기야 연합이 없었다면 만월교에 대항도 못했을 것이지만, 사람의 마음이 어디 그런가! 괜스레 가입해 만월교와 싸우게 되었다는 표정이 노골적으로 담겨 있었다. 하지만 그것도 잠시, 이미 봉착한 문제에 대해 계속 후회할 정도로 속 좁은 인물은 이 밀실에 없었다.

또 다른 누군가가 입을 열었다.

"그럼 화락방주님이 생각하시는 대안은 무엇입니까?"

잠깐의 침묵이 흐른 후 화락방주 일섬이 신중한 어조로 대답했다.

"차라리 잘된 일인지도 모릅니다. 이번을 계기로 유리하게 이끌어갈 수도 있으니까요."

"유리할 수 있다?"

"그렇습니다. 제 생각은 이렇습니다. 우선 일의 성패를 가늠할 수 있는 비장의 한 수를 우리가 쥐어야 한다는 것입니다."

"비장의 한 수라면 무엇을 말하시는 겁니까?"

"바로 소교주입니다."

"허!"

"말도 안 됩니다."

여기저기에서 경악에 물든 목소리가 튀어나왔다. 하지만 일섬은 평정심을 유지하면서 자신의 생각을 차근히 밝혔다.

"만월교는 말 그대로 종교 집단. 그러니 교주와 소교주는 신인으로 받들어지고 있습니다. 그런데 만약 우리가 그 소교주의 신변을 확보할 수 있다면 어떻게 되겠습니까?"

거기까지 이야기하자 모두들 알아들었다는 듯 고개를 끄덕였다. 하지만 역시 허탈한 표정은 지우질 못했다. 그중 이번에 만월교와 접촉한 요차문주 강건석이 토를 달았다.

"이번에 만독부를 도와주는 척하면서 그들에 대해 조금 알 수 있었습니다."

"……?"

"한마디로 표현하자면 귀주 최강의 집단이라는 것입니다. 그런 만큼 소교주의 호위는 대단할 것입니다. 그렇지 않다고 하더라도 언제, 어디로 올지도 모르는 소교주의 신변을 어떻게 잡아낸다는 것입니까?"

"맞습니다. 불가능까지는 아니더라도 우리 쪽에서 엄청난 피해를 입어야 할 겁니다."

"하지만 이번 일이 성공한다면 만월교와 협상을 벌일 수도 있소. 그에 떨어지는 이득은 막대할 것이오."

"하지만 너무 위험 부담이 크군요. 선뜻 방주님의 말을 따르기가 어렵습니다."

그 후로 오랜 침묵이 흘렀다. 모두들 그에 대한 생각들로 고심하고 있는데 문득 연합에서 가장 큰 세력을 자랑하고 있는 태학문의 문주 무혈도 가양이 뜻밖에 찬동을 했다.

"일이 성사만 된다면야 우리 태학문은 마다하지 않겠소."

잠시 눈치를 살피던 다른 문파의 수장들은 가양 문주의 말에 소교주의 신변을 확보하자는 쪽으로 조금 쏠리기 시작했다. 그때 가양이 다시 입을 열었다.

"하지만 확실하지 않다면 역시 반대요. 우선 가장 중요한 것은 정보. 그녀가 어떤 경로를 통해서 오는지를 정확히 알 수만 있다면 절반 이상은 성공한 셈이지요. 기다렸다가 기습을 하면 되니까요."

"그건 요차문주님이 도와주시면 가능합니다."

"제가요?"

"그렇습니다. 아직 만월교는 요차문이 저들과 은밀히 내통하고 있는 줄로 알고 있지 않습니까?"

"그렇지요. 세력도 불리고 적의 정보를 빼내기 위해 여러분과 상의 끝에 내린 방법이 아닙니까."

"그러니 이번에 정보를 조금 빼내주셨으면 합니다."

그의 말에 강건석 문주는 인상을 쓰며 고개를 저었다.

"우리 문파에는 정보를 다루는 고수들이 없습니다. 게다가 만월교는 정보에 있어서 상당히 뛰어난 자들. 단편적인 것은 몰라도… 잘못하다가는 우리 요차문이 위험해질 수가 있습니다. 몇 달 전의 태화방 사건을 잊으셨습니까?"

"그건 걱정 마십시오. 우리 화락방이 규모가 작아서 탈이지만 정보에는 일가견이 있습니다. 요차문에 아무도 모르게 우리 화락방의 고수들을 투입시키지요. 그 후 소교주가 태화방에 세운 분타에 도착하기 전에 처리하면 됩니다."

"하지만 잘못되기라도 한다면 우리 요차문이……."

걱정스러움이 잔뜩 담겨 있는 그의 말을 일섬 방주가 끊었다.

"만약 조금의 실패가 눈에 보이기라도 한다면 중간에 그만두면 되지 않겠습니까? 시작한다는 것에 손해가 뒤따르는 것도 아닌데 한번쯤 해 볼 만하다고 생각하지 않습니까?"

"그렇기는 하지요."

"흠, 좋습니다. 이번에도 슬며시 만월교의 정보를 빼보도록 합시다. 그리고 차후 계획은 다시 모여서 짜도록 하지요. 지금은 어차피 성공의 유무를 따질 단계는 아니니까요."

"알겠습니다."

대답과 함께 누군가가 슬며시 화제를 돌렸다.

"그런데 이번 적룡문 사건을 들으셨습니까?"

"적룡문 사건?"

"그렇습니다. 저야 문 내를 지키고 있으니 가질 못했지만 제 사제와 제자들을 보냈는데 놀라운 말을 하더군요."

"무슨 말이기에 문주님이 놀랄 정도입니까?"

모두가 의아한 시선으로 사내를 향하자, 그는 놀라지 말라는 듯 은근한 표정을 지으며 입을 열었다.

"탈반경의 고수가 등장했습니다."

순간 실내 여기저기에서 경악성이 터져 나왔다.

"탈반경? 탈반경이라면 출가경을 의미하는 것이 아니오?"

"맞습니다."

"헐, 그것이 가능하다는 말입니까?"

"저도 믿어지지가 않지만 사제가 거짓을 고할 리는 없습니다. 아무튼 대단한 것 같더군요."

"허! 그것은 대단하다는 말로 표현할 수 있는 것이 아니지 않습니까? 현재 귀주에는 출가경의 고수가 나타나지 않았소. 남무림 전체를 털어도 두 명 이상은 나오지 않을 텐데……. 엄청나군요."

그러자 역시 적룡문에 축하객을 보냈던 태학문주가 동조를 했다.

"저도 들었습니다. 장로에게 들었는데 정말인가 보군요. 나이가 아무리 많이 잡아보아도 약관 정도라던데, 그 정도 나이에 출가경에 올라섰다는 것이 믿어지지 않았습니다."

"허, 약관? 정확한 겁니까?"

"글쎄요… 소문은 커지고 변질되는 것이라 완전히 믿기는 어렵겠지만, 그렇다 하더라도 아니 땐 굴뚝에 연기가 날 리는 없습니다. 조심은 해야 할 겁니다."

그때 침묵을 지키고 있었던 청화문의 문주 곽일제가 자리에서 일어섰다.

"우선 소교주의 신변을 확보할 때 필요한 무력 세력을 바로 투입할 수 있게 이번에는 각 문파에서 실력있는 자만을 추려 모아야 합니다. 소식이 알려지지 않는 것으로 보아 만월교는 아마 드러내지 않고 조용히 올 생각인 것 같으니 호위들도 많이는 없을 것입니다. 하지만 엄청난 고수들이 붙어 있겠지요."

"그럴 겁니다. 우리들도 철저히 준비를 하는 것이 계획의 성공 여부를 가늠할 수 있는 결정적인 요소가 될 것입니다."

제11장
소연

만월교로 복귀하지 말고 대기하라는 명을 받은 악마금은 휴식의 단맛을 맛보며 적룡문에 남게 되었다. 뭐, 휴식이라는 것이 수련과 악기 연습의 연속이었지만, 그에게 있어선 머리 쓸 일이 없다는 것 자체가 꿀맛 같은 단꿈과 같은 것이다.

사실 그는 이번 자신의 일 처리에 대해 크게 문제가 있다고 보지는 않았지만 위험했던 것도 인정, 만월교로 돌아갔을 때 이번에도 근신이나 그보다 약간 더한 처벌을 받을 수 있으리라는 생각을 하고 있었다. 하지만 그에 연연할 악마금은 아니었다. 골머리 썩는 생각은 하늘나라로 훌훌 날려 버리고 마음껏 휴식을 즐겼다.

축제 때문에 항상 북적이던 적룡문도 삼 일이 지나자 한산해졌고, 축하객들이 머물고 있던 숙소도 모두 비었다. 악마금은 특별 손님을 위한 내원 안에 위치한 전각에서 그가 원하는 조용한 시간을 보내고 있으니 좋을 수밖에.

적룡문주 야일제의 특별한 배려에 시비까지 딸린 호화로운 생활이 내키지는 않았지만, 충분히 기분 좋은 나날일 수밖에 없었다. 약간 찜찜한 기분이 드는 일이라면 내원에 있으므로 야일화와 가끔씩 부딪친다는 것, 그리고 그녀의 동생 야일림의 귀찮은 관심뿐이었다.

축제가 끝난 지 오 일째 되던 날도 악마금이 정원에 나와 명상을 하고 있는데 야일림이 찾아와 말을 걸었다. 생각 같아서는 몇 대 주물러 주고 싶었지만 차기 적룡문주에게 그렇게 할 수는 없었다.

"왜 또 왔나?"

악마금의 불만스러운 말에 야일림이 멋쩍은 표정으로 머리를 긁적였다.

"하하, 그냥 소협과 무공에 대해 이야기하고 싶어서요."

"나와 무공에 대해 이야기해 봐야 얻을 것은 아무것도 없어."

"하지만 소협과 같은 절정고수와의 논검이 얼마나 큰 성장을 부를 수 있는데요. 점창파에 있을 때 사부님도 그러셨습니다. '무공의 첫 번째는 육체의 단련이지만 그보다 마음의 수양이요, 그 위는 깨달음이다' 라고요."

"훗, 그래서 나와 이야기하면 깨달음을 얻을 수 있다?"

"그럼요."

그러자 악마금이 대소를 터뜨렸다.

"크하하하하!"

"왜 웃습니까?"

"하도 멍청해 보여서 그랬다."

순간 야일림이 얼굴을 붉혔다.

"무슨 소립니까?"

"너는 네 수준이 어느 정도라고 생각하나?"

"……?"

"내가 볼 때는 한참 멀었어. 정신 수양? 그것 좋지. 하지만 그 정신 수양을 위해서는 몸부터 마음에 맞게 변해야 해. 그리고 깨달음을 얻으려면 몸과 마음이 일치해야 하지. 깨달음은 그때 얻어야 진정 몸에 받아들여진다. 그전에 아무리 깨달음을 얻어봐야 머리만 복잡해질 뿐이야."

악마금이 한참을 설명하자 야일림은 알았다는 듯 '아하!' 하며 손뼉을 쳤다. 그 후 슬며시 미소를 머금자 악마금이 인상을 쓰며 물었다.

"뭐가 웃기나?"

"후후, 보십시오. 소협과 이야기하며 벌써 좋은 가르침을 받았지 않았습니까? 다른 사람이라면 그런 소리는 할 생각도 못하죠."

그 말에 악마금이 씁쓸한 미소를 지었다.

"그러지 말고 무공을 좀 가르쳐 주십시오."

"난 누굴 가르치는 건 몰라. 그리고 세 치 혀의 가르침으로 하루아침에 무공의 깨달음을 얻을 수 있는 거라면 내가 고생하지도 않았겠지."

"그럼 제가 검초를 펼칠 테니 문제점을 지적해 주십시오. 그냥 보시다가 느낌을 말해 주셔도 됩니다."

끈질기게 들러붙는 그를 향해 악마금은 살의까지 느끼기 시작했다. 하지만 역시 문제를 일으키기는 싫었기에 처음처럼 눈을 감고 명상에 잠겨 버렸다.

한참이 지나도 신경 거슬리게 자리를 떠나지 않고 악마금 앞에서 홀로 검법을 시전하고 있던 야일림을 향해 그가 번쩍 눈을 뜨며 비릿한 미소를 지었다.

"어이!"

악마금이 부르자 이제는 됐다 싶었던지 야일림은 득의한 웃음을 흘리며 대답했다.

"하하, 왜 그러십니까? 제게 무공을 가르쳐 줄 생각이 드셨습니까?"

"흐흐. 좋아, 가르쳐 주도록 하지. 하지만 무공을 가장 확실히 익히는 방법은 실전이야. 실전처럼 비무를 하면 자신이 가진 실력을 최대한 끌어내 써먹을 수 있지."

"호! 그렇군요."

"따라와. 이곳에서 하기에는 좀 그러니 다른 곳으로 가지."

"알겠습니다."

악마금은 몸을 돌려 사람이 오지 않는 으슥한 정원을 찾아가기 시작했다. 악마금이 자신에게 무슨 엄한 생각을 하고 있는지도 모른 채 야일림은 여전히 기쁜 마음으로 따라갔다. 그가 알기로도 엄청난 고수와의 비무는 실력 향상에 도움이 되었기 때문이다. 특히, 악마금같이 보기 힘든 절정고수와의 비무는 야일림에겐 영광이기까지 한 것이다.

하지만 비무가 시작되고, 끝이 났을 때 그는 영광이라는 생각은 완전히 버렸다.

전신이 너덜해진 옷!

온몸의 피를 흘리는 부상!

몸속에서 올라오는 극심한 통증!

내상까지 입고서야 비무가 끝이 났고 야일림은 기절해 버렸다. 비무가 시작되는 중에도 너무 고통스러웠기에 그만 하라고 부단히 외쳤지만 악마금이 멈출 리가 없었다. 끊임없는 공격은, 매에는 장사가 없다는 진리를 가르쳐 주듯 야일림을 반죽음으로 몰고 갔다.

짝! 짝!

한참을 기절해 있던 야일림의 뺨을 때린 악마금은 그가 정신을 차리자 음침한 웃음을 흘리며 으르렁거렸다.

"어때? 한 번 더 할까?"

야일림은 몸을 떨며 고개를 연신 저었다.

"흐흐흐, 이젠 알았겠지. 강해지려면 이런 고통이 필요한 거야. 크크크, 다음에도 강해지고 싶다면 언제든지 찾아와. 더 중요한 것을 익히게 해줄 테니까."

그 말을 남기고 악마금은 자신의 숙소로 가버렸다.

악마금이 숙소에 도착하자 그의 시중을 드는 시비가 고개를 숙이며 옷을 가지고 방으로 들어왔다.

"목욕물을 준비해 놓았습니다. 씻으시고 옷을 갈아입으세요."

"알겠다."

대답과 함께 악마금은 고개를 갸웃거리며 물었다. 며칠째 대수롭지 않게 봐왔던 그녀였지만 오늘은 이상하게 궁금증이 들었기 때문이다.

"그런데 너는 왜 이런 곳에서 일을 하게 되었지? 너 정도의 외모라면 좋은 혼처 자리가 있었을 텐데, 아닌가?"

그의 말에 시비의 표정이 잠시 어두워졌다. 하지만 오랜 기간의 시비 생활로 익숙해진 참을성 때문인지 이내 미소를 지으며 고개를 저었다.

"저 같은 것에 그리 신경 쓰실 필요 없습니다. 그리 대단한 일도 아닌데요 뭐. 우선 씻으십시오. 나중에 식사를 가져다 드리겠습니다."

그녀가 그렇게까지 말하는데 굳이 캐물을 필요가 없다고 생각한 악마금이었지만 왠지 측은지심이 드는 것은 어쩔 수 없었다. 그리고 생각나는 사람, 바로 해화가 떠올랐다.

'뭐 하고 있을까? 그때 술을 마시며 금을 켤 땐 참 좋았는데……. 몸은 괜찮을까?'

생각과 함께 그는 방을 나가려는 시비를 불렀다.

"잠깐만!"

"예, 하명하십시오."

"오늘 식사는 됐고, 대신 정원 경치 좋은 곳을 골라 술상을 차려놓아라."

그러자 걱정스러움이 잔뜩 묻어 있는 얼굴로 그녀가 되물었다.

"그래도 식사를 거르고 술을 드시면 몸에 해롭습니다."

"훗, 나는 상관없어. 오늘은 기분을 잡치게 한 녀석이 있어서 입맛이 없군. 그러니 술상을 봐줘."
"알겠습니다."
"참!"
"네?"
"부탁하는 김에 하나만 더 하지."
"……?"
"금을 하나 구해주면 좋겠군."
"금이라 하시면 어떤 것을……?"
"칠현금을 구해줘."

악마금의 말에 시비가 약간 놀란 듯한 표정을 지었다. 들리는 소문으로는 강한 무인에 만월교에서 온 잔인한 고수라고 했기에 약간 겁을 먹고 있었는데 악기를 연주한다는 말에 새롭게 보였던 것이다. 그녀는 힐끔 악마금을 살피며 미소를 지었다.

"알겠습니다. 준비해 보겠습니다."

목욕을 한 후 악마금은 자신의 생각보다 훨씬 성대한 술상이 반기고 있자 적잖이 놀랐다. 시비가 꽤나 신경 썼음을 단박에 알 수 있었다.

"대단히 신경을 쓴 것 같군."

그의 말에 얼굴을 붉힌 시비는 공손히 인사를 하며 몸을 돌렸다. 그 때 악마금이 그녀를 불렀다.

"어딜 가려고?"
"예? 혹시 방해가 될까 봐서……."

그녀의 말에 악마금이 환하게 웃으며 대꾸했다.

"술을 혼자 먹는 사람도 있나? 뭐, 그런 사람도 있겠지만 난 상대가 있으면 더 맛있더군. 게다가 연주를 할 건데 들어주는 사람이 없으면 이상하지 않나?"

"하지만 제가 어찌 공자님과 함께……."

"공자는 무슨 공자? 아무튼 난 혼자 마시는 것을 그리 즐기지 않아. 이리 와서 앉아. 술이라도 따라줘야 할 것 아닌가?"

그러자 어쩔 수 없는지 시비는 악마금의 맞은편에 앉아 악마금의 술잔에 술을 따랐다.

"미안하지만 이름이 뭐지? 벌써 며칠째 내 시중을 들어줬는데 이름을 물어보지 못했어."

"미안하다니요? 그런 말씀 마세요. 재 이름은 소연이라고 합니다."

"흠, 소연이라……. 좋은 이름이군. 그럼 너도 한잔해."

"아, 아닙니다. 그것만은 들어드릴 수가 없어요. 다른 사람의 귀에 들어간다면 치도곤을 당할 수 있습니다."

"꽤 까다로운 모양이군."

"까다로운 것이 아니라 저희같이 천한 신분은 다 그렇습니다."

"천한 신분?"

악마금이 씁쓸히 웃었다.

"사람이면 다 같지, 그런 것이 어디에 있나. 그렇게 따지면 나야말로 인간 백정 아닌가? 잔소리 말고 한잔 받아. 문제가 생기면 내가 억지로 먹였다고 둘러대면 되니까. 그래도 안 되면 내게 와서 말해. 목을 비틀어 버릴 테니까."

악마금이 그렇게까지 말하자 도저히 거절할 수 없었던 소연은 조심스럽게 술잔을 들어 악마금이 주는 술을 받았다. 그러면서 몇 잔이 돌자 자연히 분위기는 좋게 변할 수밖에 없었다.

서로에 대한 이야기나 세상 사는 이야기 등은 악마금에게 새로운 세상에 대한 호기심을 불러일으켰다. 그러면서 악마금은 이 소연이라는 시비가 상당히 소심하며 조용한 성격의 소유자라는 것을 알 수 있었다. 그렇게 한 시진 동안 그들이 마신 술은 한 동이가 넘었다. 대부분 악마금이 마신 것이었지만 그간 술을 제대로 대해보지 않았던 소연도 은근히 취기를 드러내고 있었다. 그때 그녀가 악마금을 보며 궁금한 듯 물었다.

"그런데 금을 준비하라고 하셨죠?"

"그랬지."

"금을 연주할 줄 아세요?"

"하하, 그렇지 않으면 구경하려고 준비시켰겠어?"

소연은 금세 기대가 가득한 얼굴로 부탁했다.

"그럼 제게도 들려주실 수 있으세요?"

"못할 것이 어디 있나? 난 다른 사람이 내 연주를 들어주는 것을 아주 좋아하지."

그러면서 거나하게 취한 악마금은 비틀거리며 금이 놓여진 자리에 앉아 금을 끌어당겨 무릎 위에 올려놓았다. 습관처럼 금을 살피던 그는 조심스럽게 줄을 퉁겨 조율하며 밝게 웃었다.

"좋군. 어디에서 난 거지?"

"아가씨께 말해서 구했어요."

"아가씨?"

"네. 문주님의 따님이세요."

순간 악마금이 인상을 찌푸렸지만 소연에게 들키지 않게 재빨리 숨겼다. 그 후 그는 몇 번 더 줄을 퉁기더니 본격적으로 연주를 시작했다. 하늘은 이제 노을까지 져가고 산마루엔 달빛이 걸려 있었다. 거기에 잔잔한 금음이 울려 퍼지자 분위기가 차분히 가라앉을 수밖에 없었다.

소연은 눈을 감으며 연주를 음미하기 시작했고 급기야 연주의 절정 부분에 다다르자 감탄사를 내뱉었다.

"너무 애절해요."

띠— 땅—!

대꾸없이 마지막까지 연주를 마친 그는 눈물이 그렁그렁한 소연을 보며 고개를 저었다.

"이 곡은 처음이라 별로 마음에 들지 않는데……."

"아니에요. 정말 슬프고 좋았어요."

"훗, 고맙군! 그럼 이번에는 밝은 곡으로 연주해 주지. 내 술잔에 술이나 채워놔!"

그의 말에 연주에 대한 대가를 지불하기 위해 재빨리 술잔을 채워 넣은 그녀는 다시 눈을 감았다. 그것을 보고 악마금이 다시 연주를 시작했다. 그의 말대로 빠르면서 경쾌한, 기교가 많이 들어간 곡이 연주되었다.

띠디땅—! 땅땅—!

빠르고 현란한, 그리고 저음보다는 고음이 많이 사용되는 연주는 정신을 어지럽힐 정도였지만 그 속에 항상 중심을 잃지 않은 부동심이 있었다. 소연은 은연중 그것을 느낄 수 있었다. 하지만 연주는 어느 순간 끊어졌다. 그리고 이어지는 침묵은 연주 때 들리는 경쾌함에 대비되어 싸늘한 정적을 남겼다.

"좋은데 왜 그만두시는 거죠?"

의아함을 드러내며 눈을 뜬 그녀는 경악한 표정이 되었다. 악마금이 인상을 쓰며 자신의 뒤를 노려보고 있었지만 그것 때문이 아니라 그 시선 너머 보이는 인영(人影) 때문이었다. 고개를 돌리자 야일화가 불쾌한 표정으로 걸어오고 있었기 때문이다.

소연은 급히 자리에 일어나 고개를 숙였다.

"아, 아가씨 나오셨어요?"

"네가 여기에 왜 있지?"

그러면서 그녀의 시선이 소연 앞에 놓인 술잔에 고정되었다. 그것을 보고 있던 소연, 당연히 핼쑥한 표정으로 불안감을 드러냈다. 평소에는 장난기 많고 시녀들에 대한 정과 이해심 또한 많은 야일화였지만, 한번 화가 난 상태에서는 물불을 가리지 않는다는 것을 그간 경험으로 잘 알고 있었던 것이다. 지금 야일화의 표정은 그 어느 때보다 차가운 한기가 서려 있었다.

"죄, 죄송합니다."

"닥쳐!"

야일화는 그녀의 말은 듣기도 싫다는 듯 말을 이었다.

"그래, 금을 가져가더니 고작 기생 짓을 하며 술이나 퍼마시고 싶어서 그랬어? 감히 주제를 알아야지."

그때 악마금이 자리에서 벌떡 일어섰다.

"내가 부탁한 일이다."

"흥, 지금 당신이 그런 말 할 처지인 줄 아세요?"

그러면서 그녀는 표독스런 눈으로 악마금을 쏘아보았다. 하지만 악마금이 그에 겁먹을 리 없지 않은가. 귀찮은 듯, 또는 거만한 듯 마주 바라보자 야일화는 더욱 인상을 쓰며 쏘아붙였다.

"도대체 제 동생에게 무슨 짓을 한 거죠?"

"아! 그것 때문에 화가 나셨군."

"그것 때문? 지금 그걸 말이라고 하는 건가요. 감히 차기 적룡문주에게 손을 대다니, 겁이 없군요."

"흐흐흐, 설마 내가 손을 댈 리가 있나?"

그 말에 야일화가 얼떨떨한 표정을 지었다.

"당신이 그런 게 아닌가요?"

"아니, 내가 했어."

놀림을 당했다고 생각했는지 다시 아미를 찌푸리는 야일화.

"하지만 정당한 비무였지. 그것도 수련을 위한 비무. 내가 하고 싶어서 그런 것이 아니라 야 소협이 원했던 거야. 정신이 들면 한번 물어봐. 나는 하기 싫다고 분명히 말했으니까. 나도 하기 싫은 것을 하도 부탁하기에 억지로 했다고."

"그, 그렇다고 애를 그 지경으로 만들 수 있어요? 이건 누가 봐도 당신이 안 좋은 감정으로 행한 일이라고 느낄 수 있어요."

"허, 난 그런 것 없었어. 아무튼 난 잘못이 없으니 방해 말고 이만 가봐. 너 때문에 기분 잡칠 것 같으니까."

소연 153

"흥!"

악마금의 말에 어이가 없었던 야일화는 휙 몸을 돌렸다. 저렇게 당당하게 나오자 정말 할 말이 없었기 때문이다. 대신 소연을 향해 쌍심지를 켜며 협박조로 말했다.

"너는 나중에 따로 나를 봐!"

"죄, 죄송해요, 아가씨."

그때 악마금이 나섰다.

"어이! 그녀는 죄가 없어. 내가 시킨 거니까."

"당신은 상관하지 마세요, 이건 우리 일이니까. 내일 아침 나에게 와! 알겠어?"

"알겠습니다."

힘 빠진 그녀의 목소리를 뒤로하고 야일화는 휑하니 그곳에서 사라져 버렸다. 그러자 악마금이 짜증나는 투로 투덜거렸다.

"젠장, 예의라고는 눈곱만큼도 없군. 아무튼 걱정하지 마. 별일없을 테니까."

소연은 억지로 미소를 지었다.

"그럴 거예요. 겉으로는 저래도 정이 얼마나 많은데요."

그녀의 말에 놀란 악마금은 잠시 생각하더니 이내 과장된 몸짓으로 목을 부여잡았다.

"우웩!"

"훗, 공자님은 듣기와는 다르게 참 친절한 분이시군요."

"친절?"

순간 얼굴을 붉히는 악마금이었다. 그리고는 지금까지와는 다르게 인상을 썼다.
"다시는 내 앞에서 그따위 말은 하지 마!"
그러면서 그 또한 자신의 방으로 돌아보지 않고 들어가 버렸다.

제12장
야일화의 가출

다음날, 아침 식사를 하던 악마금은 소연의 붉게 부어오른 뺨을 보며 인상을 찌푸렸다. 그녀는 아무렇지도 않은 척 행동하고 있지만 분명 누군가에게 맞은 흔적이었다. 그 원흉이 야일화라는 것은 생각해 보지 않아도 알 수가 있었다. 하지만 악마금은 상관할 바가 아니라고 생각했으므로 신경 쓰지 않고 식사를 끝냈다. 그러나 문제는 그날 낮에 벌어졌다.

그날도 악마금은 어김없이 정원에 나와 있었다. 평소와 다른 점이라면 소연과 이런 저런 이야기를 나누고 있다는 것. 그녀의 기분을 풀어주기 위해서였지만, 내심 그는 그것을 극구 부정하고 있었다. 단지 심심하다는 이유를 대며 여자의 기분을 풀어주는 자신의 행동을 합리화해 버린 것이다.

어제 술자리에서 꽤나 친해졌기에 그녀도 스스럼없이 악마금에게 자신의 이야기를 털어놓았다. 거기에서 악마금은 가난한 사람들, 그리고 무림이 아닌 평민들의 생활에 대해 좀 더 이해할 수 있게 되었다. 놀라운 부분도 있었고, 고루하게 인생을 살아간다는 생각도 들었다.

하지만 오전에서 오후로 넘어가는 더운 시간, 공교롭게도 또다시 야일화를 보게 되었다.

산책이라도 나왔는지 가벼운 복장으로 걸어오고 있는 그녀는 악마금을 발견하고는 움찔하더니, 이내 소연과의 화기애애한 분위기를 보며 인상을 찌푸렸다. 특히 소연이 두려운 표정으로 인사를 건네는 것과는 달리 쳐다보지도 않는 악마금 때문에 그녀의 기분은 화가 나다 못해 더럽기까지 했다.

"흥, 두 사람이 연애라도 하나 봐!"

비꼬는 투로 내뱉는 그녀의 말에 소연은 얼굴을 붉혔고 악마금은 인상을 찌푸렸다. 하지만 야일화는 기분이 많이 상했기에 거기에서 멈출 생각은 하지 않았다. 더욱 비꼬는 투로 입을 열었다.

"뭐, 생각이 있으시다면 소연과의 잠자리를 주선해 드리죠. 말씀만 하세요. 아니면 다른 여자를 원하나요?"

"거지 눈에는 거지만 보인다더니, 나불대는 꼬락서니하고는……."

전혀 동요되지 않고 오히려 받아치는 악마금. 그의 말에 야일화는 잔뜩 인상을 썼다.

"지금 뭐라고 했죠?"

"못 들었으면 됐어. 괜히 좋은 분위기 망치지 말고 꺼져."

"쳇!"

그녀는 어이가 없다는 듯 콧방귀를 뀌며 악마금을 노려보았다.

"어떻게 내게 그런 말을 할 수가 있어요? 만월교와 적룡문의 관계가 깨지기를 바라나요?"

은근한 협박은 악마금에게 조금의 위협도 되지 못했다. 오히려 비소까지 흘리는 그였다.

"그딴 건 상관 안 해."

"당신은 만월교도잖아요?"

"그래서?"

"네?"

"그게 뭐가 어쨌다고? 뭔가 착각하고 있는 것 같은데? 똑똑히 알아 둬. 내가 지금 만월교도인 것은 사실이지만 누구에게도 굽신거리고 싶은 생각은 없어. 적룡문에 온 것도 상부의 지시가 있었고, 지금은 만월교에 소속되어 있는 것이 편하기에 따르는 것뿐이야."

그의 말에 만월교도들을 알고 있는 야일화는 경악한 표정이 되었다. 교주를 신처럼 떠받든다고 알고 있는 그녀로서는 악마금의 지금 발언이 충격적으로 다가왔다. 교주에 대한 불순한 말이라는 것도 잘 알고 있는 그녀였다.

"어, 어떻게 그런 말을?"

"훗, 전에도 말했지? 난 그런 놈이라고. 그리고 네가 먼저 시비를 건 것이 아니었나?"

"내가 그 말을 다른 사람에게 알리는 것이 두렵지 않나요?"

악마금이 피식 웃었다.

"하하하, 해볼 테면 해봐. 그리고 난 지시받은 일을 다 했어. 이후 적룡문과 본 교의 사이가 틀어져도 상관없다는 거지. 그들 문제는 그들이 알아서 하는 거니까 말이야. 또 그에 대한 지시가 떨어진다면 귀찮기는 하겠지만, 뭐 어때? 다시 화해하면 그만 아닌가?"

"헛, 참내. 정말 당신은 겁이 없군요."

"겁이라……. 그럴지도 모르지. 아무튼 난 내게 잘해주는 사람에게만 잘해주지. 그러니 꺼져. 너만 보면 속이 뒤틀리니까."

그 말에 야일화는 한참 동안 악마금을 쏘아보더니 씩씩거리며 돌아가 버렸다. 그녀가 사라지는 것을 바라보며 악마금이 잔뜩 인상을 쓰며 중얼거렸다.

"멍청한 계집, 저런 녀석들은 언제나 사고를 치지."

악마금과 헤어진 야일화는 자신의 방으로 들어서며 문을 거칠게 닫아 잠갔다. 그리고 터지는 여인 특유의 괴성!

"꺄아악!"

그리고 또 이어지는 욕지거리!

"빌어먹을 녀석! 등신, 말미잘, 바보!"

한참 동안 분을 삭이던 그녀는 침대에 털썩 주저앉았다. 하지만 아무리 시간이 지나도 전혀 진정되지 않는 마음은 어찌할 수 없었다. 머리끝까지 치밀어 오르는 분노와 악마금 앞에서 아무런 대꾸도 못하고 당한 자신이 한심하고 창피하게 느껴질 뿐이었으니까.

"두고 봐!"

말과 함께 그녀는 자리에서 벌떡 일어섰다. 그리고 회심의 미소를 지으며 밖을 향해 나직이 외쳤다.

야일화의 가출 159

"진하 있어?"

드르륵!

문이 열리고 시비가 얼굴을 비치자 야일화는 재빨리 그녀를 끌어 탁자에 앉게 했다. 그러면서 짓는 엄한 표정은 시비 진하의 기분을 떨떠름하게 만들 수밖에 없었다. 갑작스러운 아가씨의 행동에 의아함을 느낀 그녀가 입을 열었다.

"제게 무슨 하실 말씀이라도 있으세요?"

"내가 하는 말 잘 들어. 나는 오늘 저녁에 적룡문을 나갈 거야."

"예에?"

놀라 소리치는 진하의 입을 틀어막아 조용히 하라는 압력을 넣은 야일화는 더욱 무서운 표정을 지으며 손을 슬며시 떼어냈다. 그리고 하는 그녀의 말에 진하는 안색이 변하기 시작했다.

"너도 눈치를 챘겠지만, 이번 일은 절대 비밀이야. 알겠어?"

"하, 하지만 아가씨가 밖으로 나가시면 문주님께서 문제가 생긴다고 하셨는데요."

"그건 다른 문파에 들켰을 경우지. 변장을 할 거니까 상관없어."

"그래도 언제 일이 생길지도 모르는데……."

그녀의 말을 야일화는 듣기 싫다는 듯 끊었다.

"됐어. 문제는 무슨 문제? 잘 들어, 지금 당장 변장을 할 수 있는 옷과 도구들을 가져와."

아무리 간이 배 밖으로 나온 아가씨라지만 진하로서도 선뜻 들어줄 수 없는 부탁임에는 분명했다. 그래도 거절을 하지 못한 것은 무슨 일이라도 저지를 것처럼 구겨진 야일화의 험악한 인상 때문이었다.

"무슨 일인지 제가 알면 안 될까요? 만약에 들키기라도 하면 제가 변명이라도 해야 하잖아요."

"음……."

잠시 생각하던 야일화는 오랜 기간 같이 지내왔던 진하를 믿는 만큼 고개를 끄덕였다. 그러면서 악마금에 관한 이야기와 함께 덧붙였다.

"절대 비밀이야, 알겠어? 그 녀석은 상관없다고 하지만 내가 사라지면 똥줄이 빠진 것처럼 조바심이 날걸! 힘들게 동맹을 유지했는데 내가 납치가 된 것이 아니라는 사실이 타 문파에 알려지면 완전히 헛고생한 격이니까. 호호호!"

"하지만 아가씨의 말대로 그의 성격이 정말 안하무인이라면 신경을 안 쓸지도 몰라요. 차라리 솔직히 그에게 가서 대화를 하는 것이 낫지 않을까요?"

"말도 안 되는 소리! 빨리 준비해 와. 그리고 적룡문을 빠져나갈 때까지 네가 도와주어야 해. 알겠니?"

"알겠어요."

대답과 함께 방을 빠져나간 진하. 잠시 후 그녀가 들어왔을 때는 모든 일이 일사천리로 해결되었다.

적룡문의 지리와 보초들의 위치를 잘 알고 있던 야일화는 들키지 않고 빠져나올 수 있었다. 다시 한 번 진하에게 '말하면 알아서 해'라며 으름장을 놓은 후 그녀는 유유자적 사라져 버렸다.

하지만 그녀가 사라진 후 진하는 곧장 악마금을 찾아갔다. 도저히 아가씨가 걱정이 되어 그냥 넘길 수는 없었기 때문이다.

굳이 악마금을 찾아간 이유는 세 가지가 있었다. 하나는 적룡문주에게 고하게 되면 자신이 난처해질 수 있다는 것, 두 번째는 악마금이라면 조용히 해결해 줄 수 있을 것이라는 것, 마지막은 그에게 아가씨의 기분을 사실대로 말해 당사자들끼리 해결하는 것이 좋다는 판단이 서서였다.

하지만 악마금에게 아가씨에 대한 이야기를 했을 때의 반응은 야일화에게 들은 것 이상이었다. 안하무인도 이런 안하무인이 없었던 것이다. 야일화보다 더한 성깔의 사람을 처음 보았을 정도로!

"그 녀석이 사고 칠 줄 알았지."

"도, 도와주지 않으실 건가요?"

"하하, 내가 왜 도와주어야 하지? 그리고 문제가 생긴 것도 아닌데 뭘 도와준다는 말이냐?"

"하지만 나쁜 마음을 먹고 누군가가 아가씨에게 접근이라도 한다면 어떻게 하려고요?"

순간 악마금이 험악하게 인상을 썼다.

"지금 나보고 그따위 계집의 뒤나 쫓으며 호위를 하라는 말이냐?"

무공을 모르는 진하가 느끼기에도 근접하지 못할 것 같은 차가운 한기가 뿜어져 나오자 그녀는 몸을 떨기 시작했다.

"아, 아니, 소녀는 다만……."

"닥쳐. 올 때가 되면 오겠지. 설마 이 좋은 곳을 놔두고 고생을 하고 싶겠어? 아무튼 부잣집에서 오냐오냐하며 자라난 것들은 멍청하다니까. 난 일 없으니 다른 사람에게 가서 알아봐!"

그의 말에 진하는 난감한 표정을 지었지만 어쩔 수 없었다. 더 이상 마주했다가는 숨이 막혀 죽을 것 같았던 것이다. 꽁지에 불이라도 난 듯 밖으로 도망쳐 나온 그녀는 한숨을 쉬었다.

'어떻게 하지. 아가씨의 신변에 무슨 일이라도 생기면 난 정말 큰일 날 텐데. 그렇다고 다른 사람에게 말하면 아가씨께 혼이 날 테고……'

수많은 걱정이 쌓이는 그녀였지만 뚜렷이 생각나는 방법은 없었다. 하지만 그녀가 걱정하고 있는 사이 조용히 적룡문을 빠져나가는 인영이 있었다. 흑색장삼을 펄럭이며 소풍이라도 나가는 듯 당당히 적룡문을 빠져나가는 자는 악마금이었다.

적룡문을 빠져나온 그는 진하에게 들은 대로 야일화가 사라진 방향을 바라보았다.

"젠장! 정말 열받게 하네. 찾으면 두고 보자!"

욕지거리와 함께 악마금의 신형은 그 자리에서 사라져 버렸다. 섬전과 같은 속도로 숲길을 따라가자 오십 장 떨어진 곳에 여인이 걸어가고 있는 모습이 들어왔다. 악마금은 급히 몸을 숨겨 기척을 없애 버렸다. 마음 같아서는 당장 뺨이라도 한 대 쳐주고 싶었지만 문득 재미있는 생각이 들었기 때문이다.

아무도 몰래 사람을 따라다니며 훔쳐보는 재미라면 우스운 것이겠지만……!

야일화의 가출

제13장
집 떠나면 고생

 야일화가 향한 곳은 강구에서 사십 리 정도 떨어진 정진(挺進)이라는 곳이었다. 그리 크지는 않았지만 한번 가본 적이 있었기에 선택한 것이다. 누군가가 음침한 미소를 흘리며 따라오고 있다는 것은 생각하지도 못한 채……. 하지만 은밀한 미행자가 아니었다.
 적룡문에서 상당히 떨어진 숲길을 걸을 때 우렁찬, 그래서 자신감에 들뜬 목소리가 터져 나왔다.
 "멈춰랏!"
 일갈과 함께 십여 명의 거친 사내들이 옆 숲에서 우르르 쏟아져 나왔다. 그들에게 둘러싸일 때 야일화는 인상을 찡그렸다. 최근 들어 산적들이 성행을 한다고 듣기는 했지만 여기까지 있는 줄은 몰랐기 때문이다. 이곳이 적룡문의 세력권은 아니지만 그래도 화가 나기는 마찬가지였다. 게다가 기분까지 안 좋았으니 그냥 넘어갈 리 없었다. 하기야 그녀가 넘어가지 않아도 산적들의 얼굴에는 잘 걸렸다는 노골적인 표정이 담겨 있었으니 좋게 인사하고 끝낼 상황은 아니었다.

도시와 가까워 많은 사람들이 지나다니는 곳이기는 하지만 산적들에게는 힘없는 여인 혼자 이런 숲길을 지나간다는 것이 엄청난 행운일 수밖에 없었다. 당연히 야일화의 전신을 뱀과 같은 야릇한 눈빛으로 훑어보며 너나 할 것 없이 읊조렸다.

"가진 것 다 내놓아라!"

그중에는 야한 농까지 하는 자도 있었다.

"옷까지 내놓으면 더 좋고. 호호호!"

"으하하하, 역시 막내는 여자를 밝힌다니까!"

"하하, 저보다는 형님이 더하지 않습니까?"

말하는 꼬락서니를 보고 있던 야일화가 짜증난다는 듯 고개를 저었다.

"내가 누구인 줄 알고?"

"호, 제법 드세게 나오는데?"

그래도 약간 찜찜했던지 산적들 중 두목인 듯한 자가 물었다.

"네가 누군데?"

"냉화검 야일화!"

"냉화검 야일화? 그럼 적룡문주의……."

순간 산적들의 표정에 두려움이 드러났지만 그것도 잠시, 야일화의 옷차림을 보며 모두가 크게 웃기 시작했다. 그리 나쁜 옷은 아니지만 무림방파의, 그것도 열두 세력 중 하나인 적룡문주의 딸이 입기에는 수

집 떠나면 고생 165

수한 것이 분명했기 때문이다. 게다가 호위도 없이 이런 곳을 지나다 닌다는 자체가 말도 안 되는 일이었다.

곧 비꼬는 말이 튀어나왔다.

"네가 적룡문주의 딸이면, 난 만월교의 교주다!"

"하하하하!"

역시 광소와 함께 그에 대답하는 농 섞인 말!

"하하, 그럼 난 혈천문의 문주지!"

그들의 농담에 야일화는 끓어오르는 분노를 참지 못하고 주먹을 부르르 떨었다.

"화를 자초하는구나!"

말과 함께 그녀의 신형이 산적들을 덮쳤다. 그리고 펼쳐지는 화려한 권각술을 보니 역시 적룡문주의 딸이다. 하지만 그것도 잠시, 아직 다 듬어지지 않은 그녀의 무공은 둘째 치더라도 산적들의 대응이 만만치가 않았다. 처음 당황해 세 명이 동시에 쓰러진 후에는 진법을 구사하기 시작한 것이다. 거기다 하나하나가 무공을 모두 알고 있는, 고수라고 보기에는 어설픈 면이 있었지만 제법 심도있게 배운 자들임에 틀림이 없었다.

'호! 뭐야, 저건!'

멀리 나뭇가지 위에 숨어 그 모습을 보고 있던 악마금은 호기심과 함께 의아함을 드러냈다. 산적으로서는 전혀 어울리지 않는 실력을 가지고 있는 것도 그렇지만, 더욱 그의 호기심을 자극한 것은 바로 장소였다.

숲 속이기는 하지만 이곳은 도시와 그리 멀지 않은 곳! 그렇기에 사람들의 왕래가 빈번할 수밖에 없었다. 이런 곳에서 산적들이 드러내 놓고 산적질을 할 정도로 세상은 그리 호락호락하지 않은 것이다.

'역시 이상해!'

생각과 함께 도와주어야 하는 것이 아닌가, 하는 생각도 들었지만 그는 잠시 지켜보기로 했다. 솔직히 산적들에 의해 야일화가 몇 대 맞았으면 하는 생각도 가지고 있었다. 목숨에만 지장이 없다면 그에게는 별문제가 없었기 때문이다. 아니, 실컷 두들겨 맞고 난 후 위험한 순간에 구해주기로 마음먹은 악마금이었다.

역시 그의 예상대로 진법을 구사하며 체계적인 공격을 가하는 산적들에게 유리하게 싸움이 전개되고 있었다. 치고 빠지기를 앞뒤 양 옆으로 교묘히 하는 방법은 그리 크게 뛰어나 보이지는 않았지만 실전 경험이 전무한 야일화로서는 역시 부담스러운 듯했다.

그쯤 되자 악마금도 나설 준비를 시작했다. 물론 산적들의 움직임으로 보아 목숨을 빼앗을 것 같지는 않았기에 정말 위험한 순간에 도와줄 생각이었지만 그는 그런 통쾌한 기분을 맛볼 수가 없었다.

"멈춰랏!"

저 멀리서 인기척을 감지한 악마금이 돌아보자 숲길에서 빠르게 경공술을 펼치며 달려오는 사내가 눈에 들어왔다. 깨끗한 백의에 금색 장포를 걸친 사내의 허리에는 호화찬란한 검이 매여져 있었다. 하얀 피부, 깊이있어 보이는 눈, 그리고 긴 머리를 치렁치렁하게 길러 뒤로 묶은 모습은 한눈에 보기에도 어느 무림세가의 인정받는 후기지수이거나 부잣집 공자가 틀림없었다.

"이런!"

막 나가려던 악마금은 다시 몸을 숨기며 좀 더 지켜보기로 했다.

"넌 뭐냐?"

산적 중 하나가 인상을 쓰며 사내를 향해 물었지만 대답은 검으로 돌아왔다.

스스릉!

사내의 검은 청명한 소리를 내며 검집에서 벗어나 빛을 발했다. 그리고 펼쳐지는 검무는 화려함을 넘어 아름답기까지 했다. 그 모습을 멍하니 지켜보던 산적들이 순간 질겁을 했다.

"저, 저건 매화상인(梅花霜刃)?"

무언가 알고 있는 듯한 발언에 사내는 흡족한 표정으로 검을 거두며 입을 열었다.

"매화상인을 알다니 제법이군. 나는 청동장(青桐莊)에 사는 정가출(正假出)이라고 한다. 매화상인을 안다면 들어봤겠지?"

"이럴 수가……!"

"도, 도망가자!"

산적들은 싸워볼 생각도 하지 않았다. 무언가 있는 듯해 보이는 사내를 악마금은 살피기 시작했다. 매화상인이란 검법의 일종으로 하나의 경지를 말한다. 검법의 꿈에 경지인 신검과 같은 대접을 받는 것으로, 검이 주인의 마음을 알고 신기 조화를 이루어 꽃과 같은 가루를 검에서 뿜어낸다고 하여 붙여진 이름이었다.

실제 그것이 무림에 나타난 적은 없었지만 무인이라면 모두 알고 있는 것인데……. 산적들이 도망가는 것을 보고 실소를 머금을 수밖에 없었다.

그러고 보니 모든 것이 이해가 가는 악마금이었다. 사람들이 많이 지나다니는 곳에 산적들이 있다는 것과 약속이라도 한 듯 달려온 사내. 있지도 않은 검의 경지를 무공인 마냥 자연스럽게 뽐내는 저 뻔뻔함!

모든 것은 달리 생각할 필요가 없었다.

"훗, 재미있어지겠는데?"

오랜만에 활짝 웃던 악마금은 일이 어떻게 진행되는지 궁금하기까지 했다. 금방 끝을 내고 야일화를 붙잡을 생각은 이미 저 멀리 달아난 후. 그는 좀 더 지켜보기로 마음먹었다. 그때 사내는 악마금의 생각대로 움직이고 있었다.

"괜찮으십니까?"

가지런한 치아를 번뜩이며 짓는 미소는 어떤 여인이라도 넘어올 것 같이 수려했다. 거기에 걱정스러움이 잔뜩 담긴 부드러운 목소리와 방금 전 죽음의 선을 넘나들었던 여인의 어지러운 정신 상태 모든 것이 조화를 이루었다.

"네? 네!"

야일화는 자신을 위험에서 구해준 이 화려한 사내를 보며 살짝 얼굴을 붉혔다. 그것을 사내도 느낀 모양. 같이 얼굴을 붉게 물들이던 사내, 자칭 정가출이 더욱 부드러운 목소리로 말했다.

"그럼 다행이군요. 요즘 산적들이 판을 친다고 들었는데. 아무튼 이런 숲길은 혼자 다니시면 위험합니다. 다음부터 조심하십시오. 그럼 저는 이만!"

"자, 잠깐만요."

볼일을 끝냈다는 듯 미련없이 몸을 돌리던 정가출을 불러 세운 야일

집 떠나면 고생 169

화는 쑥스러운 표정으로 그의 얼굴을 살폈다. 어느 각도로 봐도 수려한 외모는 여인들을 기분 좋게 하는 것인데, 야일화 또한 이 사내가 마음에 든 모양이었다. 그녀로서는 좀처럼 할 수 없었던 말을 입 밖으로 꺼냈던 것이다.

"저기, 도와주신 것 너무 감사해요. 그래서 말인데… 식사를 대접해도 될까요?"

"식사?"

"네. 이렇게 넘긴다면 제가 두고두고 후회할 것 같아서요."

"흠……."

잠시 생각에 잠긴 정가출은 내심 웃음이 튀어나오려는 것을 참고 있었다. 지금까지의 수많은 경험으로 볼 때 이런 상황에서 모든 여자들은 한결같은 반응을 보였기 때문이다.

'흐흐, 무공을 익히고 있는 것이 의외였지만 확실히 여자는 여자로군. 그리고 얼굴과 몸매도 끝내주고. 흐흐흐, 잘하면 오늘은 호강하겠는데!'

생각과 함께 그가 결정을 내렸다.

"알겠습니다. 하지만 대접은 제가 하지요."

"아니, 괜찮아요."

"아닙니다. 사실 이 주위에는 그럴듯한 음식이 없거든요. 제가 지내고 있는 청동장으로 가는 것이 어떻겠습니까? 제가 근사하게 대접하겠습니다."

"그렇다면 어쩔 수 없죠. 고마워요."

악마금이 청동장 안 오동나무 위로 숨어들었을 때 야일화는 융숭한 대접을 받고 있었다. 악마금의 생각대로 정가출은 수상한 놈이 확실했다. 그들이 도착해 정원 정자에 자리를 잡자마자 기다렸다는 듯 음식과 술이 날라져 왔기 때문이다. 그것은 이미 준비를 하고 있었다는 것을 의미하고 있는 것이었다.

조금만 생각해 보면 이상한 점이 한둘이 아닌 것을 알 수 있었지만 야일화가 아무런 의심의 표정을 짓지 않고 있는 것을 보고 악마금은 혀를 찼다.

'쯧쯧, 정말 멍청한 계집이군. 아무리 도와주어 정신이 흘렸다지만 머리가 안 돌아가는 거야? 아니면 알면서도 모르는 척 있는 건가? 하기야 나는 재미있는 구경을 할 수 있으니 상관할 바 없지만……. 아무튼 저 정가출이란 녀석이 어떤 짓을 할지 정말 궁금하군.'

악마금이 이런 저런 생각으로 기분 좋은 상상을 하고 있을 때 야일화가 술을 한 모금 마시면서 감탄성을 터뜨렸다.

"장원이 정말 멋지군요. 이런 곳이 구강 가까이 있는 줄은 몰랐어요."

그녀의 말에 정가출이 쑥스러운 얼굴로, 혹은 자부심을 드러내는 표정으로 입을 열었다.

"과찬이십니다. 제가 특별히 신경을 쓰기는 했지만 그리 좋은 장원은 아니지요."

"아니에요. 정말 놀랐어요. 그런데 다른 분들은 어디 있죠? 무림인이신 것 같은데……?"

"무림인이라고 할 수는 없죠. 저는 혼자 지냅니다. 하인들 외에는 없습니다."

"음, 외롭겠군요."

순간 정가출이 어두운 표정을 드러냈다. 뭔가 사연이 있는 듯한 그의 얼굴에는 슬픔이 가득해 보였다. 그것을 보고 야일화가 얼굴을 붉히며 고개를 저었다.

"방금 한 말은 취소하죠."

"아, 아닙니다. 외로운 것은 사실이니까요."

힘 빠진 목소리 속에 담긴 쓸쓸함은 정가출의 외모를 더욱 처량하게 보이게 했다. 수려한 외모 때문인지 그 모습이 더욱 잘 어울리는데, 야일화가 슬며시 궁금증을 드러냈다.

"무슨 안 좋은 일이 있으신 것 같은데, 실례가 안 된다면 물어봐도 될까요?"

"흠."

잠시 고통스러운 듯 침음을 삼킨 정가출, 그는 내심 미소를 짓고 있었다. 지금이 가장 중요한 부분이기 때문이다. 앞의 이 미인을 자신에게 완전히 빠지게 할 언변을 가지고 있는 그였지만, 언제나 이 부분에서는 신경을 쓰는 그였다.

"사실 사랑하는 여인이 있었습니다. 그녀는 나의 마음을 한번에 빼앗았죠. 하지만……"

그렇게 시작된 그의 말은 집안에서의 반대와 몰락, 여인의 배신, 재회, 사랑의 도피 등등으로 이어지기 시작했다. 악마금이 들어도 흥미와 재미, 그리고 감동이 적절히 섞인 내용.

'말을 그럴듯하게 꾸미는군.'

그런 생각과 함께 악마금은 정가출이 다음은 어떻게 행동할지 계속 지켜보기 시작했다.

"그렇게 해서 모두 죽었습니다. 그 후 저는 부모님이 남긴 유산을 가지고 이곳에 청동장을 짓게 되었지요. 그녀가 오동나무를 좋아했기에 장원에 오동나무가 이렇게 많은 것입니다. 저것만 보면 그녀 생각이 다시 떠올라 괴로웠지만 이제는 점점 잊혀져 가는군요."

"아!"

야일화는 인상을 찡그리며 탄성을 질렀다. 너무 감동적이고 열정적인 사랑 이야기가 그녀의 마음을 흔들고 있었기 때문이다. 괜스레 물어봤다는 듯 그녀가 고개를 숙이며 사과했다.

"그런 슬픈 사연이 있는 줄도 모르고……. 죄송합니다. 괜히 물어봤군요."

"하하, 다 지난 일인데요. 이제는 머나먼 추억일 뿐이죠. 너무 그런 표정 짓지 마십시오. 저는 아무렇지도 않습니다."

"그래도……."

"정말 신경 쓰지 않으셔도 됩니다. 그런데 소저께서는 왜 혼자 있으시죠?"

"그건……."

그녀는 말을 하려다 말고 끝을 흐렸다. 적룡문을 나오기는 했지만 그녀 또한 자신의 신분이 드러나면 안 된다는 것을 알고 있었기 때문이다. 하지만 상대의 과거를 모두 들어놓고 자신만 숨긴다는 것 또한 예의에 어긋나는 일이었기에 슬쩍 돌려서 이야기를 하기 시작했다.

"사실, 기분이 안 좋은 일이 있었어요. 저희 집에 온 손님 때문인데, 자꾸 신경에 거슬렸거든요."

"남자?"

"네. 하지만 좋아한다거나 하는 것은 절대, 절대 아니에요."

아니라는 것을 극구 강조하는 그녀를 보며 정가출은 미소를 지어 보였다.

"정확히 무슨 일인지 말해 보십시오. 알려지기 곤란한 부분이 있다면 빼고 말씀하시면 제가 도움을 드릴 수도 있지 않겠습니까?"

"사실은 처음 그를 만났을 때는 악연이었죠. 난생처음 저에게 모욕을 준 사람이거든요. 그런데 얼마 전 그자가 저희 집에 머물게 되었어요. 그러니 더욱 신경이 쓰일 수밖에 없잖아요."

"그렇지요."

"그런데 저희 아버지께서 시비를 하나 붙여주었는데, 저에게는 항상 차갑게 대하는 그가 그 시비에게는 잘해주는 거예요. 저 딴에는 친하게 지내보려고 그가 잘 가는 정원에 일부러 찾아 나간 건데, 저에게는 신경도 쓰지 않으니……. 게다가 저를 보면 언제나 무시를 하는 것이 너무 억울하기도 하고 해서……."

"이런 말 해도 괜찮은지 모르겠지만 제가 볼 때는……."

"말씀해 보세요."

"혹시, 질투하시는 것이 아닐까요?"

"마, 말도 안 돼!"

정가출의 말에 놀라 펄쩍 뛰는 야일화는 연신 고개를 저었다. 자신이 왜 질투를 해야 하냐는 듯 불쾌한 표정까지 지어 보였다. 그러자 정가출이 그녀를 지그시 바라보더니 술을 따라 권했다.
"알겠습니다. 소저 같은 분이 질투를 할 리가 없겠죠. 우선 술이나 한 잔 더 하시고 계십시오."
"어디 가시려고요?"
정가출은 환한 미소를 지어 보였다.
"제가 취미로 금을 익혔는데 들려 드리겠습니다. 잠시만 기다리십시오. 악기를 들고 나오지요."
순간 아일화의 얼굴이 굳어졌다. 악마금의 금음이 생각났기 때문이다. 게다가 건물에서 금을 들고 나오는 정가출의 모습에서 악마금의 모습이 겹치자 혼란해질 수밖에 없었다.
"부족하지만 들어주십시오. 조금이라도 기분을 풀어주고 싶군요."
띠띵—!
손가락 하나가 퉁겨질 때 줄이 진동하며 장내를 울렸다. 정가출의 금 실력은 의외로 상당한 것이었다. 그는 연주의 묘미, 즉 음의 흐름보다는 금음 뒤의 여백 같은 여운을 즐기는 듯했다. 곡에 그리 뛰어난 기교는 없었지만 장음이 줄어들며 내는 여운은 상당히 깊은 맛이 있었다.
하지만 그것을 듣고 있던 악마금은 인상을 찌푸릴 수밖에 없었다. 금음 속에 떨려 나오는 진동 수가 일정하지 않은 것이 인위적인 떨림이라는 것을 알아챘기 때문이다. 바로 음공의 첫 번째 단계였다.
'빌어먹을 자식! 음공을 여자 꼬시는 데나 사용하다니…….'
순간 분노가 치솟는 악마금이었지만 좀 더 참기로 했다. 음공을 저급한 기술로 전락시킨 저 정가출이란 녀석에 대한 응징은 언제든지 할 수 있으니까. 우선은 야일화를 어떻게 할지가 더 궁금했던 것이다.

'두고 보자!'

생각과 함께 악마금은 내공을 운용해 자신에게 다가오는 금음의 진동을 교묘히 뒤틀어 차단시켰다. 하지만 야일화에게 그런 기술이 있을 리 없다. 아니, 음공이라는 것도 모른 채 정가출의 연주를 그대로 받아들이니 정신이 몽롱해지고 몸이 화끈 달아오르는 것을 느끼고 있었다.

"아! 왜 이러지?"

결국 몸이 이상하다는 것을 알아챈 그녀는 머리를 감싸 쥐며 고개를 저었다. 하지만 정가출은 연주를 멈추지 않고 점점 더 빠른 곡으로 바꿔가기 시작했다. 그렇게 일각이란 시간이 지나자 야일화는 정신을 못 차리는 듯 몸을 이리저리 갸우뚱거리더니 결국 멍한 눈으로 정가출만 바라보고 있는 상태가 되었다.

정가출이 슬며시 자리에서 일어나 그녀에게 다가갔다.

'훗, 완전히 맛이 갔군.'

생각과 함께 그는 야일화의 어깨를 감싸 쥐며 일으켰다.

"많이 힘드신 것 같은데, 제가 오늘 소저의 마음을 위로해 드리겠소."

"아!"

의미를 알 수 없는 탄성!

정가출은 신경도 쓰지 않고 그녀를 자신의 방으로 부축해 들어가 버렸다. 이제 거의 일은 끝난 것과 다름없기에 느긋하면서도 여유로운 행동이었다. 남은 것은 하룻밤의 환락을 즐기는 것뿐!

스르륵!

허물이 벗겨지듯 겉옷이 몸을 빠져나가고 상의와 하의 차림의 야일화는 아직도 몽롱한 눈으로 정가출을 바라보고 있었다. 정가출 또한 더욱 자신감 넘치는 표정으로 지그시 야일화를 바라보았다. 그리고 움직이는 손은 그녀의 상의를 만지고 있었다.

스륵!

상의가 어렵게 벗겨 나가는 것을 본 그는 서두르지 않았다. 감미로운 입술을 그녀의 이마에 살짝 부딪친 후 서서히 그녀를 침상으로 이끌어 눕혔다. 이제 먹이가 완전히 '나 잡아먹으세요'라는 듯 눈을 감고 있자 그는 자신의 상의를 벗어버린 후 슬며시 침상에 올라서기 시작했다.

그녀를 위에서 바라본 정가출은 왠지 하룻밤의 향락을 즐기기에는 아까운 외모를 감상하며 고개를 저었다.

"어쩔 수 없지."

그는 조심스럽게, 하지만 부드러운 손짓으로 야일화의 젖가리개에 손을 옮겨 왼쪽 끈의 매듭을 잡았다. 능숙한 솜씨는 이미 끈을 만지기도 전에 풀어지듯 내려앉으며 한쪽 어깨가 요염한 자태를 뽐냈다. 훤히 드러난 뽀얀 속살이 그를 유혹했지만 역시 정가출은 서두르지 않았다.

그는 기다림 후의 욕정이 얼마나 큰지를 잘 알고 있었고, 지금 이 순간을 즐기는 자였기 때문이다. 하지만 반대편 매듭을 풀기 위해 손을 옮길 때 그를 제지하는 힘이 있었다.

정가출은 잠시 인상을 찡그렸다. 야일화의 손이 자신의 손을 잡았기 때문이다.

"제, 제가 실수할 뻔했군요. 비켜주세요."

그녀의 목소리는 아직도 힘이 빠진 듯 나른했지만 그 속에 강한 부정이 실려 있었다. 무공을 익혔기에 다른 여인들보다 빨리 정신을 차린 모양인데, 정가출이 멈출 리 없다. 다 잡은 먹이를 놓아줄 호랑이는 없으니 말이다.

오히려 손에 힘을 주어 뿌리친 후 그녀의 반대쪽 젖가리개 매듭을 거머쥐었다. 그러자 들리는 짜증나는 목소리!

"그만 하라구요."

순간 정가출의 동작이 뚝 멈추더니 이내 험악한 인상이 되었다.

"이런 제길. 왜 이렇게 빨리 정신을 차려?"

"이 녀석, 설마?"

"흐흐, 눈치챘어도 어쩔 수 없어. 너 정도는 한주먹거리도 안 되니까."

그러면서 그는 재빨리 그녀의 혈도 몇 군데를 짚어버렸다. 부지불식간 일어난 일인 데다, 상대가 위를 점하고 있으니 고스란히 당할 수밖에 없는 야일화였다. 그녀는 경악하며 소리를 질렀다.

"더 이상 하지 마!"

"닥쳐! 이곳까지 따라왔으면 어느 정도 예상하고 있었던 것 아냐?"

"싫어! 까아악!"

몸부림을 치기 위해 모든 노력을 기울였지만 움직일 수가 없자 고통의 비명성이 터져 나왔다. 하지만 결국 매듭이 풀어지며 젖가리개는 가슴 위에 올려진 상태가 되어버렸다. 이제 그것을 잡아 들어 올리면 그녀의 부끄러운 물건(?)이 정가출의 눈에 들어올 상황에 봉착!

하얀 이를 드러내면서 비릿한 미소를 짓는 정가출은 침을 삼켰다. 손은 젖가리개의 양쪽 끝을 잡고 있는 상태였다.

"너무 상심하지는 마. 나 같은 미남자와의 첫 경험은 너에게 행운이니까. 호호호. 최고의 밤이 될 수 있게 최선을 다해주지. 뭐, 어차피 마지막에는 너의 정력을 빨아들일 거지만, 그것도 나 같은 자의 몸에 숨쉬며 살아갈 테니 손해는 아니라고 생각해."

"이런 개자식!"

"하하하, 난 그런 소리를 들으면 이상하게 흥분이 되던데……. 계속해 봐! 내가 듬뿍 예뻐해 주지."

하지만 그는 예뻐해 줄 수 없었다. 등 뒤 목줄을 압박하는 거대한 힘이 그를 고통스럽게 했기 때문이다.

"재미를 볼 참인 것 같은데 방해를 해서 미안하군."

"누, 누구냐!"

정가출은 고개를 돌려 상대를 확인하려 했지만 몸이 말을 듣지 않았다. 목을 잡고 있는 손끝에 느껴지는 힘은 그로서도 거부할 수 없는 마력이 숨겨져 있는 것 같았다. 조금만 움직여도 목뼈를 부서뜨리겠다는 듯한 느낌이 손끝으로 전해오자 그는 경악하며 떠듬거렸다.

"누, 누구십니까? 그리고 어떻게 이곳에……."

"호호호, 그런 건 알 필요 없어! 우선 화풀이 좀 해볼까?"

그러면서 손에 잡힌 목을 옆으로 거칠게 움직였다. 손의 힘에 따라 딸려간 정가출은 바닥을 뒹굴 수밖에 없었다. 하지만 거기에서 당하고만 있을 그는 아니었다. 상대가 강한 것은 사실이지만 그 또한 무공을 깊이 익히고 있었기 때문이다.

몸을 일으킴과 함께 정가출의 손이 섬전과 같이 상대를 향해 뻗어나갔다.

"가소롭군!"

악마금은 오히려 반격을 해오는 정가출을 심드렁히 바라보며 가볍게 손을 저었다. 그러자 다가오던 정가출의 팔이 중간에서 터져 버렸다.

"크아악!"

엄청난 비명과 함께 정가출은 바닥을 굴렀다. 누구에 의해서도 아닌 순순한 자신의 본능 때문이었다. 아파서 서 있을 수가 없었던 것이다. 하지만 고통은 거기에서 그치지 않았다.

"나에게 공격을 하다니, 간이 배 밖으로 나왔군. 그럼 좀 더 재미를 볼까?"

악마금은 이제 없어진 팔을 붙잡고 지혈을 하고 있던 정가출의 발을 밟았다.

'두두둑' 하는 소리와 함께 들리는 또 다른 고통의 비명!

다음은 반대 발이었다.

두두득! 두두득!

상황이 끝이 났을 때 정가출의 몸은 성한 데가 없었다. 양다리는 물론이고 한쪽 팔은 사라져 있었다. 그리고 갈비뼈 몇 개도 부러져 제대로 숨도 못 쉴 지경이었다.

그쯤 돼서야 동작을 멈춘 악마금은 걸레가 되어버린 상대를 벽 쪽으로 걸어찬 후 차분하게 입을 열었다.
"한 가지 대답해 줘야겠다."
"으윽!"
신음을 흘리던 그에게 악마금이 험악한 인상을 썼다.
"짜증나니까 소리 죽여! 안 그러면 배를 갈라 버릴 테니까!"
아픈 중에도 그 소리가 또렷이 들렸던 모양이다. 거짓말처럼 신음 소리가 기어들어 가고 정가출의 입에서 떨리는 목소리가 흘러나왔다.
"무, 무엇을 말입니까?"
"좀 전에 정원에서 네가 한 연주는 뭐지?"
"그, 그냥 연주일 뿐입니다."
"호! 그래? 그렇다면……."
말과 함께 악마금의 신형이 움직였고, 동시에 비명성이 다시 터졌다.
"크아아악!"
정가출은 자신의 양물을 밟고 있는 악마금을 바라보며 절규했지만 나아지는 것은 없었다. 오히려 아무런 일도 하지 않았다는 듯 평온한 표정의 악마금이 더욱 두렵게 느껴질 뿐이었다.
"제, 제발 거기는 제발!"
"이제는 말할 수 있겠지? 조금이라도 마음에 들지 않는다면 정말 터뜨려 버려 남자 구실 못하게 할 테니까. 말해 봐."
"으, 음공을 사용했습니다."
"역시 그렇군. 어떻게 익혔지?"
"크윽! 사부님에게 배웠습니다."

"사부? 그 작자가 누구냐?"

"희정마(喜停馬)라는 별호를 가지고 있는데, 저도 성함은 알지 못합니다. 사실 저는 강서의 장영문의 제자이온데 쫓겨나는 바람에 사부님을 만나 오 년간 음공과 흡정술을 익혔습니다. 그 후 이렇게 떠돌아다니며 사람들을 유혹했던 겁니다."

"흠. 그런데 음공은 그 정도가 다냐?"

"그렇습니다. 사부님은 저보다 훨씬 실력이 좋지만 제가 익힌 것은 그 정도뿐입니다."

"그래도 놀랍군. 저 싸가지없는 여자를 홀릴 정도이니 말이야."

그러자 정가출이 미미하게 고개를 저었다.

"그건 아닙니다."

"아니라니?"

"사실 술에도 미혼약을 약간 탔기에……."

"크크크, 그럼 그렇지. 어쩐지 너무 쉽게 넘어간다고 했지. 괜히 호기심을 드러냈군."

그 후 악마금은 아직도 침상에 누워 꼼짝도 못하고 있는 야일화를 가리켰다.

"그런데 저 아이가 산적들을 만날 줄은 어떻게 알지? 내가 지켜보니 짠 것 같았는데… 맞나?"

"맞습니다. 미리 대기하고 있다가 여인들만 골라 이곳으로 데리고 왔습니다. 그 산적들은 제 부하입니다."

"흠, 역시 그랬군. 그럼 지금까지 네놈이 홀린 여인들은 어떻게 됐나?"

"그, 그것이……."

정가출의 난감한 표정으로 악마금은 대충 유추해 낼 수 있었다.

"좋아, 말하기 곤란하다면 하지 않아도 된다. 아무튼 다시는 음공으로 그따위 일은 벌이지 말거라. 알겠나? 가뜩이나 인식도 안 좋은데……."

악마금의 말에 살려줄 것이라는 의미가 담겨 있었으므로 정가출은 눈물을 흘리며 고개를 끄덕였다.

"여부가 있겠습니까?"

"좋아, 네 금 실력이 아까워서 살려주는 것이니 잘 치료받도록!"

그 말에 정가출은 쓰게 웃었다. 이미 한쪽 팔이 사라진 지금 앞으로 어떻게 금을 연주한단 말인가. 고통 중에도 울컥하고 가슴 깊이 욕지거리가 올라왔지만 극도의 인내심으로 참으며 마음에도 없는 소리를 했다.

"가, 감사합니다. 은혜는 절대 잊지 않겠습니다."

"은혜 같은 것은 필요없어. 그런데 가만 있어보자……."

악마금은 다시 야일화를 바라보았다. 그녀는 눈을 감고 있었지만 눈 주위가 파르르 떨리는 것으로 보아 정신을 차리고 있다는 것을 눈치챌 수 있었다. 창피해서일 것이라는 짐작이 가능했고, 그래서 악마금은 피식 웃었다.

"어이!"

"……."

"어이! 야 소저!"

"……."

아무런 대답 없는 그녀는 쥐 죽은 듯 그대로 있었다. 그러자 악마금이 비릿한 미소를 머금으며 퉁명스럽게 말했다.

"자는 척하지 말고 눈을 뜨지 그래?"

야일화는 안 그래도 창피해 죽겠는데 악마금이 이미 알고 있는 듯 말하자 온몸이 붉게 물드는 것을 느끼며 슬며시 눈을 떴다. 그녀의 눈가로 눈물이 흐르기 시작했다. 분노와 창피함, 그리고 악마금에게 도움을 받음으로 인해 상처받은 자존심이 그녀를 울게 만들었던 것이다. 그런데 얄밉게도 악마금은 그녀에게 다가오더니 소리 죽여 울고 있는 그녀를 재미있다는 듯 바라보고 있었다.

"지, 지금 뭘 보는 거얏!"

흐느끼면서 외치는 소리에 악마금이 대꾸했다.

"멍청하기는……. 그러기에 왜 사고를 치고 그래? 생각 같아서는 몇 대 밟아주고 싶지만 참기로 하지. 우선 일어나서 옷이라도 입지?"

"나도 그러고 싶지만 혈도를 짚였단 말이야."

"좀 전에 내가 풀었으니 일어나!"

그의 말에 야일화는 손을 한번 움직여 보았다. 그러자 진짜 몸이 움직이는 것을 보고 놀라며 물었다.

"어, 언제?"

"정말 둔해도 너무 둔하군. 아니면 부끄러움이 너무 커서 못 느꼈던 건가? 호호호."

"시끄러!"

말과 함께 반항하듯 몸을 급히 일으킨 그녀는 순간 비명을 질렀다. 젖가리개 끝이 풀려 있었다는 것을 깜빡 잊었기 때문이다. 당연히 몸을 일으키니 흘러내릴 수밖에. 그녀가 훤히 드러난 부끄러운 부분을 급히 손으로 가렸지만 악마금의 좋은 눈(?)에서 벗어날 수는 없었다.

순간 악마금이 멍한 듯 그녀의 전신을 본능적으로 훑어보고는 고개를 홱 돌려 버렸다.

"젠장! 빨리 옷 입어!"

그의 차가운 일갈에 약간 어색한 침묵이 감돌았다. 그사이 야일화는 옷을 주섬주섬 챙겨 입고는 악마금과 함께 밖으로 향했다.

악마금이 앞서 가고 야일화가 뒤따르는 형상으로 그렇게 그들이 적룡문에 도착했을 때는 밤이 깊어 이미 달이 기울어가기 시작한 시간이었다.

적룡문이 가까이 보이자 악마금이 몸을 돌려 야일화를 바라보았다.

"준비됐지?"

'무슨 준비?'

의아함을 느낀 그녀는 고개를 갸웃거릴 수밖에 없었다. 하지만 악마금의 다음 행동에 '준비'라는 단어의 의미를 알아차리고 얼굴을 붉게 물들였다. 그가 다가오더니 잽싸게 자신을 안아 들었기 때문이다.

"사실 이러기는 나도 싫지만 들키지 않으려면 어쩔 수 없지. 너는 경공술이 떨어지니까."

변명 같은 말을 하던 악마금도 무안한 기색이 역력했다. 그러자 그의 얼굴을 올려다보고 있던 야일화가 피식 미소를 지었다.

집 떠나면 고생 185

"보기보다는 친절하네?"

악마금은 인상을 찌푸리곤 적룡문으로 몸을 날리며 한마디 내뱉었다.

"나에게 그따위 말 하지 마. 닭살 돋으니까."

제14장
마야의 위기

달그닥! 달그닥—!

검은 칠을 해 수수하다 못해 초라하게 보이는 마차가 천천히 달리고 있었다. 하지만 자세히 들여다본다면 마차의 고급스러움에 모두 놀랄 것이다. 검은 빛깔 속에 숨어 있는 번들거리는 외벽과 거기에 깨알같이, 그리고 정교하게 새겨져 있는 달 문양은 어떤 장인이라도 부러워할 만한 실력의 작품이었기 때문이다.

마차는 속도를 내지 않았지만 멈추지도 않았다. 그렇게 유유히 대로를 달리고 있는 마차는 저녁 황혼이 질 무렵, 들판으로 들어섰다.

"언제까지 가야 하지?"

마차 안에서 맑고 깨끗하지만 아직은 앳된 소녀의 상큼한 목소리가 들리자 마차를 호위하는 이십여 명의 흑의무사 중 가장 나이가 많아 보이는 자가 대답했다.

"조금만 더 참으십시오. 반 시진 후 야영을 준비를 하겠습니다."

"분타에는 얼마나 더 가야 하느냐?"

"내일 오후쯤이면 도착할 수 있을 줄로 압니다. 최대한 소교주님께서 불편하지 않도록 신경 쓰겠습니다."

무사의 공손한 대답에 더 이상 마차 안에서 물음은 들리지 않았다.

그렇게 반 시진을 더 가자 흑의무사의 약속대로 마차가 멈춰 섰다. 그리고 무사들이 분주히 움직이기 시작했다. 천막이 쳐지고 식사를 위해 불을 피우며 야영 준비를 해야 했기 때문이다. 일련된 동작으로 빠르게 야영 준비가 되자 그때서야 지고하신 소교주 마야가 마차에서 내려 무사들이 준비해 준 출처를 알 수 없는 죽을 먹기 시작했다.

사실 소교주의 신분이라면 따로 먹어야겠지만 언제 어디에서 적이 나타날지 모르기에 항상 이렇게 마주 보며 식사를 했다. 그것이 그녀를 보호를 하는 데 용이하기 때문이다. 일부러 마차까지 허름하게 치장해 소교주의 행차를 숨긴 것도 그런 이유였다.

아무튼 식사가 끝이 나고 열 명의 무사가 야영지 주위에 경계를 서고 남은 열 명은 잠을 청했다. 역시 소교주에게는 큰 대형 천막이 갖추어졌고, 천막 문 앞에 무사 두 명이 보초를 섰다. 그 모습을 멀리서 지켜보는 무리들이 있었다.

"저들이 맞습니다."

어둠 속에서 들리는 거친 목소리에 부드럽지만 나이 든 목소리가 대답했다.

"기다린 보람이 있군. 준비는 됐나?"

"네. 지금 사방에 고수들을 깔아놨습니다. 예상대로 이목을 피하려고 했는지 호위가 별로 없었습니다."

"다행이군. 그렇다면 피해가 그리 크지는 않겠어."

"그렇습니다. 최고의 정예만을 뽑았으니 손쉽게 소교주 신변을 확보할 수 있을 겁니다. 걱정하지 마십시오. 장로님은 지켜보시기만 하면 됩니다."

"흠, 알겠네. 우선 좀 더 지켜보기로 하고, 달이 중천에 떴을 때 공격을 시작하게."

"존명!"

대답과 함께 거친 목소리의 주인은 다시 자신의 자리로 돌아가 기회를 엿보기 시작했다.

그렇게 시간이 흘러 달이 중천을 넘어가려고 할 때 마차 주위로 갑자기 함성이 터져 나오며 삼백여 명의 무사들이 사방으로 밀려들어 왔다.

"소교주를 제외한 모든 자들은 죽엿!"

누군가의 외침과 함께 병장기 부딪치는 소리는 밤하늘을 울리고 비명성이 뒤를 이었다.

채채챙!

"크아악!"

평민이라면 누가 적이고 아군인지 구별도 못할 어둠이었지만 고수들의 눈에는 확연히 드러났다. 그리고 이각이라는 사투 끝에 병장기 소리는 거짓말처럼 멈춰 버렸다.

상황 종료 후 장내로 노고수 한 명이 다가오며 물었다.

"어떻게 됐나?"

"소교주의 신변을 확보해 놨습니다."

"잘됐군. 상태는?"

"혈도를 쳐 기절시켰습니다."

"몸이 상하지 않게 조심히 다뤄야 하네. 그리고 이 일이 소문난다면 우리 연합에 속한 모든 문파의 위신이 떨어지니 철저히 비밀에 붙여야 할 것이야!"

"알겠습니다."

"그런데 꽤 오래 걸렸군."

그 말에 무사의 표정이 붉게 물들었다. 어두운 밤이라 크게 드러나지는 않았지만 난감한 기색은 잠시의 침묵으로도 알 수 있었다. 그에 궁금증을 느낀 노인이 물었다.

"피해는?"

"그것이… 백 명의 사상자가……."

순간 노인이 경악한 표정을 지었다. 그는 믿을 수 없다는 듯 재차 확인했다.

"다, 다시 말해 보게!"

"백 명의 사상자가 났습니다."

"허! 어떻게 이십 명을 상대로 그 많은 피해를 입을 수 있다는 말인가? 우리 쪽도 고르고 고른 정예가 아닌가? 그것도 삼백 명이나 투입을 했는데 어떻게……?"

"적들의 실력이 극강이었습니다. 너무 쉽게 생각한 것이 실수였습니다."

노인은 씁쓸히 웃으며 고개를 저었다.

"도대체 만월교에서는 어떻게 고수들을 양성한단 말인가! 이런 고수들이 얼마나 있는지는 모르겠지만 정말 조심해야 할 인물들이야."

"죄송합니다. 소인이 부족한 탓에."

"아닐세. 자네는 할 만큼 했지. 자, 모두 돌아가지."

"존명!"

그들이 사라지고 한참 후 땅에서 검은 물체가 그림자처럼 튀어나왔다. 모두 세 명! 그중 하나가 입을 열었다.

"이대로 두고 보실 겁니까?"

"글쎄, 그래야겠지. 지금 우리가 나선다고 해서 소교주님을 구할 순 없다. 오히려 소교주님을 구할 수 있는 기회조차 사라지는 격이지. 그것 때문에 교주님께서도 나서지 말고 확인만 하라시지 않았던가."

또 다른 자가 물었다.

"그럼 어떻게 하실 생각이십니까?"

"사월령(四月靈)."

"예."

"너는 저들을 쫓아가라. 상당한 고수들인 것 같으니 거리를 두고 어디로 가는지만 파악하면 돼."

"존명!"

대답과 함께 사월령이라 불린 교주의 독립 호위대 중 넷째가 다시 바닥으로 스며들듯 사라졌다. 그와 함께 칠월령(七月靈)이 지목되었다.

"칠월령."

"옛, 하명하십시오."

"너도 추적을 하되 소교주를 하는 것이 아니다."

"그럼?"

"사월령을 추적해라. 만약을 대비해서다. 그럴 일은 없겠지만 사월령이 잘못된다면 소교주님의 행방을 알 길이 없어진다."

"알겠습니다. 그럼 이월령(二月靈)께서는?"

"난 본 교에 연락을 계속 취하며 너희들을 추적하지. 그만 가봐."

"존명!"

　　　　　　　*　　　　*　　　　*

적룡문에서 한가하게 금음을 연주하고 있던 악마금에게 현각이 찾아들었다. 예의없이 벌컥 문을 열고 들어온 그에게 악마금이 인상을 쓰며 물었다.

"무슨 일이냐?"

"본 교에서 급보가 도착했습니다."

"급보?"

악마금의 인상이 더욱 찡그러졌다. 말 그대로 급한 소식이라는 뜻은 분명하고, 그에게 급보가 전해졌다는 것은 또 다른 귀찮은 일이 주어졌다는 것을 의미했던 것이다. 지금의 호화스럽고 평안한 생활이 좋은 악마금이니 당연히 싫었다.

"빌어먹을!"

노골적으로 짜증나는 표정을 드러낸 악마금은 현각에게서 서신을 낚아채 펼쳤다. 그리고 내용을 읽어 내려가던 악마금은 실소를 머금었다.

"헐! 이건 또 뭐야?"

"무슨 일이 있습니까?"

"우리 같은 놈들이 또 있군."

"예?"

무슨 소린지 모르는 현각에게 악마금은 서신을 넘기며 말했다.

"요즘은 납치가 유행이군."

서신을 살핀 현각은 그제야 악마금의 말이 이해가 가는 듯 고개를 끄덕였다. 그의 놀라움은 상당히 컸다. 앞으로 만월교를 이끌어야 할 소교주가 납치되었다는 것에 분노까지 드러내는 그였다.

"어떻게 할 생각이십니까?"

"뭐, 이렇게 죽치고 있는 것도 약간 지루했는데 지시대로 가봐야겠지."

"언제 출발할 생각이십니까?"

"지금은 그렇고, 내일 새벽에 가도록 하지. 너희들은 이곳에 남아 도균에서 오는 교도들을 맞이할 준비나 하고 있어."

"혼자 가셔도 괜찮겠습니까?"

"갈! 지금 내 걱정을 하는 건가? 잔말 하지 말고 빠른 말이나 한 필 준비해 놔!"

"존명!"

다음날 새벽, 악마금은 적룡문을 벗어나 요차산으로 향했다. 시간이 빠르면 빠를수록 좋았기에 쉬지 않고 달렸지만 속도에도 한계가 있었다. 삼 일째가 되어 더 이상 말이 버티지 못하고 쓰러지자 그때부터는 경공술을 펼치기 시작했다. 조금 힘든 방법이기는 했지만 악마금 자체가 워낙 속도 위주의 경공술을 특기로 하는 데다, 이리저리 둘러가야 하는 숲길을 직선으로 돌파했기에 시간은 훨씬 단축될 수 있었다.

그렇게 하루를 꼬박 달린 그의 걸음은 목적지에서 반나절 거리까지 가서 멈춰졌다. 정확히 아이들을 가르치는 어느 학당(學堂) 지붕을 지날 때였다.

"고얀 놈! 어디에서 이따위 그림을 그렸느냐?"

갑자기 들린 소리에 호기심이 일어난 악마금은 학당 담장에 내려서며 소리가 들린 쪽을 살폈다. 건물 창문 안으로 나이가 지긋한 스승과 반대편에는 십여 명의 아이들이 앉아 있는 것이 보였다.

좀 전의 소리는 스승의 목소리였던 모양이다. 그 앞에 한 아이가 고개를 푹 숙인 채 나와 있는데, 무슨 잘못을 한 것이 분명해 보였다. 악마금에게 그리 중요한 것은 아니었지만 왠지 모르게 끌리는 장면에 그는 계속 몸을 숨기며 실내를 지켜보기 시작했다. 스승의 손에는 말처럼 그림 한 장이 들려 있는데 악마금이 안력을 높여 자세히 들여다보자 피식 웃음이 흘러나왔다.

종이에는 아름다운 여자의 나체와 거친 남자의 나체가 적나라하게 그려져 있었기 때문이다. 아이의 나이는 이제 십이삼 세 정도. 아직 이성에 눈을 뜰 나이는 아님에도 불구하고 꽤나 성숙한 놈임에는 틀림없다고 악마금은 생각했다. 하지만 정작 그를 놀라게 한 것은 아이의 반응이었다.

"이따위 그림이 아닙니다."

"무엇이? 그럼 이 나체 그림이 무어란 말이냐?"

아이는 생각해 볼 필요도 없다는 듯이 입을 열었다. 그래도 스승이 무서운지 고개를 여전히 숙이고 있는 채였다.

"하나의 예술입니다."

"예술?"

"그렇습니다. 자세히 살펴보세요. 근육의 심줄이 섬세하고 자세히 나와 있지 않습니까?"

그 녀석의 말에 스승이 그림을 좀 더 자세히 들여다보는 사태가 발생했다. 아이의 말대로 그림의 수준은 상당히 뛰어난 것 같았다. 금세 스승의 표정이 놀라움으로 바뀌고 있었다. 하지만 그것도 잠깐.

"닥쳐라, 이놈!"

탁!

"으윽!"

아이는 혹이 난 이마를 문지르며 대꾸했다.

"왜 그러십니까? 그림이 잘못되기라도 했나요?"

"이놈! 예술 좋아한다. 그럼 예술이라면 예술로 남길 것이지 돈을 받고 다른 아이들에게 판 것은 어떻게 변명할 것이냐?"

"그, 그건……."

아이는 곧바로 대답하지 못했다. 한참이 지나서야 아이 특유의 난해한 표정으로 미소를 지었다.

"저는 제 만족을 위해 그림을 그리지 않아요. 저만 볼 수 있는 그림이라면 그리지 않았을 거예요. 당연히 남들이 봐줘야죠."

"이놈아, 그렇다고 해도 어찌 학당에서 돈을 받고 팔았느냐?"

아이는 대답없이 미소를 지어 보였다. 스승도 굳이 혼낼 생각은 하지 않았던 것이 분명했다. 아이를 제자리로 돌려보내고 다시 수업을 시작하는 것을 보면.

그들의 대화를 들은 악마금은 이 모습이 상당히 친근하게 다가왔다. 그리고 왜 그런지 골똘히 생각을 했을 때 기억이 떠올랐다. 예전 헌원세가에서 자신이 거리 연주를 하는 것을 보고 혼을 내시던 할아버지의 모습이… 꼭 그때와 같은 상황 같아 보였다.

스승과 제자들 간의 사이는 상당히 좋은 것 같았다. 아이들은 스승의 설명에 고개를 끄덕이며 열심히 공부를 했고 스승 또한 그런 아이들에게 최대한 상세히 설명해 주려는 모습이 보기 좋았다.

그들의 속마음은 알 길이 없었지만 어쨌든 학당을 바라보며 악마금은 은근히 저들이 부럽게 느껴지기 시작했다.

"나도 저런 때가 있었나?"

고개를 젓던 악마금이 문득 미소를 지었다.

"나도 아이들을 가르쳐 보고 싶은데……. 훗, 나 같은 놈이 할 수 있을까? 욕이나 안 가르치면 다행이지."

말과 달리 그는 약간의 욕심이 들었다. 하지만 퍼뜩 정신을 차린 그는 언젠가는 자신도 저렇게 아이들을 가르치며 평안한 시간을 보낼 때가 있을 것이라 자위하며 요차산의 제이총단으로 향했다.

제15장
대만월교 개양 분타

다음날 아침 요차산에 도착한 악마금은 만월교 제이총단으로 향했다. 예전 태화방의 건물을 그대로 사용한다고 들었기에 찾기는 그리 어렵지 않았다.

제이총단에 도착하자 정문의 현판에는 이렇게 적혀 있었다.

대만월교 개양 분타(大滿月敎開陽分舵).

거대하고 웅장한 필체의 글씨는 만월교의 위상과 자존심이 잔뜩 묻어나 있었다. 그것을 멀리서 지켜보며 걸어오던 악마금을 두 명의 흑의인이 막아섰다.

"어떻게 오셨습니까?"

"악마금! 적룡문에서 왔다."

그 말에 흑의인들이 급히 고개를 숙였다.

"어서 오십시오."

흑의인은 재빨리 악마금을 안으로 안내했다.

분타로 들어서자 악마금은 새삼 놀랐다. 전 태화방의 건물은 그대로였지만 분위기가 완전히 바뀌어 있었기 때문이다. 잠시였기는 했지만 약간 분주한 감이 있었던 전의 태화방에 비해 깔끔하면서도 엄정한 느낌이었다.

악마금이 안내된 곳은 태룡전(太龍殿)이었다. 태룡전은 총관의 집무실이 있는 곳으로 개양 분타의 흑룡사들, 즉 주력 부대를 지시하고 총괄하는 지휘소 역할을 하는 곳이었다. 거대한 전각 안으로 들어서 사층 꼭대기의 큼지막한 집무실로 들어서자 반가운 인물이 탁자에서 일어서며 고개를 숙였다.

"오랜만이군, 현령."

악마금을 보며 현령이 고개를 까딱거렸다.

"그렇군요. 우선 자리에 앉으십시오. 지금 상황이 별로 좋지 않습니다."

"나도 알고 있어. 소교주님의 안전이 적의 손에 들어갔다고?"

"그렇습니다."

그들이 자리에 앉자 현령이 먼저 입을 열었다.

"우선 대주께서 이번에 맡은 직책은 총관입니다. 하지만 총관의 직책은 무력 세력을 움직이는 권한만을 가지고 있습니다. 어차피 이곳이 귀주 통합의 교두보 역할을 하게 될 만큼 가장 중요한 직책이기는 합니다만, 경제적인 부분에서는 유용 장로님의 지시를 받아야 합니다."

"유용 장로?"

"그렇습니다. 지금 집사 직을 맡고 있습니다. 모든 사업장을 관리하시며 운영하고 계십니다."

"대주께서 오신 것을 전달하러 갔으니 조만간 오실 겁니다. 그전에 이곳의 분위기와 총관의 역할에 관한 자세한 사항에 대해 말씀드리겠습니다."

그러면서 현령은 악마금이 맡은 총관이 해야 할 일에 대해 설명하기 시작했다.

크게 특별한 것은 없었고, 무력 세력을 움직일 수 있는 권한을 가진다는 것과 흑룡사 전부를 움직일 때는 집사인 유용 장로와 의논, 최종적으로 소교주의 허락을 받아야 한다는 것이었다. 그 외에도 적들과 최대한 시비를 피하며 본 교의 지시가 있을 때까지 평화적으로 개양 분타를 이끌라는 것이었다.

간략한 설명이 끝나자 때맞춰 유용 장로가 들어왔다. 그 즈음 유용은 눈코 뜰 새 없이 바쁜 생활을 보내고 있었다. 사업장을 운영하며 적들을 견제하는 것은 물론, 소교주가 납치된 상태에서 무력 세력까지 관리해야 했으니 당연한 것이다.

그가 들어서기 바쁘게 악마금과 현령이 자리에서 일어서 그를 맞이했다. 하지만 그들의 인사를 받을 정신도 없는지 유용은 손을 저으며 자리를 차지했다.

"방금 왔다고 들었네. 이틀 정도 더 걸릴 줄 알았는데 빨리 왔군. 우선 현령에게 업무에 대해서 들었겠지?"

"들었습니다."

"그럼 우선 그 문제는 그리 중요하지 않으니 제쳐 두고… 알다시피 소교주님께서 납치된 상황이네. 백방으로 노력하고는 있지만 상당히 힘이 드는 실정이야."

"말을 들어보니 이미 교섭이 이루어진 것 같은데, 적들의 요구 조건은 무엇입니까?"

유용은 실소를 머금었다. 자신이 생각해도 말도 안 된다는 표정으로 대답했다.

"철수라네."

"철수라 하시면……?"

"이곳 개양 분타의 완전한 철수. 그리고 그간 우리가 입혔던 피해 보상을 해달라는 것일세."

그 말에 악마금이 피식 웃었다.

"그래서 장로님께서는 어떻게 하실 생각입니까?"

"무슨 말인가?"

"소교주님께서 적의 손에 들어간 지 꽤 많은 시간이 지난 줄로 알고 있습니다. 그간 무슨 대책을 강구했을 텐데요?"

순간 유용이 건방지기 짝이 없는 악마금을 노려보다 왠지 위축되는 자신을 느끼며 얼굴까지 붉히자, 묘한 분위기를 감지한 현령만 난감해질 수밖에 없었다. 하지만 악마금은 전혀 분위기에 구애받지 않으며 말을 이었다.

"이런 저런 탁상공론을 해봐야 시간만 낭비될 뿐입니다."

"고얀 놈! 지금 나에게 무능력하다고 말하는 것이냐?"

"훗, 제가 어찌 장로님께……. 다만 이럴 시간이 있다면 몸으로 뛰는 것이 낫다고 말씀드린 겁니다."

슬슬 긁어대는 악마금을 보며 유용은 분노를 숨기지 못하고 몸을 떨었다. 하지만 역시 그는 무림의 노고수다운 면을 보여주었다. 곧 차분히 기분을 가라앉히며 악마금을 향해 물었다.

"몸으로 뛴다?"

"그렇습니다."

"어떻게?"

"십월령이 소교주의 신변을 추적했다고 들었습니다. 장소를 알려주십시오."

유용은 너무 앞뒤 가리지 못하는 악마금의 철없는 말에 황당한 듯 고개를 저었다.

"무슨 소린가? 지금 소교주님을 직접 구하겠다는 말인가?"

"그럼 분타를 빼실 생각입니까? 교주님께서 저를 이곳으로 보냈다는 것만으로도 그 의미를 짐작할 수 있으실 것 아닙니까? 분타를 지키며 소교주님을 구하라는 뜻 외에 달리 무엇이겠습니까. 저는 교주님의 뜻을 따르려는 것뿐입니다."

그의 말에 유용은 아무 말도 할 수가 없었다. 또다시 피어오르는 분노는 침착함을 누르고 목구멍까지 올라올 정도였다. 한참 동안 악마금을 노려보던 그가 자리에서 벌떡 일어섰다.

"자네 말을 들어보니 난 필요없을 것 같군! 자네의 뜻이 확고하니 원래는 나와 의논을 해야겠지만 이번 일은 자네에게 모두 맡기도록 하지.

현령!"

"예!"

"자네가 총관에게 모든 사실을 말해 주고 결과만 내게 보고하게."

유용은 미련없이 문을 닫고 사라져 버렸다. 잠시 후 현령이 인상을 찌푸리며 악마금에게 물었다.

"왜 그러셨습니까? 유용 장로님은 본 교에서 무시할 수 없는 위치에 있는 분이십니다. 잘못 보여서 좋을 것이 없다는 뜻이지요. 교주님의 신임도 대단하시고요."

"웃기는군! 내가 언제 그런 것 따지는 것 봤나? 유용 장로님은 머리는 좋지만 단지 그뿐이야! 지혜가 없어. 그리고 머리를 따를 만한 결단력도 부족하지. 이리저리 이해득실만 따지다가 세월만 보낼 뿐이라는 것이지. 사업은 어떨지 모르겠지만……. 가장 중요한 것은 날 탐탁지 않게 생각한다는 거야. 서로 눈치보며 깎아내릴 생각이라면 오히려 한 사람이 일을 도맡는 것이 낫지. 안 그런가?"

"하지만……."

"됐어. 이미 이 일은 내 책임이 되었다. 소교주님이 계신 장소와 적들의 수 등 상세히 말해 봐."

현령은 어련하겠냐는 눈빛으로 악마금을 바라본 후 입을 열었다.

"지금까지 정보를 조합해 본 결과만 말씀드리겠습니다. 십 일 전 소교주님은 이곳으로 오는 도중에 적들의 공격을 받아 실종되셨습니다. 적들의 이목을 피하기 위해 최대한 소규모로 호위를 구성한 것이지만 그것이 문제가 되었습니다. 하지만 그것은 정보의 문제가 더 큽니다."

"정보? 무슨 소리지?"

"소규모로 호위를 구성한 것은 그만큼 소교주님이 이곳에 오는 시간과 장소를 비밀리에 했기에 가능한 것이었습니다. 그런데 중간에 적이 있었다는 것은 정보가 새어나갔다는 뜻이죠."

"그렇군. 누구라고 생각하나?"

"훗, 알아본 바로는 우습게도 요차문입니다."

"요차문? 그들은 우리에게 협조하기로 하지 않았었나?"

"맞습니다만 그것은 겉으로 드러난 것일 뿐, 교묘히 연합 세력과 연락을 주고받으며 계획을 꾸민 것 같습니다. 그에 대한 정보도 시간이 갈수록 확실히 잡히고 있으니 그냥 넘어가서는 안 될 자들입니다."

"다음은?"

"우선 교주의 밀명으로 소교주님을 추적한 십월령의 말에 의하면 개양의 서쪽에 천령장(天靈莊)이라는 장원이 있는데 그곳에 소교주님이 감금되셨답니다. 좀 더 정확히 알아보려고 했으나 워낙 경비가 삼엄한지라 주위에서만 계속 지켜보고 있는 모양입니다."

"흠, 그럼 적들의 수와 실력은?"

"그것이… 연합에 속한 문파가 이십여 개가 넘습니다. 거기에서 뛰어난 정예만을 골라 지키고 있기에 실력 면에서는 상당히 뛰어난 편입니다. 수는 대략 이천여 명으로 추정됩니다."

"상당하군. 그 정도 인원을 다 수용할 정도로 장원이 큰가?"

"원래 천령장은 태학문의 소유로 분타급 정도입니다. 아시는지는 모르겠지만 현 옹안과 개양의 연합 중에서 태학문이 가장 강력합니다.

문도 수가 사천을 헤아리니까요. 규모와 경제력도 있으니 클 수밖에 없습니다."

"……."

잠시 생각에 잠기던 악마금이 자리에서 일어서며 물었다.

"현재 이곳 분타에 흑룡사는 몇 명이나 있지?"

"총 백이십 명입니다."

"그 외에는?"

"이천여 명 정도가 있으나 하수들입니다. 크게 도움이 되지 못하고 있기에 유용 장로님도 선뜻 나서질 못하고 계신 거죠. 가장 중요한 것은 소교주님의 안전이니까요."

"총단에서 지원 나오기로 한 흑룡사는 언제 도착하나?"

"삼 일 안에 도착할 것으로 보입니다. 모두 사백 명이니 막강한 힘이 될 것입니다. 그들이 도착한다면 어떻게 해볼 수도 있을 것 같습니다만……."

하지만 악마금은 고개를 저었다.

"너무 늦어. 그들이 도착하는 것도 아마 적들은 알고 있을 것이다. 그만큼 준비도 철저히 하겠지."

"그렇다면?"

악마금이 예의 그 비릿한 웃음을 흘리며 몸을 돌렸다.

"지금 간다. 흑룡사 전부 모아 정문으로 집결시켜."

악마금이 밖으로 나간 뒤 남은 현령은 한숨을 쉬었다. 하루아침에 사람이 변하는 것은 아니지만 그래도 그 무대포 정신(?)은 언제나 그를 당황하게 만들었기 때문이다.

"하지만 너라면 가능할 수도 있겠지."

혼자 중얼거리던 그는 급히 밖으로 나가 흑룡사들을 정문으로 불러 모으기 시작했다.

제16장
하룻밤의 꿈은 사라지고…

"우아암―!"

영철(英哲)은 지루함을 견디지 못하고 결국 하품을 했다. 그는 자신 같은 태학문의 후기지수, 그것도 재능을 인정받아 장문인에게 직접 무공 수련을 받은 지 벌써 십오 년째가 되는, 앞날이 활짝 열린 그가 이런 보초 역할을 해야 한다는 것 자체가 못마땅했다. 한창 꿈나라에서 아리따운 소저를 악당의 손에서 구하고 사랑을 하고 있어야 할 시간이었기에 더욱 짜증은 커져 갈 수밖에 없었다.

그때 그의 큼지막하게 벌어진 입을 보며 옆에 있던 동문 장영(杖影) 사형이 나직이 웃으며 한마디 했다.

"입 찢어지겠다. 닫아라."

"쳇, 사형은 답답하지도 않습니까?"

"뭐가?"

"벌써 열흘째라고요. 열흘 동안 우리가 왜 이런 고생을 하고 있어야 합니까? 차라리 그 시간에 수련이나 하는 것이 낫죠."

"하하, 그래서? 그런 훌륭한 생각을 가진 사제께서는 왜 평소에 몰래 문을 빠져나가 술을 마셨을꼬?"

비꼬는 듯한 그의 말에 영철이 발끈해서 외쳤다.

"무슨 소리입니까? 제가 언제 평소에 그랬다고?"

"흐흐, 내가 모를 줄 아느냐? 전에 천화루 기녀가 우리 태학문으로 찾아온 것을 모르지? 추영미라고 하는 것 같던데……."

순간 영철의 표정이 핼쑥해졌다. 사형의 말이 사실이라면 문 내에 알려졌을 것이고, 사부님 귀에 들어갈 수도 있기 때문이었다. 수련에 서만큼은 불같은 성격의 소유자인 사부님이 알았다면 정말 큰일이 날 수도……. 아마, 팔 한두 쪽 부러지는 것으로 끝나지 않을 것이라 생각하며 그는 사형, 장영의 표정을 조심스럽게 살폈다. 그냥 추측 같았다면 흘려 넘기려고 했으나 추영미는 정말 그와 하룻밤의 달콤한 시간을 보낸, 건성으로나마 앞날을 기약한 여인의 이름이 확실했던 것이다.

"어, 어떻게……."

재밌다는 듯 그를 빤히 보고 있던 장영이 킬킬거렸다.

"어떻게 됐냐고?"

"웃지만 말고 말씀하세요! 어떻게 됐죠? 사부님도 아십니까?"

"후후, 글쎄……."

장영은 잔뜩 거드름을 피우기 시작했다. 이 도도한 사제 녀석의 약점을 잡았으니 그냥 넘기지 못하겠다는 뜻이 분명했다. 그 모습을 속이 타는 듯 바라보고 있던 영철이 먼저 입을 열었다.

"사부님께 알려진 건 아니죠?"

바람 같은 말!

하지만 대답은 그의 기대를 저버리지 않았다.

"하하하, 당연하지. 다행히 나밖에 없었거든. 다른 사람이 묻기에 대충 둘러댔지."

"휴! 다행이군요. 절대 입 밖으로 꺼내지 마세요."

"호, 맨입으로?"

영철은 인상을 찌푸렸으나 이내 포기한 죄수의 그것과 같은 얼굴로 고개를 숙였다.

"뭘 해주면 됩니까?"

"흠!"

기분 좋은 생각을 하는 장영이었다. 무슨 천하를 다투는 모사와 같이 심각하게 고민하던 그가 슬며시 미소를 지었다.

"나도 경험 좀 시켜주라."

"경험?"

"하하, 자식이 쑥스럽게… 착하면 척이지. 안 그래?"

말은 호탕한 듯했지만 얼굴을 붉히고 있던 사형의 표정을 살피던 영철은 금세 음흉한 미소를 지었다.

"흐흐, 사형은 아직 경험이 없군요."

"당연하지. 젠장!"

그는 이내 고개를 저으며 투덜거렸다.

"나도 미치겠다. 태학문에 들어온 지 벌써 삼십 년이 다 되어가는데 수련에 수련만 시키고 있으니……. 오죽하면 이제는 아침에 그것이(?) 서지도 않겠냐?"

"하하하, 못하는 소리가 없군요. 아무튼 제가 책임지고 건수를 올려줄 테니 비밀입니다."

"흐흐, 그렇게만 해준다면야 비밀뿐이겠냐? 서로 상부상조하면서 숨겨주는 거지. 그런데 어떻더냐?"

"뭐가 말씀이십니까?"

"그러니까, 여자랑 자는 거 말야."

"흐흐, 죽여줬죠. 그 뽀얀 속살이란……."

아련한 추억을 되새기는 듯한 그의 표정이 순간 굳었다. 그것은 장영도 마찬가지였다. 무엇인지는 모르지만 분명 사부작거리는 소리가 들렸기 때문이다. 풀을 밟는 소리, 혹은 나뭇가지가 움직이는 소리였다.

분명 자연적이 아닌 인위적인 것이다. 산새나 산짐승일 수도 있으나 소리가 더 이상 들리지 않는다는 것이 이상했다. 동물이라면 계속 움직일 것이고 소리는 지속적으로 들려올 것이다.

"적?"

나직한 장영의 소리에 영철은 고개를 저었다.

"모르겠는데요? 산짐승은 아닌 것 같은데……."

"당연히 산짐승은 아니지!"

"헉!"

"언제?"

순간적으로 머리 위로 들리는 소리에 장영과 영철은 경악한 표정으로 몸을 굳혔다. 이야기하는 사이 눈치도 채지 못하게 자신들의 위를 점한 고수에 대한 놀라움 때문이었다. 하지만 정작 그들을 불안하게 한 것은 곧 있으면 죽음을 볼지도 모른다는 것이었다. 이렇게 불쑥 나타난 상대가 고이 돌아가지는 않을 것이기 때문이다. 하지만 그 불안감은 오래 지속되지 않았다.

스르륵!

무언가 목을 훑고 지나간다는 느낌이 드는 것과 동시에 장영과 영철은 정신을 잃었다. 하룻밤 향락의 꿈은 그저 꿈으로 사라지고 그들은 저승길 마차를 탄 것이다.

두 명의 보초를 단번에 베어버린 현령은 조심스럽게 새소리를 울렸다. 그러자 저 멀리서 미세한 움직임이 군데군데 잡히며 다가오기 시작했다. 그중 악마금이 다가와 물었다.

"보초는 여기까지가 끝인가?"

"그렇습니다. 다음은 장원입니다. 거기에는 보초들의 경계가 삼엄하겠지만 어차피 기습을 위해 왔으니 상관없습니다. 막으면 모조리 죽이면 그만이니까요."

그의 말에 악마금이 미소를 지었다.

"내 말투와 비슷하군."

'설마 너 같은 놈과 같을까'라는 눈빛을 드러낸 현령은 들키지 않기 위해 대답없이 몸을 돌려 장원으로 달렸다. 그 뒤를 흑룡사 대원들이 바짝 따르며 언제든지 적을 죽일 수 있게 검을 뽑아 들었다.

잠시 후 거대한 폭풍우가 몰아치듯 천령장에서 요동치는 쇳소리가 뒤를 따랐다.

"크아악!"

"아악!"

흑룡사들은 집단으로 행동했다. 일사불란하게 움직이며 막아서는 적은 가차없이 벌 떼처럼 달려들어 베어 넘겼다. 목적은 소교주를 구하는 것. 적들을 많이 죽일 필요가 없는 만큼, 흑룡사의 수가 절대적인 열세인 만큼 그것이 낫다고 판단했기 때문이다. 하지만 장원의 크기는 생각했던 것보다 더 대단했기에 소교주가 감금된 곳을 찾기는 여간 어려운 것이 아니었다.

백이십 명이나 되는 절정고수가 멈추지 않고 돌격하는 장면은 저돌적이다 못해 누구도 막지 못할 것 같은 힘이 있었다. 설마 소교주를 구하러 이곳까지 올까라는 안일한 생각과 함께 잠에서 깨어 잠옷 바람으로 적을 맞았으니 제대로 대항할 수 있을 리가 없었다.

스팟!

"크윽!"

이십여 명의 적들 중 마지막 한 명의 목을 바닥으로 떨어뜨린 현령은 솔선수범을 보이며 다시 앞장서 소교주가 있을 만한 내원으로 몸을 날렸다. 십월령에게 대략적인 위치는 들었지만 말 그대로 대략적인 것일 뿐이었기에 최대한 적들과 마주치지 않게 했다.

하지만 그것도 천령장에 들어온 지 이각 정도일 뿐이었다. 시간이 점차 지나자 적들도 상당수 무리를 이루어 공격해 오기 시작했고, 결국 내원에 들어서기 직전에 사백여 명의 적과 부딪쳤다.

"쳐랏!"

내원 안에서 모습을 드러낸 무사들이 달려들자 흑룡사들도 사이한 기운을 풀풀 풍기며 마주 덮쳤다. 확실히 고르고 고른 정예답게 백이 십 명이나 되는 흑룡사와 뒤섞여도 크게 밀리는 기색이 없었다. 그 모습을 보고 있던 악마금은 그들을 버려두고 은근슬쩍 내원 안으로 들어섰다.

내원에서도 여러 명의 무사들이 무리를 지어 분주히 움직이고 있었다. 적의 침입을 알고 있으면서도 내원 밖으로 나서지 않는 것은 이곳에 소교주가 있다는 것을 의미했고 악마금은 조용히 숨어서 그들이 집결하는 쪽을 살폈다.

무사들 대부분은 거대한 전각이 있는 쪽으로 향하고 있었다.

"저곳이군."

악마금은 더 이상 지체할 필요가 없었으므로 재빨리 흑룡사가 있는 곳으로 향했다. 흑룡사들은 사백 명이나 되는 적들을 맞이해서도 오히려 강한 모습을 보이고 있었다. 하지만 시간이 없는 지금 악마금이 그들의 승부가 결판나기를 기다리고 있을 여유는 없었다.

"모두 물러섯!"

내공이 실린 거대한 목소리가 밤하늘을 울리자 흑룡사들은 재빨리 적을 두고 최대한 멀리 떨어졌다. 반면 돌연한 악마금의 엄청난 목소리에 놀란 연합의 무사들은 움찔한 채 악마금을 돌아보았다. 그 모습을 보며 악마금은 피식 미소를 지었다.

"잘 가라!"

나직하지만 역시 내공이 실려 울려 퍼지는 목소리와 함께 움직이는 손! 순간 하늘에서 불꽃놀이라도 하는 듯 반짝반짝거리더니 일자형 강기가 비를 뿌리듯 바닥으로 떨어져 내렸다.

콰콰콰콰쾅!

"크아아악!"

귀를 어지럽히는 폭발은 죽음의 비명까지 삼켜 버렸다. 짧은 시간이지만 엄청난 수의 강기 세례는 한순간에 그간 남아 있던 이백여 명의 적들을 피떡으로 만들었다. 다행히 눈치를 채고, 혹은 운이 좋아 살아남은 자들이 있었지만 흑룡사가 가만히 보아둘 리 없었다. 폭음과 함께 재빨리 덮쳐들면서 간단히 승부에 종지부를 찍었다.

일이 끝나자 악마금이 내원 중앙에 우뚝 솟아 있는 전각을 가리키며 말했다.

"저곳에 소교주님이 있는 것으로 추정된다. 상당수의 고수들이 전각을 둘러싸고 있으니 너희들은 최대한 적들의 시선을 끌어라. 그사이 내가 전각 안으로 들어가지."

"존명!"

대답과 함께 현령이 외쳤다.

"모두 나를 따라 적들을 교란시킨다!"

좀 전 사백 명의 적들과 교전을 벌인 끝에 살아남은 흑룡사는 모두 팔십여 명. 하지만 그들은 죽음의 두려움도 없는지 살기로 번뜩이는 안광을 뿌린 채 현령을 따라 전각으로 돌진했다.

계획은 이미 틀어진 것 같았다. 전각 주위로 몰려든 개양과 옹안의 연합에서 골라 뽑은 무사들 대부분이 전각을 둘러싸고 있었기 때문이다. 그것으로 보아 이미 철저한 준비를 한 모양임을 알 수 있었다. 흑룡사가 들어오는 길목을 막아 시간을 벌고 그사이 대부분을 전각으로 불러 모았던 것이다.

족히 천여 명은 넘어 보이는 고수들이 빠르게 접근하는 흑룡사를 보며 진법을 구성하기 시작했다. 그 모습을 보며 악마금이 비릿한 미소를 지어 보였다.

"나름대로 철저하군. 이대로 붙으면 당하겠는데?"

그 소리를 들었는지 현령이 인상을 찌푸리며 지그시 물었다.

"이대로 돌파합니까?"

"돌파해! 어차피 예상한 것이니까. 잘되면 좋고, 아니면 그 후에도 따로 계획이 서 있다."

정말 기분 나쁘게 싫은 놈이었지만 현령은 악마금의 실력을 믿고 있었다. 돌파하라니 하는 수밖에. 그는 순간적으로 자신이 가진 최고의 내력을 모두 끌어올리며 흑룡사 대원들과 함께 진법 속으로 뛰쳐 들었다.

제17장
하룻밤의 혈겁

채채채챙!

병장기 부딪치는 소리가 사방을 메웠다. 흑룡사와 개양, 옹안의 연합 고수들의 싸움은 당연히 흑룡사가 밀릴 수밖에 없었다. 아무리 흑룡사가 절정고수들의 집합체라고는 하지만 이곳 천령장에 있는 무사들 또한 녹록치 않은 고수들이었기 때문이다. 그 사이사이에 문파의 명숙들까지 끼어 있으니 흑룡사의 수는 줄어들기 시작했다.

흑룡사들이 그렇게 목숨을 걸고 혈투를 벌이고 있을 때 악마금은 전각 안으로 들어가 있었다. 창문을 뚫고 들어간 그는 건물 내를 뒤지기 시작했다. 하지만 중간중간에도 적들이 있었기에 쉽게 소교주를 찾을 수는 없었다. 적의 고수들은 악마금을 보자마자 출수를 해왔고, 악마금도 손속에 사정 따위는 두지 않았다. 무기를 빼 든 순간 손을 휘저으

하룻밤의 혈겁 215

며 몸을 터뜨려 버렸다.

하지만 일각을 돌아다녀도 소교주를 볼 수 없자 생각을 바꾸었다. 그는 이층 복도에서 만난 세 검수 중 두 명의 목을 날리고 남은 한 명의 어깨뼈를 부러뜨렸다.

"크아악!"

고통의 비명과 함께 바닥을 구르는 그의 가슴을 밟아 고정시킨 악마금이 내려다보며 물었다.

"소교주는?"

상황과는 다른 차분한 얼굴과 목소리에 담겨 있는 싸늘함이 무사에게 두려움을 주었다. 무사는 고통 속에서도 위기를 본능적으로 감지하고 떠듬거렸다.

"지, 지하에……."

"지하도 있었던가? 어디지? 통로가 있을 텐데?"

"……."

사내에게서 말이 없자 악마금이 그의 가슴을 서서히 누르기 시작했다. 그러자 사내가 인상을 쓰며 떠듬거렸다.

"크윽! 일층 복도 주방 뒷문이오. 하지만 지금 가봐야 헛수고요."

"왜지? 벌써 빼돌렸나?"

악마금의 밟는 힘이 점점 강해지고 있는 가운데 턱턱 막히는 숨을 쉬던 무사가 고개만을 끄덕였다. 그것을 보고 비릿한 미소를 흘린 악마금이 고개를 저었다.

"역시 생각대로군! 하지만 그것까지 생각해 놓았으니 상관은 없겠지. 아무튼……."

그는 중얼거리며 자신의 발밑에서 고통에 시달리는 사내를 바라보았다. 그리고 인상 하나 찡그리지 않고 발을 바닥에 붙였다.

투투툭!

가슴뼈가 부러지는 고통은 사내의 신음을 막으며 조용한 안식의 세상을 맛보여 주었다.

사내가 숨을 쉬지 않는 것을 확인할 필요도 없다는 듯 악마금은 다시 밖으로 향했다. 지금부터가 중요한 것이었다.

밖으로 나오자 상황은 흑룡사에게 상당히 불리해져 있었다. 무기를 들고 이리저리 동분서주하고는 있지만 남은 자들은 이제 삼십여 명뿐. 하지만 흑룡사들의 피해에 비해 연합 고수들의 사상자는 더욱 엄청났다. 그들은 흑룡사의 무공에 질린 듯 이제는 치고 빠지기를 반복하며 피해를 줄이기만 할 뿐이었다. 그렇게 함으로써 흑룡사들의 내공이 고갈될 때를 기다리기 위한 의도였지만 악마금이 등장함으로 인해 그것이 여의치 않게 되었다.

"소교주님은 어디에 있나?"

악마금이 가진 최대한의 내력을 실은 소리가 울리자 땅이 진동할 정도로 우렁우렁하게 떨렸다. 거대한 소리는 무공을 익힌 무인의 고막까지 멍멍할 정도였기에 장내의 모든 인물들이 움찔거리며 싸움을 멈췄다. 모두가 그 엄청난 내공에 경악한 표정을 지으며 목소리의 주인을 바라보자 악마금이 너나 할 것 없이 모두를 돌아보며 침착하지만 역시 내공이 실린 목소리로 말했다.

"죽고 싶지 않으면 어디로 빼돌렸는지 말을 해라!"

그 말에 나이가 꽤 많아 보이는 노인이 외쳤다.

"소협은 누구시오?"

"지금 그것이 중요하나? 닥치고 소교주님이 있는 곳이나 말해!"

노인의 표정이 험악하게 구겨지기 시작했다. 상대는 많이 봐줘도 이제 약관 정도. 무공을 익혀 평인들보다 어려 보이는 것이 무림인들이니 어쩌면 짐작되는 나이보다 많겠지만 그것도 정도가 있었다.

자신의 손자보다 어린 녀석에게 험악한 말을 들었으니 성질이 날 수밖에 없지만 노인은 선뜻 나서지 못했다. 어린 나이에 땅이 울릴 정도로 전성술을 펼치기는 불가능하기 때문이다.

'그렇다면 화경의 고수?'

그렇게도 볼 수 있으나 빠른 무공 성장으로 마흔 살 전에 화경에 올라선다 해도 저렇게 약관도 안 되어 보이지는 않았다.

도저히 짐작할 수 없는, 단지 어리게만 보이는 절정고수를 상대로 무턱대고 손을 쓸 수는 없는 일. 그래서 노인은 은근슬쩍 말을 돌렸다.

"소협은 무슨 일로 우리를 이렇게 핍박하는 거요? 이렇게 야밤에 기습을 할 정도로 우리에게 원한이 있는 것이오?"

"호! 그건 무슨 말인가? 소교주님을 납치하고 이제 와서 발뺌을 할 생각인가? 그것도 요구 조건까지 걸어놓고?"

"부정하지는 않겠소. 하지만 그건 정당한 것이오. 당신들, 만월교가 먼저 우리 연합인 태화방을 무너뜨리고 그 세력을 삼킨 것이 아니오? 게다가 이곳에 분타까지 지어 우리를 위협하려고 하니 어찌 힘없는 우리들이 가만히 있을 수 있겠소? 이번 일은 우리들의 최후 방패막이로 벌인 일일 뿐, 우리 요구 조건만 들어준다면 당신들의 소교주를 돌려보내 주겠소."

악마금이 비릿한 미소를 지었다.

"웃기는군. 지금 내가 그따위 말이나 듣자고 이곳에 온 건 줄 아나?"

"정말 너무하는군!"

순간적으로 노인의 말투도 바뀌었다. 분노한 얼굴을 숨기지 않고 드러내며 외쳤다.

"어린 놈이 앞뒤 분간을 못하는구나. 상황 판단이 안 되는 것 같아 다시 말하지만, 지금 조용히 돌아가라. 그렇지 않으면 너는 이곳에 뼈를 묻게 될 것이다."

"크하하하하!"

악마금은 광소를 터뜨리며 노인을 바라보았다. 침착한 눈빛은 여전했지만 목소리에는 살기까지 띤 사이한 기운이 퍼져 나왔다.

"지금 내가 바보로 보이는 것은 아닐 테고."

"……?"

"지금 흑룡사 백이십 명을 데리고 이곳에 온 것이 무엇 때문이라고 생각하나? 어차피 예상은 했었다. 기습과 동시에 소교주님을 구하지 못한다면 실패. 빼돌렸겠지. 그럴 가능성이 훨씬 많을 것이고. 그런데도 내가 왜 왔을까?"

"허허, 어이가 없군! 자신이 있었다는 것인가?"

악마금의 표정에는 노인의 말대로 자신감이 어려 있었다. 천하 위에 군림하는 지배자처럼 연합의 고수들을 훑어보며 대답했다.

"호호, 나는 지는 싸움은 하지 않아."

그것으로 대답은 충분했다. 무엇이든 자신이 하고 싶은 대로 하겠다는 건방진 말이었지만 실제 그 자신감에서 나오는 기운은 장내의 모든 사람들을 놀라게 하고 있었다.

"고로, 지금 너희들을 모두 죽일 생각이다. 이것은 하나의 선전 포고다."

"헐!"

"기가 막히는군!"

악마금의 말을 들은 연합 소속 고수들은 실소를 머금었다. 이제 흑룡사들도 얼마 남지 않은 상황. 그사이, 강한 것 같기는 하지만 한 명이 더 끼어들어 무엇을 바꿀 수 있을까 하는 황당한 표정들이었다.

"닥쳐라!"

말과 함께 노인을 선두로 이십여 명의 고수들이 악마금을 향해 달려들었다. 상당히 잘 단련된 고수임에는 분명했다. 몸을 띄움과 동시에 악마금의 지척까지 다다랐다. 하지만 그것뿐이었다.

쿵!

악마금이 한쪽 발을 땅에 찍자 노인과 이십여 명의 사내들 머리 위로 반월형의 강기가 생겨났다.

"조, 조심해랏!"

노인은 어떻게 된 것인지는 모르지만 황당한 공격에 급히 외쳤다. 하지만 강기는 피할 시간적 여유를 주지 않았다. 그대로 내리 꽂혀 사람들을 잠깐 사이에 토막 내버렸다.

"저, 저럴 수가!"

그 놀라운 모습을 지켜보고 있던 사람들이 경악성을 터뜨렸다. 특별한 움직임도 없이 이십 명이나 되는 고수들을 한순간에 처리해 버리는 무공이 있으리라고는 생각지도 못했던 것이다. 하지만 눈으로 보았으니 믿을 수밖에. 그중 한 사내가 외쳤다.

"설마 적룡문에서 들리던 소문이 사실?"

"흐흐, 소문이 어떻게 났는지는 모르겠지만 적룡문에 있었던 것은 확실하지."

사람들이 다시 경악한 눈으로 악마금을 살피기 시작했다. 직접 보지는 못했지만 만월교에 출가경의 고수가 나왔다는 소리는 대부분이 들었기 때문이다. 모두 얼떨떨한 기분으로 아무런 동작 없이 서 있자 악마금이 몸을 날렸다.

"그렇게 넋 놓고 있으면 재미가 없지."

말과 함께 악마금은 무사들이 가장 많이 밀집된 곳으로 몸을 날려 음폭을 시전했다. 몸에서 갑자기 불빛이 번뜩이더니 원형의 강기가 사방을 휩쓸며 방원 이십 장을 초토화시켜 버렸다.

콰콰콰쾅!

엄청난 굉음과 함께 흙먼지가 들끓고 가라앉은 후 살아남은 연합 고수들은 절반!

흑룡사에게 채이고, 악마금의 음폭에 대부분이 당한 셈이었다. 이미 악마금의 실력을 알고 있는 흑룡사들은 악마금이 움직이기 전에 멀리 몸을 피했기에 다행히 피해가 없었다.

악마금은 거기에서 멈출 생각이 없었다. 그는 최대한 사람들이 놀랄 만한 것을 보여주기 위해 신경을 쓰며 다음 공격을 준비했다.

휘릭!

악마금은 손을 휘저으며 전각 지붕에서 흘러나오는 음파와 교합시켰다. 그러자 지붕 기와들이 터져 나가며 돌 가루가 바닥으로 떨어지기 시작했다. 역시 사람들은 그 이상한 무공에 경악했지만 그러고 있을 시간적 여유는 없었다. 악마금이 떨어지는 돌 가루에 내력을 실었기 때문이다.

섬전과 같은 속도로 수많은 돌 가루가 암기와 같이 날아들자 연합고수들은 경악하면서 무기를 휘둘러 방어를 했다. 하지만 공격은 거기에서 그치지 않았다. 동시에 낙뢰가 펼쳐졌던 것이다.

위에서는 날카로운 돌이 날아오고 뒤에서는 강기 세례가 이어지니 비명과 함께 엄청난 타격을 받을 수밖에 없었다.

사백 명이 넘던 수가 백 명 이하로 줄게 되는 것은 순간이었다.

"마무리를 지어볼까!"

악마금은 다시 그들 사이로 뛰어들었다. 하지만 무사들이 바보는 아니었다. 한 번 당했으니 두 번 당할 수는 없었다. 악마금이 다가오기 무섭게 주위로 흩어지며 최대한 그와 멀어지려 노력했다. 그 결과 두 번째 음폭에서 살아남은 자는 꽤 되었다. 그래 봐야 이십여 명뿐이었지만 말이다.

도망치는 그들을 보며 악마금이 귀찮은 듯 외쳤다.

"절반만 죽여!"

명령과 함께 악마금의 실력을 알고는 있었지만 그래도 볼 때마다 경악하는 흑룡사들이 몸을 날렸다. 왜 절반만 죽이라는지 모르겠지만 그들은 착실히 지시를 수행했다. 열 명을 죽이고 도망치는 열 명은 그대로 놔주었다.

모든 일이 끝나자 현령이 다가와 물었다.

"지시대로 처리했습니다. 이제 돌아가는 것입니까?"

"아니! 요차문으로 간다."

고개를 저은 악마금의 뜬금없는 소리에 현령이 두 눈을 동그랗게 떴다.

"거, 거기는 무엇을 하러……?"

"칼을 뽑았으면 확실히 해둬야지."

"하지만 지금 숫자로는 불가능합니다. 분타로 돌아가서 좀 더 숫자를 모은 후……."

그의 말을 악마금이 끊었다.

"됐어. 그럴 시간 없다. 그리고 지금 숫자로도 충분하지. 이번에 우리에게 받은 사업장 때문에 많은 고수들이 파견 나가 있을 게 아닌가? 게다가 연합에서 고수들을 모았기에 지금 요차문에는 그리 많은 고수는 없을 거다."

"그래도 이 인원으로는 부족합니다."

"상관없어. 곧장 내원으로 들어가 요차문주만 잡으면 끝이다."

말과 함께 악마금은 바로 몸을 돌려 경공술을 펼쳤다.

"빌어먹을!"

욕지거리를 내뱉은 현령은 어쩔 수 없이 대원들을 이끌고 악마금을 뒤따랐다.

요차문에 도착하자 악마금은 더 두고 볼 것도 없다는 듯 곧장 담을 넘어 내원으로 향했다. 그 뒤로 흑룡사들이 뒤따랐지만 악마금은 신경 쓰지 않고 막아서는 적들을 직접 죽여나갔다. 흑룡사의 피해를 최소화해야 했기 때문이다. 그의 생각대로 크게 방해가 되는 적은 없었다.

상당수의 고수가 빠져나갔는지 그리 실력있는 자들은 없었기에 빠른 시간 안에 내원 담을 넘어 들어섰다. 뒤쫓아오는 적들이 있었지만 흑룡사가 내원 담을 등지며 그들의 진입을 막았다.

내원에 들어선 악마금은 곧장 가장 큰 건물로 향했다. 대부분 한 문파의 수장들이 그러하듯 문주는 내원 중앙에 화려하면서도 큰 건물에 기거하고 있었다.

악마금이 정원을 넘어 건물로 들어서자 소란에 잠을 깬 요차문주 강건석이 잠옷 바람으로 뛰어나오고 있었다. 한 손에 검만 달랑 든 채로 뛰어나온 것으로 보아 놀라도 엄청 놀란 모양이었다. 그를 보자 악마금은 곧장 그에게 달려들었다.

악마금을 발견한 강건석은 급히 검을 휘둘렀으나 시간은 이미 늦어 있었다. 쾌속한 속도로 다가온 악마금이 이미 그의 팔을 잡고 남은 한 손으로 목을 낚아챘기 때문이다.

"캑!"

상당한 힘이 실린 손에 의해 숨이 막힌 강건석은 눈에 보이지도 않을 정도의 반격에 경악하며 악마금을 바라보았다. 그리고 섬뜩한 기분에 몸을 떨었다. 강한 힘에 비해 표정 하나 바뀌지 않고 음산한 웃음을 흘리는 악마금이 저승사자처럼 보였던 것이다. 나오지도 않는 목소리를 쥐어짜며 억지로 입을 열었다.

"누, 누구요?"

"만월교에서 왔다."

"크윽!"

이미 예상한 대답은 강건석 문주를 더욱 절망으로 빠져들게 했다. 한 문파의 수장으로서 하지 못할 말까지 튀어나올 정도였다.

"사, 살려주시오."

"웃기는군! 태화방이 왜 멸망했는지 잘 알고 있겠지? 그런데 지금 와서 살려달라?"

악마금의 손에 점점 더 힘이 가해지기 시작했다. 그러자 강건석이 기겁을 하며 발악했다.

"무, 무엇을 원하오? 하라는 대로 모두 하겠소."

"흐흐흐, 그래?"

"말만 하시오. 크윽!"

악마금은 손의 힘을 풀며 그를 끌고 흑룡사에게 향했다. 그때 흑룡사들은 내원의 안팎으로 요차문도들과 치열한 전투를 치르고 있었다. 그것을 보고 악마금이 외쳤다.

"모두 멈춰라!"

악마금의 외침에 반응은 두 가지로 나타날 수밖에 없었다. 얼마 되지 않는 숫자로 황당하게 문 내를 침입한 흑룡사들을 막 처단하려는 요차문도들은 표정을 굳혔고, 진땀을 흘리며 적들을 맞이한 흑룡사들은 '역시 그렇지'라는 표정으로 음산한 웃음을 흘렸다. 악마금의 손에 문주의 목이 잡혀 있으니 상황은 이미 끝이 났다고 봐야 했기 때문이다.

인질범의 협박이 으레 그러하듯이 악마금 또한 그에 따랐다.

"모두 검을 버려라. 아니면 문주의 목숨은 없다."

요차문의 고수들이 어찌할 줄 모르자 똥줄이 타고 있는 강건석이 발을 동동 구르며 발끈했다.

"모두 무엇들을 하느냐? 빨리 무기를 버려!"

평소에 불같은 성격인 문주의 말이기에 그제야 요차문의 고수들이 무기를 버렸지만 떨떠름한 표정을 지우지는 못했다. 그런데 악마금이 놀라운 명을 내렸다. 이쯤 되면 인질을 데리고 빠져나가야 정상인데 완전히 다른 지시를 했기 때문이다.

"모두 죽여!"

그의 명에 흑룡사들도 잠시 당황했지만 곧바로 움직였다. 질풍과도 같이 무기가 없는 요차문도들을 도륙하기 시작했던 것이다.

그 갑작스런 흑룡사들의 행동에 살기 위한 발악으로 다시 무기를 집어 든 자들이 있었지만 이미 기세는 기울어져 버렸다.

대충 상황을 끝내고 요차문을 빠져나온 악마금은 조용한 숲 속에 자리를 잡았다. 그는 강건석이 불안에 떠는 모습을 느긋하게 구경하며 입을 열었다.

"기분이 어떤가?"

"도대체 이렇게 해서 당신들에게 남는 것이 무엇이오?"

"흐흐흐, 남는 건 없어. 단지 화풀이라고 해야 할까?"

그 말에 강건석은 불안한 중에도 실소를 머금었다.

"그래서 어쩌자는 거요?"

"흐흐흐, 어쩌기는? 너 때문에 무사히 빠져나왔으니 상황은 끝난 거지."

"무, 무슨 소리요? 서, 설마?"

"잘 가!"

순간 악마금의 손이 강건석의 머리를 타격했다. '콱' 하는 둔탁한 소리가 울리고 강건석 문주는 머리가 터진 채 바닥에 누워버렸다. 그것을 재밌는 듯 바라본 악마금이 주위를 향해 명했다.

"내일 분타로 돌아간다. 그동안 힘들었을 테니 이곳에서 쉬어라."

그러자 현령이 다가와 걱정스러운 표정을 드러냈다.

"하지만 요차문에서 추적을 해올 수가 있습니다. 갑작스럽게 일 처리를 해서 그렇지, 요차문에는 아직도 많은 고수들이 있습니다. 추적을 당하면 곤란한데요."

"요차문주라는 든든한 인질이 있지 않나?"

현령은 이미 싸늘한 시신이 되어 있는 요차문주를 보며 말했다.

"이미 죽었지 않습니까?"

"하지만 요차문에서는 모르지. 그러면 된 것 아닌가? 아마 문주의 안위 때문에 추적을 하지는 못할 거다. 그럼 쉬도록!"

"허!"

현령은 황당한 듯 고개를 저으며 악마금을 일별한 후 쉴 공간을 찾아 휴식을 취했다.

'이해할 수 없는 놈이야! 도대체 머리 속에 무엇이 들어 있는 거지?

제18장
무슨 생각을 하는 놈인고?

"이게 어떻게 된 일이오?"

불만이 가득 담긴 목소리가 실내에 터져 나왔다. 개양과 옹안의 연합 문파 수장들이 모인 자리였다. 하나같이 인상을 쓰며 반발하는 통에 이번 일을 계획한 화락방주 일섬은 난감한 표정을 지우지 못했다.

"적의 소교주만 잡고 있으면 유리할 거라고 하지 않았소? 그런데 어떻게 이런 식으로 적들이 나오냐는 말이오? 천령장에서부터 시작해 요차문까지 타격을 입었소."

"저도 그것이……."

"이제 어떻게 할 생각이오? 들어보니 적룡문에 있던 출가경의 고수가 나타났다고 하니 우환거리도 이만한 것이 없게 됐소."

"흠!"

평소 침착한 일섬 방주도 지금은 어쩔 수 없었다. 한숨만 푹푹 쉬며 문주들을 어떻게 달래나 만을 생각하기 시작했다. 하지만 뚜렷한 방법이 없자 그 또한 불만스럽기 시작했다.

'빌어먹을! 갑자기 이상한 놈이 나타나서……'

생각과 달리 그는 평소의 온화한 표정으로 돌아갔다. 그것이 지금 실내의 인물들을 안심시켜 줄 수 있다고 그는 굳게 믿고 있었기 때문이다.

"우선 이번 일은 뜻밖의 복병 때문입니다. 그런데 이상한 점이 있습니다."

은근슬쩍 말을 돌리는 그를 향해 문주들이 의아한 얼굴로 물었다.

"무엇이오, 이상한 점이라니?"

"만월교는 교주를 신처럼 떠받들고 있다는 것을 여러분도 잘 알고 계실 겁니다. 그렇다면 다음 대 교주가 될 소교주 또한 신성한 몸. 교도들이라면 소교주의 안전을 위해 모든 힘을 기울여야 하는 것이 정상인데, 어제 천령장에서 살아 돌아온 자들의 말에 따르면 그 출가경의 고수라는 자는 교도 같지가 않다고 했소. 그 때문에 일이 틀어진 것이지요."

"그것이 뭐가 어쨌다는 말이오? 이미 일은 벌어졌고, 지금은 수습이 중요하오. 과정과 결과보다는 앞으로의 결단이 있어야 하지 않겠소?"

"흠!"

역시 한숨을 쉬는 일섬이었다. '그럼 나에게만 맡기지 말고 너희들이 머리를 쥐어짜 봐라' 라는 말이 목구멍까지 올라왔으나 참아야 했다. 지금 분란을 일으켜 보았자 자신들만 불리해지기 때문이다. 잠시 생각하던 그가 궁핍한 의견을 제시했다.

"우선 만월교에 압박을 넣어보아야 할 것 같습니다."

"압박?"

"그렇습니다. 어제의 일이 만월교의 생각인지, 아니면 지휘 체계에 문제가 생겨 일어난 일인지 알아야 합니다. 그래서 사람을 보내 소교주의 신변을 빌미로 협상을 제시해 볼 생각입니다."

"협상이라면……?"

"다시 한 번 소교주를 우리가 확보하고 있다는 것을 인식시키는 거지요. 더불어 공격을 멈추고 공식적인 사과를 하라고 하는 것이 어떻겠습니까?"

"괜찮은 생각이기는 하지만 저들이 들어주겠소?"

"저들이 강하다고는 하지만 수에는 우리의 십 분의 일에도 미치지 못합니다. 얼마나 많은 고수가 파견되었는지는 모르나 아무리 그래도 우리에게는 상대가 안 됩니다. 게다가 소교주까지 잡고 있으니 저들의 생각을 슬며시 움직인다면 가능하겠지요."

"흐음. 그럼 언제가 좋겠소?"

"말이 나온 김에 내일 당장 협상을 권해볼 생각입니다. 장소는 우리 화락방으로 할 테니 아침에 모여주십시오."

"알겠소. 어차피 손해 보는 것은 아니니. 그때 보도록 하지요."

각 문파의 수장들은 회의가 끝나기 바쁘게 자신들의 본거지로 돌아갔다. 언제 만월교가 공격해 올지 모르기 때문이다. 그들이 사라지자 일섬이 짜증나는 듯 중얼거렸다.

"도대체 만월교는 어떤 생각을 가지고 있는 거지? 정말 소교주의 안

전에 관심이 없다면 큰일인데……. 빌어먹을!'

다음날 아침 분타로 돌아온 악마금은 숙소에서 더러워진 옷을 갈아입고 집무실로 향했다. 악마금이 집무실 문을 열고 들어섰을 때 안에는 이미 현령과 유용이 있었다. 악마금이 들어서자 유용은 불같이 화를 냈다.
"자네 어제 무슨 짓을 한 겐가?"
"계획대로 했을 뿐입니다."
"그 계획이라는 것이 적들을 공격하는 거였단 말인가?"
"그렇습니다."
"왜?"
"우리 만월교가 겁먹은 쥐마냥 웅크리고 있을 수는 없으니까요."
비릿한 웃음과 함께 내뱉은 그의 말에 유용은 얼굴을 붉혔다. 졸지에 겁먹은 쥐가 되어버렸기 때문이다. 만월교에서 최고의 머리라 불리는 그가 언제 이런 모욕을 받아봤을 것인가!
스릉!
순간적으로 검을 뽑은 유용이 악마금의 목에 검을 갖다 대었다.
"네놈이 벌리는 주둥아리는 어찌 위아래도 모른단 말이냐? 정녕 나를 무시하고도 살아남기를 바라느냐?"
하지만 악마금은 전혀 개의치 않았다. 더욱 비꼬는 듯한 표정을 노골적으로 드러내며 자신의 목에 대어져 있는 검을 잡아 밀었다.
"검을 거두십시오."
"뭣이? 네, 네놈이 하극상이라도 벌이겠다는 말이냐?"

"저는 그런 건 모릅니다."

순간 악마금의 표정이 싸늘하게 변했다.

"다만 제게 무기를 겨누는 자를 살려둘 생각은 없습니다. 거두십시오."

그러면서 그의 몸에서 뼈를 얼릴 듯한 한기가 폭발적으로 퍼져 나왔다. 그 놀라운 기운에 유용은 자신도 모르게 안색이 하얗게 변하기 시작했다. 창피하게도 두려운 마음이 일어 슬며시 못 이기는 척하며 검을 집어넣은 그가 악마금을 노려보며 말했다.

"좋다. 어차피 네놈에게 이번 일을 일임했으니 상관하지 않으마! 하지만 지금 있었던 일에 대한 문책은 꼭 하고 넘어갈 것이다."

"호호, 마음대로 하십시오. 죄가 있다면 받아야지요. 할 말이 끝났으면 나가주십시오. 여기는 제 집무실입니다."

"빌어먹을 놈!"

유용은 더 있기 싫다는 듯 몸을 돌렸다. 하지만 이내 다시 악마금을 바라보며 확인시키는 듯 말했다.

"교주님이 원하시는 것은 평화적인 해결이다. 그것을 명심해라!"

그가 마지막 말을 남기고 사라지자 악마금과 유용 장로의 신경전에 난감한 표정만 짓고 있던 현령이 끼어들었다.

"왜 그러셨습니까?"

"뭐가?"

"유용 장로님은 본 교의 최고 직책인 장로이십니다. 그런 분의 심기를 건드려 좋을 것은 없습니다."

"내가 왜 그런 걸 상관해야 하지? 교주님은 나에게 소교주님을 구하라고 하셨고, 나는 내가 생각한 계획을 실천했을 뿐이야. 이미 나에게 모든 권한을 넘겨놓고 간섭하는 것이 잘못 아닌가?"

"하지만 유용 장로님의 입장이 상당히 난감해졌습니다."

악마금이 의아함을 드러냈다.

"무슨 일이 있었나?"

"사실 오늘 우리가 도착하기 전, 새벽에 적들이 사람을 보내왔습니다. 이런 식으로 뒤통수를 치면 소교주님의 안전을 보장할 수 없다고 협박을 했답니다."

"훗, 재밌군! 그래서?"

"예?"

"우리 쪽에서는 뭐라고 했냐는 말이야?"

"적들은 협상을 원하고 있습니다. 그것 때문에 유용 장로님이 이곳을 찾으신 거지요. 적들은 소교주님의 안전을 책임지고 있기에 유리한 상황이니까요."

"협상은 언제지?"

"내일입니다. 화락방에서 사람을 보내 일방적인 통보를 하고는 가버렸습니다."

"건방지군."

"어떻게 하실 생각이십니까?"

"인질이 인질로서 쓸모가 없을 때, 자네가 인질범이라면 어떻게 하겠나?"

"글쎄요……."

갑작스런 물음에 잠시 생각하던 현령이 두 눈을 부릅떴다. 악마금의 질문에 대한 의미를 파악했기 때문이다.

"설마… 소교주님을……?"

"흐흐흐, 그렇다고 방치하겠다는 것은 아니다. 소교주님도 구하면서 이득은 이득대로 챙길 수 있는 방법이 있지. 그것 때문에 어제 천령장과 요차문을 요란스럽게 친 것이고."

"그럼 소교주님을 구하려는 의도가 없었다는 말입니까?"

따지듯 묻는 말에 악마금은 웃기만 했다. 잠시 후 그는 말을 돌리며 물었다.

"그런데 왜 평화적으로 해결을 하려는 거지?"

"그건 다른 연합들 때문입니다. 도균의 일과 적룡문의 일 등이 모두 우리에게 유리하게 돌아온 상황이기에 상당한 견제를 받고 있습니다. 그런데 이 지역 또한 우리의 승리가 확실시된다면 단목문과 혈천문 쪽 연합이 움직일 공산이 큽니다. 뿐만 아니라 다른 연합들도 같이 움직이겠지요. 본 교에는 적들을 도발하지 않는 선에서 소교주님의 신변을 확보하기를 바라고 있습니다."

"그렇게 해서 얻는 것이 무엇인가? 꼬리나 내리고 지켜볼 거라면 왜 귀주 통합을 위해 동분서주를 했느냐는 거지."

"전진을 위한 일보 후퇴일 뿐입니다."

"……?"

악마금이 의아한 표정으로 고개를 갸웃거리자 현령이 정확한 설명을 했다. 대략적인 계획을 알아둬야 딴 짓을 못할 것 같았기 때문이다.

"악마대가 완성되기를 기다리고 계신 거지요. 그때까지는 본 교가 드러나지 않기를 바라십니다."

"흠, 역시 그랬군!"

하지만 악마금은 그에 따를 생각이 없었다. 확신이 있는 계획을 짰고 이미 일을 저질렀으니 멈출 수가 없었던 것이다.

"이곳에서 그리 멀지 않으면서 세력이 가장 약한 문파가 어딘가?"

"서쪽으로 삼십 리 정도 가면 용정문이라고 있습니다. 문도 수 팔백 정도의 작은 문파지요. 그건 왜 물으십니까?"

"잘됐군. 오늘 저녁 그곳을 친다."

"예?"

현령은 말도 안 된다는 표정으로 악마금을 유심히 바라보았다. 정말이냐는 듯한 물음의 시선이었지만 악마금의 표정은 담담하기만 했다.

"하지만 그러면 정말 소교주님의 안전이……."

"흐흐, 소교주님을 저쪽에서 어떻게 할 수가 없어. 그건 내가 장담하지. 지금 우리의 힘을 절실히 느끼고 있을 터. 어제 천령장과 요차문이 쉽게 깨진 것으로도 확실히 알고 있을 거야. 그런 상황에서 소교주님을 어떻게 할 수 있겠나?"

"……!"

"만약 소교주님의 신변에 무슨 일이 생긴다면 우리 만월교가 가만히 있지 않을 것을 저들도 알고 있을 거란 것이지. 아무튼 오늘 용정문을 친다. 그들까지 친 후 내일 협상을 하도록 하지."

"하지만 문제는 그것만이 아닙니다."

"뭔가?"

"용정문이 작은 문파이기는 하지만 우리 측에도 인원이 없다는 것입니다."

"흑룡사 외에는 하수들이라고 했지?"

"그렇습니다."

"흠! 흑룡사의 지원이 있을 거라 하더니 언제인가?"

"빠르면 내일쯤."

잠시 생각하던 악마금이 명했다.

"어쩔 수 없군. 어제 요차문처럼 처리할 수밖에. 그것만으로도 충분하지. 아무튼 준비해 놔."

현령은 무언가 반박을 하려 했으나 입을 다물어 버렸다. 이야기를 꺼내봐야 이 건방진 놈에게는 씨알도 먹히지 않을 것이라는 걸 잘 알고 있었기 때문이다. 그 후 그는 고개를 숙인 후 명을 받들기 위해 밖으로 나갔다.

제19장
이것도 협상이라 할 수 있나?

용정문 문주를 요차문과 같은 방법으로 처리해 버린 악마금은 아침이 밝아오자 곧장 협상 장소인 화락방으로 향했다. 호위를 모두 뿌리치고 현령만 따르게 했다. 그리고 선물로 용정문주의 목을 두꺼운 보자기에 싸서 가지고 가는 것을 잊지 않았다.

화락방은 천여 명의 고수를 보유한 작은 문파였기에 그리 크지 않았다. 악마금이 정문에 도착하자 체구가 건장한 장한 하나가 악마금의 앞을 막으며 물었다.

"어떻게 오셨습니까?"

"만월교에서 왔다."

현령의 대답에 장한이 놀란 얼굴로 악마금을 찬찬히 살폈다. 아무리 협상이라지만 적진 한가운데에 오는데 달랑 두 명이 왔다는 것이 믿어지지 않는 모양이었다. 하지만 장한 같은 하급 무사가 상관할 바는 아니었으므로 즉각 고개를 숙인 후 악마금과 현령을 안내했다.

악마금이 거대한 실내에 들어섰을 때 회의실에는 이십여 명의 인물이 반대편에 앉아 악마금에게 시선을 주었다. 역시 그들 또한 정문을 지키는 장한과 별반 다르지 않은 표정을 지었다.

악마금과 현령이 자리에 앉기 무섭게 일섬 방주가 입을 열었다.

"잘 오셨소. 이렇게 그대들을 부른 이유는 협상을 하기 위해서요. 서로 좋게 끝낼 수 있는 일에 피를 부를 필요는 없지 않소?"

"그래서?"

"……?"

"그래서, 너희들이 원하는 조건은 뭔가?"

순간 실내의 분위기가 무겁게 가라앉았다. 아무리 많이 봐줘도 스물둘 정도밖에 되어 보이지 않는 녀석이 수많은 무림의 선배에게 하대를 해오는 모습이 건방지기 짝이 없었기 때문이다. 하지만 그들은 그에 토를 달 수는 없었다. 어차피 모두 한 문파를 대표해서 모인 공식적인 자리였으니 말이다.

일섬이 떨떠름한 표정을 숨기지 못하고 말했다.

"우선 귀 교의 분타를 철수시켜 주시오. 그리고 전에도 말했지만 지금까지 우리에게 입힌 피해를 보상하고 공식적으로 무림에 사과 공문을 보내시오."

"대가는?"

"물론 그대들의 소교주를 안전하게 돌려보내 주겠소."

"거절하면?"

모두가 인상을 찌푸렸다. 설마 이렇게 물을 줄 몰랐기에 일섬도 역시 인상을 구기며 대꾸했다.

"알고 있을 텐데."

"흐흐흐, 정확히 말해 봐. 너희들의 조건을 거절하면 어떻게 할 거지? 이건 아주 중요하다고. 그러니 거짓 하나 보태지 말고 말해 봐!"

장내에 다시 한 번 침묵이 흘렀다. 결국 참지 못한 일섬이 분노를 참는 목소리로 입을 열었다.

"소교주의 목숨을 기약할 수 없게 될 것이오. 그러길 바라는 것이오?"

"크하하하하!"

악마금이 순간 광소를 터뜨리자 모두 놀라며 슬며시 탁자 밑에 놓아두었던 무기로 손을 옮겼다. 웃음소리에 상당한 내력이 숨겨 있다는 것을 느꼈기 때문이다. 악마금도 그들의 움직임을 알고 있었지만 상관하지 않고 음침한 미소와 함께 입을 열었다.

"그 후에는? 그 후에는 어쩔 텐가? 소교주님을 너희들 방식으로 처리한 후 너희들에게 남는 게 뭔지 아나?"

"……?"

악마금은 피식 미소를 지으며 현령이 들고 있던 보자기를 건네받았다. 그는 그것을 탁자 위로 던지며 설명했다.

"이건 선물이다."

"무엇이오?"

"보고 판단해 봐!"

일섬은 불안한 마음이 들었지만 설마 무슨 암기 같은 것이 있겠냐는 생각에 조심스럽게 보자기의 매듭을 풀어헤쳤다. 그리고 내용물을 확인하곤 경악성을 터뜨렸다. 용정문주의 몸통 없는 얼굴이었기 때문이다.

"이, 이건……!"

"언제 용정문을……?"

"흐흐흐, 오는 길에 한 건 올렸지. 어때, 괜찮은 실력 아닌가? 깔끔하게 목을 자르느라 꽤나 고생을 했지. 얼마나 처먹었는지 기름이 많이 나오더군."

"이, 이러고도 무사할 줄 아느냐?"

연합 문파의 수장들이 살기를 드러내기 시작했다. 하지만 악마금은 태연하기 짝이 없었다. 흡사, 자신에게 왜 그러냐는 투로 심드렁하게 말을 해 사람들의 부아를 돋우기 시작했다.

"이거 왜 이래? 난 복수를 했을 뿐이야. 난 그것을 상당히 즐기는 편이거든. 그런데 무사할 줄 알겠냐니? 어떻게 할 건가?"

"소교주의 목숨이 중요하지 않다는 말이냐? 그녀의 신변에 무슨 일이 생긴다면 네놈도 죄를 면하지 못할 텐데?"

"흐흐흐, 역시 재밌는 놈들이야. 한번 해봐! 난 상관 안 하니까."

"허!"

황당한 듯, 허탈한 듯 여기저기에서 실소가 터져 나왔다. 안면 몰수도 이런 안면 몰수가 없어 보였기 때문이다.

"네놈은 만월교도가 아니란 말이냐? 어떻게 그렇게 말할 수가 있나?"

오히려 악마금에게 말려든 일섬이 자리에서 벌떡 일어나 그렇게 외치자 악마금이 말을 받았다.

"호호, 내가 어떤 생각을 가지고 있든 그건 너희가 알 바 아니지. 하지만 이것만 기억해 둬. 지금 이 순간부로 난 애들을 데리고 개양과 옹안 연합에 속한 모든 문파를 하루에 하나씩 처리해 나갈 거다. 그것은 소교주님이 우리에게 안전하게 인도되었을 때 끝이 날 거고, 그렇지 않으면 너희들이 모두 망할 때야 끝이 나겠지."

"빌어먹을 자식!"

"호호호, 흥분을 가라앉혀라. 괜히 성질을 냈다가 나에게 목이 날아간 녀석이 한둘이 아니니까. 아! 그리고 소교주님 문제는 너희들 마음대로 해봐."

그러면서 악마금은 자리에서 일어섰다. 전혀 아쉬울 것 없다는 듯 자리를 박차고 몸을 돌리자 뒤에서 검을 뽑는 소리가 들려왔다. 하지만 검이 뽑히는 순간 또 다른 검이 뽑혔다. 현령이 일섬을 견제하기 위해 뽑은 것이었다.

협상회의의 분위기는 순식간에 변질되었다. 일섬이 검을 뽑고, 현령이 검을 뽑자 남은 자들 또한 각자 무기를 뽑아 들며 살기를 드러냈기 때문이다. 그 모습을 지켜보던 악마금이 비릿한 미소를 지으며 내력을 뿜어냈다.

갑작스럽게 어마어마한 기운이 장내를 순식간에 메우자 사람들이 경악하며 몸을 떨었다. 악마금은 여전히 웃으며 입을 열었다.

"무기를 집어넣는 것이 나을 텐데? 여차하면 너희들을 하나하나 찾아갈 수고도 할 필요 없이 이곳에서 끝장을 볼지도 몰라."

"흥, 너희 두 명이 가능할 것 같은가?"

이것도 협상이라 할 수 있나? 241

"흐흐흐, 그럼 가능한지 한번 시험해 볼까? 좋아, 맛보기로 한 명을 처리해 주지!"

그러면서 악마금이 손을 여유롭게 한번 휘저었다. 그러자 탁자 제일 왼편에 서 있던 신장문 문주의 팔이 갑자기 터져 버렸다.

"크아악!"

갑작스럽게 일어난 일과 비명은 사람들을 경악케 만들기에 충분했다. 어떤 무공을 썼는지조차 알지 못하고 당한 신장문의 문주를 보며 모두가 얼굴이 하얗게 탈색되며 두려운 표정을 드러냈다.

"다시 한 번 시험해 보기 전에 모두 검을 집어넣어! 괜한 자존심과 목숨을 바꾸고 싶다면 어쩔 수 없지만, 나 같으면 그런 자존심은 개에게나 던져 주겠다."

그러자 문주들이 슬며시 눈치를 보며 무기를 집어넣기 시작했다. 무인에게는 자존심이 생명이지만 지금 악마금 말에 자존심을 굽힌 것이 아니었다. 그것은 악마금의 말에 실린 반항하지 못할 기운에 마력처럼 명을 따르고 있는 것이었다.

모두 포기한 듯 무기를 집어넣고 허탈한 표정을 짓자 악마금이 이제는 됐다 싶은지 돌아갈 생각을 하지 않고 약간의 거짓말을 더해 다시 협상의 기회를 주었다.

"아까도 말했지만 내일부터 문파 하나씩 처리해 나갈 것이다. 이미 본 교의 주력 부대가 도착한 만큼 너희들은 막을 수 없을 거야. 정 신경 쓰이면 정면으로 분타를 치고 들어올 수도 있겠지만. 흐흐흐! 한번 해봐."

"……."

"한 가지 제안을 해도 되겠나?"

"뭐요?"

"하루의 말미를 주지. 그 안에 결정을 내려. 소교주님을 내일 저녁까지 분타로 모셔오면 내가 한 약속을 정정하겠다. 시간을 정할 수는 없지만 최소한 반년간은 절대 너희들을 공격하지 않을 거야. 아! 그리고 이건 약간의 첨부지만 소교주님을 모시고 올 때 그간 우리에게 입힌 피해를 보상하는 의미에서 금화 천 냥도 보내는 것을 잊지 말도록. 정확히 내일 유시초(酉時初:오후 5시)까지! 결정은 그전에 해야 할 거다."

악마금은 말과 함께 몸을 돌렸다. 그 뒤로 현령까지 사라지자 모두들 자리에 털썩 주저앉았다. 그중 가장 심한 압박을 받았던 일섬이 아직도 흥분이 가라앉지 않은 목소리로 중얼거렸다.

"인간이 저렇게 강할 수도 있는 거요?"

"그러게 말이오. 멋모르고 덤볐다가는 쥐도 새도 모르게 당하겠구려. 나이도 얼마 안 되어 보이는데……."

"어떻게 해야 할까요?"

"그건 나중 문제입니다. 우선 신장문주님의 상태부터 살펴야 하오."

황안문주 구자연의 말에 사람들이 놀라며 그때서야 신장문주의 터져 버린 한쪽 팔을 지혈하기 시작했다. 신장문주가 고통을 못 이기고 죽은 듯 기절한 덕분도 있었지만 그만큼 정신이 없던 그들이었다.

모든 일이 마무리되자 자신의 문파로 돌아가던 태학문주 가양이 고개를 설레설레 저으며 중얼거렸다.

"허허, 그런데 이것도 협상이랄 수 있나?"

끼이익—!

거친 쇠문이 열리고 앙칼진 소녀의 목소리가 뇌옥을 울렸다.

"누구냐! 감히 내게 이러고도 무사할 것 같으냐?"

언제나 같은 소리였지만 마야는 어쩔 수 없었다. 달리 할 말이 없기 때문이다. 이미 이곳에 온 지 열흘은 훌쩍 지난 것 같은데 자신을 구하러 왔다는 소식은 없고, 기약할 수 없는 어둠만 지속되고 있으니 심란한 마음은 여린 소녀의 가슴을 짓누르는 것이었다.

하지만 이곳에 왔어도 그녀는 절대 기대를 저버리지 않았다. 그녀는 만월교를 굳게 믿고 있었기 때문이다. 그리고 차갑고, 무뚝뚝하지만 이미 자신의 마음 한구석에 자리잡은 한 사내를 믿고 있었다. 비록 그 사내는 자신이 월랑으로 지목되었다는 것을 알지 못하지만 말이다.

힘없이 포기한 목소리였지만 제법 위엄 서린 목소리가 들린 후 그에 대답하는 문 앞 사내의 목소리는 언제나와 같이 공손했다. 그래도 만월교의 소교주라는 위치에 있는 자를 인질이라는 이유로 막 대할 수 없었기 때문이다.

"혈도를 풀어드리러 왔습니다."

그 말에 마야는 의아함을 느꼈다. 언제나 혈도를 짚어 움직이지 못하게 했고, 풀어줄 때는 식사 때뿐이었다. 그것도 온전한 것이 아니라 특수 제작된 수갑과 족쇄를 채운 후에서야 혈도를 풀어주었던 것이다.

식사를 한 지 얼마 되지 않은 것 같은 그녀였기에 궁금증이 묻어 있는 투로 물었다.

"무슨 일이냐? 설마 날 어떻게 하려는 것이냐?"

말을 하고 보니 점점 불안감이 감도는 그녀였다. 하지만 돌아오는 대답은 뜻밖의 것이었다.

"그럴 리가 있겠습니까! 감히, 어찌 소교주님께 그런 대우를 하겠습니까. 내일 풀어주기로 결정이 되었습니다. 그래서 그동안 편히 쉬게 해드리려고 그러는 것이니 걱정하지 마십시오."

"누, 누가 걱정을 했다고 그러는 것이냐?"

그녀의 말에 사내는 피식 미소를 지었다. 얼마간 그녀의 수발—수발이랄 것도 없었지만—을 들었던 그는 언제나 위엄을 잃지 않고 용감하게 외치는 그녀가 왠지 친근하게 느껴졌기 때문이다. 이만한 나이의 어린 여동생이 있었기에 더욱 그럴지도 몰랐다.

아무튼 그는 마야에게 다가가 수갑과 족쇄를 채우고는 혈도를 풀었다.

"지금은 어쩔 수 없습니다. 방을 마련했으니 거기에서 사정 설명과 함께 수갑도 풀어드리고 내일 오후쯤 만월교 분타로 모셔다 드리겠습니다."

"저, 정말이냐? 정말 만월교로 돌려보내 주는 것이냐?"

"저를 믿지 못하시군요. 제가 왜 거짓을 고하겠습니까? 우선 몸이 많이 야위셨으니 이걸 드십시오."

사내는 품속에서 알약 하나를 꺼내 들었다.

"무엇이냐?"

"본 문에서 특별히 제조한 제양단이라는 것입니다. 내공 운용에 큰 도움이 되는 거지만, 영약 같은 것은 아니고 평소에 보양용으로 문주님이 드시는 거지요. 떨어진 체력에 많은 보탬이 되실 겁니다."

그의 말이 의심스럽기는 했으나 죽이려면 벌써 죽였을 것이라 생각한 그녀는 알약을 받아 입속으로 넣었다. 그러자 정말 속이 화끈거리며 뜨거운 무언가가 몸의 생기를 찾아주는 것 같았다.

그녀는 사내를 따라 예쁘게 꾸며진 방으로 안내되었다. 마야 나이 정도의 소녀들이 꿈꾸는 그런 방! 만월교의 금지옥엽이 보기에는 크게 좋아 보이지는 않을 것이지만 며칠간 어둠 속에서 지냈던 그녀였기에 천국이 따로 없었다. 방에 도착한 그녀는 그제야 안심을 하며 궁금한 점을 물었다.

"왜 나를 풀어주는 것이냐?"

"소교주님의 신변을 저희가 지켜 드리는 동안 많은 일이 있었습니다. 내일 만월교의 분타에 가면 아시게 될 일이니 말씀해 드리지요."

그러면서 사내는 그간 있었던 일에 대해 낱낱이 밝혀 나갔다. 물론 약간의 거짓말은 있었다. 만월교의 한 빌어먹을 녀석의 협박에 못 이겨 놓아주는 것이라는 내용은 뺀 것들이었다.

그의 말을 다 듣고 수갑까지 풀려서도 마야는 불안감을 감추지 못했다. 그런 그녀를 보며 오히려 사내가 무안한지 다시 한 번 안심시켰다.

"너무 염려 마십시오. 내일이면 확실히 모셔다 드릴 것입니다. 그럼 지금 목욕 준비를 시켜놓았으니 시녀의 시중을 받으며 편히 계십시오. 저는 이만."

사내가 나가서야 마야는 약간 안심을 하며 침상에 풀썩 주저앉았다.

'정말 저자의 말이 사실일까?'

그녀는 생각을 지우며 고개를 저었다. 지금 어떤 생각을 해봐도 상황이 변하지 않는다는 것을 잘 알고 있었기 때문이다. 대신 그녀는 기분 좋은 상상을 하기로 했다. 그것이 오히려 정신 건강에 좋은 것이니까.

어릴 때 소교주로 지목되어 궁전 같은 집에서, 드넓은 정원에서 뛰어놀며 시녀들과 장난을 치던 기억이 머리 속에 그려지기 시작했다. 무공을 배우며 힘이 들 때도 있었지만 그것은 이제 와서는 하나의 아름다운 추억일 뿐이었다. 그러던 그녀가 문득 얼굴을 붉혔다.

마야는 아련한 추억에 잠기는 듯한 표정으로 창밖을 바라보았다. 무공 수련에 대한 생각을 하니 누군가가 생각났기 때문이다. 사실 그 누군가를 그녀는 항상 잊지 않고 있었다. 그때 교주에게 월랑에 대해 듣고 난 이후부터였다.

'지아는 잘 있을까? 아무 일도 없어야 할 텐데……'

제20장
견우가 직녀를 만났을 때

 다음날 오후, 마야가 무사히 분타로 돌아왔을 때 유용 장로와 간부급 교도들이 모두 정문으로 나와 그녀를 맞이했다. 유용은 소교주의 야윈 모습을 보며 분노를 드러냈다.
 "빌어먹을 놈들! 감히 소교주님을 어떻게 모셨기에……. 소교주님, 몸은 괜찮으십니까?"
 "난 괜찮다."
 "다행입니다. 수많은 교도들이 얼마나 걱정했는지 모릅니다. 어서 들어가시지요."
 소교주가 머물 수 있게 준비해 놓은 내원에 들어서자 마야가 넌지시 물었다.
 "그런데 이번 협상은 누가 한 것이냐?"

"악마금이 했습니다."

"뭐?"

마야의 표정이 순간적으로 변하자 유용 장로가 의아함을 드러냈다.

"왜 그러십니까? 무슨 안 좋은 일이라도 있으십니까?"

"악마금은 적룡문에 있지 않았더냐?"

"소교주님이 적들의 손에 들어가신 것을 알고 교주님이 불러들였습니다. 이번 일은 그가 모두 처리했습니다."

"정말이냐?"

약간의 기대와 함께 얼굴이 붉어지고 있던 마야를 살피던 유용은 더욱 의구심이 들 수밖에 없었다. 그녀가 악마금을 싫어한다는 것은 만월교에 있을 때 언뜻 소문으로 들었던 그였다. 악마금이 보기 싫어서 그럴지도 모른다는 생각에 유용은 불쾌한 표정을 지으며 험담을 늘어놓았다.

"죄송합니다. 제가 처리를 했어야 했는데, 그런 애송이의 손에 이번 일이 맡겨지는 바람에 하마터면 소교주님께서 위험해질 뻔했습니다. 다음부터는 중요한 사안은 제가 처리하도록 하겠습니다."

"내가 위험해질 뻔했다니? 그건 무슨 소리냐?"

"아, 아닙니다. 그런 세세한 사항까지는 아실 필요가 없으십니다. 우선 쉬십시오."

숙소로 안내된 그녀는 유용 장로가 사라지자 한숨을 쉬었다. 그 앞에서는 표시를 내지 않기 위해 애썼지만 서운한 기분이 드는 것은 어쩔 수 없었기 때문이다. 이번 일을 악마금이 처리했다면 분명 오늘 자신이 온다는 것을 알았을 것이 아닌가. 그런데 마중도 나오지 않는 그가 야속하게 느껴지기까지 했다.

"너무해! 난 지아 생각을 얼마나 많이 했는데……."

그녀는 말을 하다 말고 급히 입을 다물었다. 문밖에서 인기척이 들려왔기 때문이다.

"들어가도 되겠습니까?"

"들어오너라!"

명이 떨어지자 스르륵 문이 열리며 시비가 들어와 공손히 고개를 숙였다. 그녀 뒤로 숙수(熟手:요리사)들이 들어서며 음식을 식탁 위에 올려놓기 시작했다. 그때 마야가 은근슬쩍 시비를 향해 물었다.

"총관은 지금 어디에 있지?"

"총관이시면 악마대의 대주를 말씀하시는지요?"

"그렇다. 무엄하게도 왜 날 보러오지 않는 거지?"

마음과 달리 시침을 떼며 화가 난 표정을 짓는 마야였다. 그러자 시비가 약간 겁을 먹은 표정으로 대답했다.

"총관께서는 지금 화락방에 가셨습니다. 소교주님의 인솔을 확인하고 그에 대한 피해 보상을 받기 위해 바쁘신 것으로 알고 있습니다. 어찌 분타에 있으면서도 소교주님을 뵈러오지 않으셨겠습니까?"

"으음. 정말이냐?"

"그렇습니다. 제가 다시 한 번 알아보고 올까요?"

"아, 아니다. 내일 내가 직접 찾아가겠다. 이곳 지리도 익혀야 하니까."

"알겠습니다. 그럼 좋은 식사 시간 되십시오."

시비와 숙수들이 나가자 마야는 오랜만에 시비의 말처럼 기분 좋은 식사를 할 수 있었다. 악마금이 이곳에 없었으니 자신을 맞이하지 못한 것은 당연할 것이기 때문이다. 괜스레 걱정을 했다고 생각한 그녀는 재빨리 식사를 마치고 바로 잠자리에 들었다. 빨리 내일이 오기를 바라며…….

악마금은 아침 일찍 찾아온 소교주 마야를 보며 자리에서 일어섰다.
"그간 안녕하셨습니까?"
예의 그 무심한 눈빛으로 고개 숙여 인사하는 그를 보며 마야는 또다시 서운함을 느끼기 시작했다. 하지만 이내 표정을 고치며 뒤따라온 시비와 호위들을 향해 말했다.
"총관과 할 이야기가 있으니 너희들은 이만 나가보아라."
"알겠습니다. 문밖에서 대기할 테니 필요하면 부르십시오."
그들이 나가자 악마금이 고개를 갸우뚱했다. 따로 할 말이 있을 리가 없다고 생각하고 있었던 것이다.
"무슨 할 말이 있으십니까?"
마야는 대답없이 문을 다시 한 번 살폈다. 아무도 없는 방을 확인하듯 이리저리 돌아본 그녀는 악마금에게 걸어가기 시작했다. 그리고 악마금의 바로 앞에 다가섰을 때, 그녀는 악마금을 와락 끌어안아 버렸다.
"이, 이런!"
악마금은 난생처음으로 멍한 듯 입을 벌리더니 난감한 표정을 지었다. 갑자기 이런 일이 자신에게 왜 벌어졌는지조차 알 수 없다는 얼굴로 마야를 바라보았다. 만약 누군가가 이 장면을 봤다면 그는 만월교를 떠나야 하는 사태까지 벌어질 상황이었다.

　문제를 일으키고 싶지 않았고 만월교에 있는 것이 아직은 그리 싫지 않았던 그였기에 급히 마야의 어깨를 잡아 밀쳤지만 마야가 놓아주지 않았다. 더욱 꽉 끌어안으며 악마금에게 파고들었다.

　"왜, 왜 이러십니까?"

　"가만 있어라."

　"예?"

　악마금은 평소와 달리 강압적인 마야의 말투에 경악하며 몸을 경직시켰다. 그리고 잠시 후 느껴지는 따스한 감촉과 그 후로 또 느껴지는 여인 특유의 상큼한 향기가 그의 전신 감각을 자극시켰다.

　'이거 정말 왜 이러는 거야? 소교주만 아니었다면…….'

　내심 그런 생각을 했지만 역시 어쩔 수는 없었다. 잠시 후 악마금을 안은 채 마야가 그의 얼굴을 올려다보았다. 순간 악마금이 인상을 찡그렸다. 마야가 눈물을 글썽이며 이런 말을 했기 때문이다.

　"보고 싶었단 말이야. 왜 찾아오지 않았어?"

　"무, 무슨 말씀이신지……."

　"지아는 내가 보고 싶지 않았단 말이야?"

　점점 더 황당해지는 악마금이었다. 도대체 무슨 대답을 원하며 이런 말을 하는지는 모르겠지만 난감해지기는 시간이 갈수록 더해졌다. 잠시 허탈한 한숨을 쉰 악마금이 이번에는 그녀를 강경하게 밀치며 입을 열었다.

　"무슨 일이십니까? 장난이 심하시군요."

　"내가 지금 장난하는 걸로 보여?"

"아니, 그런 것은 아니지만……."

악마금은 태어나서 처음으로 진땀이라는 것을 흘렸다. 평소와 완전히 다른 모습이 소교주 마야에게도 웃기게 비친 모양인지 마야가 눈물을 훔치며 피식 웃었다.

"너에게도 그런 면이 있구나?"

"무, 무슨 소리입니까?"

인상을 쓰는 악마금을 향해 마야는 더욱 환한 미소를 지었다.

"지금 표정은 귀여워!"

"……."

'지금 무슨 말을 하는 거지? 만월교에서 헤어지기 전 날 대한 것과 완전히 다르잖아!'

생각과는 달리 악마금은 아무 말도 하지 않았다. 아니, 할 수가 없었다. 잔뜩 인상만 쓴 채 표정을 숨기려 고개를 창밖으로 돌리고 있을 뿐이었다. 잠시 어색해진 침묵을 돌리기 위해 악마금이 헛기침을 하며 화제를 바꾸었다.

"흠흠, 아무튼 적들의 손에서 잘 버티셨습니다. 원하는 것이 있으시면 말씀하십시오. 이번에는 제가 선물을 드리지요."

"정말?"

정색을 하며 물어오는 마야를 대하자 말을 꺼내고도 약간 찜찜해지는 악마금.

그는 이내 고개를 끄덕였다.

"말씀해 보세요."

"음……."

마야는 곰곰이 생각하기 시작했다. 이번 기회에 단단히 받아내겠다는 듯한 표정으로 고심하는 그녀를 보며 악마금은 더욱 불안감에 휩싸였다.

'젠장, 내가 왜 이런 말을 꺼냈지? 게다가 이 녀석은 왜 이렇게 날 대하는 거야? 닭살 돋아 미치겠군!'

그가 그런 생각을 하고 있을 때 마야가 번쩍 고개를 치켜들었다. 그러자 깜짝 놀란 악마금이 슬며시 물었다.

"생각하셨습니까?"

"음, 그러니까……."

순간 마야가 얼굴을 홍당무처럼 붉게 물들이기 시작했다. 그 때문에 정말 신경이 곤두선 악마금이 재차 물었다.

"무엇을 받고 싶으십니까?"

"정말 원하는 것이 있으면 다 들어줄 거야?"

"말씀해 보십시오."

악마금의 말에도 선뜻 입을 열지 못하던 그녀가 결심한 듯 크게 한숨을 쉬었다.

"그럼 눈을 감아봐!"

순간 악마금의 눈이 부들부들 떨리기 시작했다.

"왜, 왜 그러십니까? 누, 눈을 감으라니?"

"아무튼 감아봐!"

"죄, 죄송하지만 그건……."

"그럼 됐어. 감지 않아도 돼."

악마금의 눈이 더 이상 커질 수 없을 정도로 커져 버렸다. 말도 채

잇기 전에 마야의 얼굴이 다가왔기 때문이다. 그리고 느껴지는 촉촉함은 악마금의 눈을 슬며시 감기게 만들었다.

아침 햇살이 창가로 비치는 가운데 두 남녀의 섞여 있는 그림자가 길게 드리워 벽에 잔상을 남기고 있었다.

"음!"

입속의 습기가 사라졌을 때 악마금은 눈을 떴다. 그리고 터질 듯한 심장의 두근거림을 느껴야 했다. 그것이 자신의 것인지 마야의 것인지 알 수도, 알고 싶지도 않았지만 아무튼 그는 재빨리 둘러대기 시작했다. 지금 이 어색한 상황을 벗어나고 싶었기 때문이다.

"지, 지금 바쁜 용무가 있어서 급히 가봐야 할 데가 있습니다. 나, 나중에 제가 찾아뵙지요."

그러면서 악마금은 도망치듯 자신의 집무실을 빠져나왔다. 문을 열자 마야의 호위들이 그를 바라보았다. 괜스레 마음이 찔린 악마금이 더없이 강렬한 살기를 띠며 나직이 으르렁거렸다.

"뭘 보나?"

살인적인 한기에 갑자기 안색을 굳힌 호위들이 움찔할 때 악마금은 급히 그곳에서 빠져나가 버렸다. 괜히 문 앞에 있다가 악마금의 짜증을 받게 된 호위들은 어깨를 으쓱하며 서로를 의아한 듯 바라볼 뿐이었다.

악마금이 나가고 마야도 멍하니 그 자리에 서 있었다. 그녀는 주문에 걸린 듯 손을 들어 자신의 입술을 쓰다듬었다. 아직도 지아의 여운이 남아 있는 것을 느끼며 그녀는 눈을 감았다.

"내, 내가 왜 그랬지?"

갑자기 창피함이 밀려왔지만 이미 일은 벌어진 후!

하지만 그녀의 마음에 후회의 감정은 없었다.

"소교주님, 괜찮으십니까?"

악마금이 싸늘한 살기를 뿌리며 나가자 걱정이 되어서 들어왔던 호위들의 물음에 마야도 인상을 썼다. 좀 더 여운을 즐기고 싶던 첫 경험의 그것을 호위들이 망쳤으니 짜증이 났던 것이다.

"내가 들어오라고 했느냐?"

"예?"

"내가 들어오라고 했느냐고 물었다!"

"그, 그런 것은 아니지만……. 저희들은 소교주님이 걱정이 되어서 그런 것이니……."

악마금에게 어이없이 당하고 소교주에게까지 질책을 듣자 호위들은 진땀을 흘릴 수밖에 없었다. 당최 자신들이 왜 이런 대접을 받아야 하는지 알 수 없다는 표정을 지으며 난감한 듯 고개를 숙였다.

"죄송합니다."

"알았으면 내가 들어오라고 할 때까지 방해하지 마! 알겠느냐?"

"아, 알겠습니다."

* * *

"재미있네."

거대한 회의실 태사의에서 장난기 가득한 여인의 목소리가 흘러나왔다. 여인의 손은 부단히 서류 뭉치를 뒤적거리고 있었다. 내용은 적룡문에서 있었던 일이다.

"들키지 않았겠지?"

그녀의 말에 기립해 있던 복면인이 고개를 끄덕였다.

"당연하지요. 우리 모양각의 정보 실력은 최고입니다."

말과 함께 복면인은 묘한 목소리로 바꾸며 말을 이었다.

"일사께서는 어찌 수하들의 실력을 믿지 못하십니까?"

"호호, 내가 그랬어?"

"그럼요. 은근히 저희들을 무시하는 경향이 있으십니다."

"웃기는 소리 하지 말고, 그에 대해서 말해 봐!"

"서류에 적혀 있지 않습니까?"

"이런 겉으로 드러난 것 이외의 것을 묻는 거야."

"그에게 왜 그렇게 관심을 보이십니까?"

"내가 그렇게 보여?"

"그렇습니다."

"그럼 관심있다고 쳐!"

그녀의 말에 복면 안으로 드러난 눈빛이 꿈틀거렸다.

"장난하지 마십시오. 그자는 아주 위험한 자입니다."

"어떤 면에서?"

"무공 실력이야 적룡문에서 공식적으로 알려졌으니 더 이상의 설명은 필요없겠죠. 하지만 성격은 정말 뭐 같습니다."

그러자 여인이 키득거렸다.

"얼마나 괴곽하기에 그러는 거지?"

"괴곽한 정도가 아닙니다. 정말 잔인하지요."

"잔인하다……."

"그렇습니다. 정보원들의 주관적인 정보에 의하면 앞뒤를 전혀 가리지 않는다고 들었습니다. 누구든 거슬리면 손속에 사정을 두지 않습니다. 뿐만 아니라 정말 생각할 수도 없는 방법을 마음껏 벌여놓지요."

"흠, 그럼 그 벌인 일은 어떻게 됐어? 성공했어?"

"묘하게 실패한 적이 없는 것으로 알려졌습니다."

"그럼 황당한 자는 아니군. 성공을 했다는 말은 계획이 철저했다는 것을 의미하니까."

"하지만 말했다시피 정말 말도 안 되는 일을 벌이는 데 뭔가 있는 놈입니다."

"그래서 관심이 가는데? 이자의 신상에 대해서 알아낸 것은 없어?"

"없습니다. 만월교에서는 알고 있을지도 모르겠지만 지금으로서는 전무합니다."

"가족이나 친구들, 혹은 대인 관계는 어때?"

"친구라기보다는 수하들이 있고, 지시가 떨어지면 행동하는 독불장군이라고 보시면 됩니다. 성격이 폐쇄적이고 사람 사귀는 것을 상당히 꺼리는 자입니다."

"음… 그럼 안 되겠군."

"무슨 말씀이신지?"

"생각을 해봐. 이자의 실력은 이미 출가경이야. 그것도 추정 나이가 서른이 안 되지. 앞으로 엄청난 발전을 이룰 수 있는 자 아냐?"

"그렇지요."

"그런 자가 우리 모양각의 일원이 된다고 생각해 봐. 이자 하나만 있어도 웬만한 문파 하나보다 강한데 그 이득이 얼마겠어?"

"하하하하!"

복면인이 호탕하게 웃자 여인이 아미를 찡그렸다.

"왜 웃지?"

"역시 일사다운 생각 같아서요. 결국 모양각의 이득을 생각하시는군요."

"호호, 그럼 내가 무엇 때문에 이런 안하무인에게 관심을 보이겠어? 난 이래 뵈도 남자 보는 눈이 높아. 알면서?"

애교 섞인 그녀의 말에 복면인은 속으로 키득거렸다. 그러더니 문득 생각난 듯 입을 열었다.

"아! 한 가지 빠진 것이 있습니다."

"……?"

"이자는 연주 실력이 상당히 뛰어납니다."

"연주 실력? 어떤 악기?"

"금과 피리의 연주 실력이 상당히 뛰어나다고 합니다. 다른 악기도 다룰 수 있을 것으로 추정됩니다. 그리고 악기에 대한 자부심이 뛰어난 것 같다는 보고도 있었습니다. 물론 주관적인 보고이지만……. 지금까지의 정보로 보아 음악에 관심이 있거나 그의 음악에 관심을 보이는 자에게 한해서는 상당히 친절했다고 합니다."

"음, 꼴에 그런 면도 있었네. 하기야 모든 면에서 괴팍할 수야 없지. 인간적인 면도 있어야 세상 살 맛이 나는 것 아니겠어?"

"그렇지요."

"알겠어. 보고는 이게 끝이지?"

"그렇습니다. 따로 지시할 사항이 있으십니까?"

"아니, 지금은 우리 같은 살수들이 나설 때가 아니야. 나설 때라 하더라도 손해지. 그저 지켜보며 어부지리를 얻으면 되는 거야. 대신 최대한 많은 정보를 긁어모아 봐. 나중에 분명 써먹을 일이 있을 테니까. 그런데……."

"……?"

"만월교는 어떻게 됐지?"

"아직 뚜렷한 정보를 구할 수는 없습니다. 얼마 전 적들의 주력 부대로 보이는 고수 집단 사백여 명 정도가 빠져나간 것 이외에는 특별한 것이 없습니다."

"무슨 생각을 하고 있는 걸까? 만월교의 늙은 여우 말이야?"

"글쎄요. 워낙 꿍꿍이를 숨기는 족속들이니 알 수가 없지요. 확실한 것이 있다면……."

"있다면?"

"아직은 참고 기다리는 느낌이랄까요? 조만간 혈풍이 불어닥칠 것입니다. 그들이 기다리는 것이 무엇인지는 모르겠지만 비장의 한 수는 숨기고 있을 겁니다. 그렇지 않고서야 단일 세력으로 귀주 통합을 외칠 바보들은 아니니까요."

"그렇다면 너는 어디에 붙었으면 좋겠어?"

"무슨 뜻입니까?"

"귀주 전체와 만월교 중에 골라보라고."

"흠!"

잠시 침음을 흘리며 생각하던 복면인이 조심스럽게 입을 열었다.

"그래도 귀주에 붙는 것이 낫지 않겠습니까?"

"훗, 바보!"

그녀의 빈정거림에 복면인은 몸을 꿈틀거렸다.

"예? 그럼 일사께서는 만월교에 붙을 생각이십니까?"

"역시 넌 둘 중 하나를 고르라 물으면 그것밖에 생각을 안 해. 아니지, 너뿐만이 아니라 사람들 대부분이 그래."

"그럼 일사께서는 어떤 생각을 가지고 계십니까?"

그의 물음에 여인은 대답하지 않았다. 한참 동안 미소만 짓고 있던 그녀는 자리에서 슬며시 일어섰다.

"나 졸려."

실내의 분위기에 전혀 맞지 않는 말이었지만 왠지 장난기 가득한 그녀의 표정과 행동에는 전혀 어색함이 없었다. 피식 웃음을 흘린 복면인이 고개를 저으며 물었다.

"또 주무실 생각입니까?"

"그래. 아무리 자도 자꾸 졸리는 것은 왜일까? 혹시 아이를 가진 건 아니겠지?"

"무, 무슨 말씀이십니까!"

버럭 소리를 지르는 그를 재밌다는 듯 상큼하게 웃으며 내려다보던 그녀가 몸을 돌리며 말했다.

"그만 잘 테니까 깨우지 마, 알겠어?"

"어련하시겠습니까."

"알면 가봐! 귀찮게 하지 말고."

제21장
의문의 사건

 귀주에도 무더운 여름은 가고 어느덧 가을이 다가왔다. 하지만 언제나 그렇듯 이곳의 가을은 아직도 더운 열기를 토해냈다.
 꽃은 피면 떨어진다는 불변의 진리를 대변하듯 태양은 지고 선선한 바람이 불어오기 시작했다. 그리고 달이 중천에 걸렸을 때, 육반수(六盤水)에 위치한 천부당(千符堂)의 인근 숲 속에 몇 개의 눈빛들이 번뜩였다.
 나무에 몸을 숨기며 천부당을 내려다보던 인물은 모두 세 명! 그중 하나가 음침한 웃음을 흘렸다.
 "호호호, 우리가 첫 번째 실험용이라니, 기분 나쁘면서도 왠지 흥분되는군!"
 잘생긴 외모, 눈이 예뻐 전체적으로 부드럽게 생긴 얼굴과는 달리

부조화를 이루는 표정이 묘했다. 그의 말에 옆에 있던 자가 피식 미소를 지었다. 그는 더욱 특이한 외모였다. 언뜻 보기에는 남자임이 분명한데… 화장을 하고 있었다. 그런데도 모습이 상당히 매력적으로 보인다는 것이 특이한 점이었다. 목소리도 중성적인 것이 사람들을 혼란스럽게 만드는 면이 있는 자였다.

"오호호, 그런 흥분은 나에게 한번 느껴봐!"

그 말에 눈이 예쁜 사내가 험악한 인상을 썼다.

"죽고 싶어?"

"왜 그래? 내가 마음에 안 들어?"

"다른 놈에게 가서 알아봐!"

"호호, 너는 그게 문제야."

"……?"

"사람은 감정에 솔직해야 해. 느껴봐, 어릴 때 만월교로 들어와 제대로 남자 구실 한 적이 있어? 주위에 나 같은 매력적인 아이들이 얼마나 많은데 참고 지내?"

"빌어먹을 자식. 여차하면 목을 따버릴 수 있으니까 조심해."

"호호, 그러서?"

살기를 띤 그의 표정을 보며 화장을 한 중성(?) 또한 차갑게 눈을 번뜩였다.

"나에게 실력이 안 될 텐데 죽일 수 있을까 몰라?"

"한번 붙어볼까?"

서로 극강의 한기를 뿜어내기 시작할 때 또 다른 사내가 끼어들었다. 그 역시 여인과 같은 아름다운 외모였지만 머리를 짧게 잘라 애처

로운 분위기를 풍겼다. 흡사, 여인 같은 외모를 버리고 싶어하는 수줍음 많은 사내 같다고나 할까. 하지만 목소리는 듣는 사람이 소름이 돋을 정도로 음산하고 나직했다.

"죽기 싫으면 모두 조용해라."

순간 눈이 예쁜 사내와 중성사내가 발끈했으나 이내 꼬리를 말았다. 부대주 악마천경(樂魔天京)의 실력은 악마대에서 세 손가락 안에 드는 극강의 고수였기 때문이다. 거의 화경에 근접하여 음강까지 사용하는 그는 현재 '단전의 한계'에 부딪쳐 화경이 되느냐 마느냐의 기로에 서 있었다. 그것으로 보아 공손손의 말마따나 음공이 속성 무공인 것이 증명된 셈이었다. 이십대 중반도 되지 않은 악마대의 대부분이 이미 이 갑자의 내공은 훌쩍 넘긴 상태였으니 말이다.

조용해진 침묵 속에서 중성적인 매력을 풍기는 악마희(樂魔嬉)가 투덜거렸다.

"언제 시작할 거야?"

부대주 악마천경에게 물은 말이었지만 악마대에서는 지휘가 높든 낮든 모두들 하대를 했다. 십수 년간 같이 수련을 받았다는 동료애적인 면도 있었지만, 그보다 그들 모두가 남들을 인정하지 않는 이상한 버릇이 있었기 때문이다.

그런 면에서는 악마금과 상당히 유사한 성격들이었다. 특히 최근 일 년간 진법 수련을 하면서 성격들이 많이 바뀌어져 있었다. 공손손 장로가 그들이 자신의 지시를 제대로 따르지 않아 골머리를 썩을 정도로 말이다.

악마희의 말에 천경 대신 악마진(樂魔縉)이 대답했다.

"시작이야 오늘 밤 아무 때나 상관없지만, 왜 우리가 적룡사들과 같이 행동해야 하는 건지 모르겠군! 솔직히 그 녀석들 행동이 눈에 거슬려!"

악마희도 고개를 끄덕이며 동조했다.

"맞아! 말을 걸어도 대답도 없고. 뭐가 잘났다고 그러는지……. 생각 같아서는 그 부리부리한 눈을 찔러 버리고 싶었다니까? 호호호!"

"모두 조용해! 이 정도 문파는 우리끼리도 충분하지만 이번 임무는 합동 작전이다. 얼마나 우리와 본 교의 주력 부대가 잘 어울리는지 확인하기 위한 실험이니 잔말 말고 연락이 올 때까지 좀 더 기다려."

그래도 악마희는 할 말이 많은 모양이었다. 무서운 악마천경의 엄포에도 불구하고 입을 열었다. 하지만 조금 전보다는 훨씬 작은 목소리였다.

"그런데 악마대의 대주라는 녀석은 왜 얼굴이 안 보여? 진법 수련도 모두 빠지고."

"글쎄… 확실히 뛰어난 놈이라고는 들었는데……."

"예전 사부님에게 시험을 받을 때, 그 녀석을 잠깐 본 적이 있었어. 확실히 뛰어났기는 했는데 시간이 많이 흘렀으니……. 더 강해졌을까?"

"모르지. 수련만 한다고 강해지지는 않으니까. 그래도 특별 임무를 띠고 나간 것을 보면 강해지기는 했겠지."

그러면서 악마진이 킥킥거렸다. 그 모습을 보고 악마희가 미간을 찌푸리며 고개를 갸웃거렸다.

"왜 그래?"

"아니, 너 그 녀석 보더라도 다른 사람 대하듯 하지는 마라."

"무슨 소리……?"

"키킥, 내가 상관할 바는 아니지만, 그래도 너와 일 년간 같은 조로 생활했으니 걱정돼서 그런다."

말과 함께 입을 가리며 웃는 그가 띄엄띄엄 말을 이었다.

"다른 남자들에게 대하듯 징그럽게 행동한다면 악마금이라고 했던가? 그 녀석이 어떻게 행동할지 궁금하군. 성격이 장난이 아닐 것 같은데 말이야."

"왜 그런 소리를 해? 난 이래 뵈도 눈이 높아. 호호호!"

"조용!"

악마천경의 말에 두 명의 이상한 사내들은 침묵을 지키며 청력을 끌어올렸다. 그러자 누군가가 다가오는 소리가 들렸다. 잠시 후 그리 멀지 않은 곳에서 나직한 목소리가 들려왔다.

"악마대!"

그 말에 악마희가 두 눈을 번뜩였다.

"시작할 때가 왔네."

세 명은 소리가 들리는 쪽으로 조심스럽게 접근했다. 그러자 사기를 풀풀 풍기는 마인 하나가 적의를 입고 사방을 살피고 있는 것이 보였다. 악마대원들이 그를 보며 모습을 드러냈다.

"준비는 됐소?"

악마천경의 물음에 적의인은 고개를 끄덕였다.

"그렇소. 지금 이십 명이 대기를 하고 있소. 그런데 이 숫자로 가능하겠소?"

"천부당은 천 명 정도로 알고 있는데 아니오?"

"맞소. 하지만 상당히 실력있는 집단이지."

"그건 걱정 마시오. 진법이 구성되어 소리가 퍼지면 웬만한 내력을 가진 이가 아니라면 대부분 이각을 넘지 못하고 저 세상으로 갈 것이오. 그리고 살아남는 내가고수가 있다 하더라도 자신도 모르게 상당한 내상을 입은 상태."

"흠, 그렇다면 다행이군! 그런데 우리에게는 피해가 없소?"

"대기 중인 장소를 말해 보시오. 장소만 알고 있다면 조절할 수가 있소. 눈에 보이면 조절할 수가 있지만, 이번은 워낙 광범위하게 음공을 시전해야 하기에 정확한 장소를 알아야 하오."

"천부당 동쪽 숲에 대기하고 있을 거요."

악마천경은 고개를 끄덕였다.

"좋습니다. 정확히 반 시진 후 시작하지요. 음공이 시작된 후 삼각 후에 투입하시오."

마인은 고개를 끄덕인 후 사라졌다. 그리고 반 시진 후 천부당의 고수들은 은은한 악기 소리를 들을 수 있었다. 어디에서 누가 연주하는지는 알 수 없었지만 소리가 좋았기에 별 신경을 쓰지 않았다. 자신들이 서서히 죽어가고 있다는 것도 모른 채……

* * *

"놀라운 일이 벌어졌습니다."

헐레벌떡 들어선 장로의 말에 적룡문주 야일제가 인상을 찌푸렸다.

그는 예의없는 장로를 바라보며 나직이 한마디 했다.

"뭐가 그렇게 소란이시오?"

하지만 장로는 전혀 개의치 않았다. 도리어 인상을 찌푸리며 외쳤다.

"천부당이 하루아침에 전멸했습니다."

"뭐? 무슨 소리요? 천부당이라면 귀주 서쪽 육반수에 자리잡고 있는 곳이 아니오?"

"그렇습니다."

적룡문주는 놀라운 일에 이내 장로에 대한 질책은 접어버렸다. 대신 의아함을 드러내며 재차 물었다.

"그 전멸이라는 것이 어떤 것이오? 정말 모두 죽었다는 말씀?"

"그렇습니다. 정말 천부당 내에 살아남은 자 하나없이 모두 죽어 있었다고 합니다."

"허! 그럴 리가? 어떻게 공격을 당했기에 그럴 수가 있다는 말이오?"

"그것이 더욱 놀랍습니다."

"놀랍다니?"

"육반수 인근에 자리잡고 있던 주위 문파들이 조사를 했사온데, 거의 팔 할에 가까운 시신들이 별다른 상흔이 없다는 것입니다."

"상흔이 없어? 그럼 어떻게 죽었다는 말이오? 중독?"

"그것을 알 수가 없다고 했습니다. 기혈이 뒤틀려 있고, 몸속의 오장육부가 다 뒤틀렸는데도 상흔이 전혀 없다면 중독일 가능성도 있지만, 그 많은 사람들이 중독을 당했다는 것은 불가능에 가깝습니다."

"오장육부가 뒤틀렸다면 내상인데……. 그 정도 내상을 입히려면 분명 외부의 충격이 있어야 가능한 것. 도대체 뭐지?"

문득 야일제가 생각난 듯 물었다.

"좀 전에 팔 할이라고 했소?"

"그렇습니다. 남은 이백여 명 정도도 상당한 내상을 입은 상태였지만 그들은 검과 도에 베인 흔적들이 있었다고 합니다."

"흠, 공통점은 없소?"

"있습니다. 모두 일검에 당한 것 같았다는 정보입니다. 제대로 반항도 하지 못했다는 것이죠."

"허, 그럴 수도 있나? 아무리 기습이라지만……."

순간 야일제가 경악한 표정을 지었다.

"설마 만월교?"

장로 또한 어두운 안색이 되었다.

"그럴 가능성도……. 하지만 어떻게 그 정도 힘을 발휘했을까요?"

"글쎄… 그때 부교주가 말했던 고수 양성이 끝났을 수도 있겠지. 하지만 아무리 그래도 조금의 흔적도 남기지 않고 전멸시키다니……. 놀랍군. 다른 문파의 움직임은 어떠한가?"

"모두 제각각의 반응을 보이고 있습니다. 만월교의 소행이라고 추측하는 조짐도 보이고, 또 다른 세력이 은밀히 귀주를 노린다는 추측도 있지요."

    *   *   *

귀주 전체가 돌연한 사태에 놀라고 있을 때 만월교의 회의실에서는 또 다른 귀주 통합의 계획을 짜고 있었다.

천부당의 사건은 대만족! 모두들 악마대의 힘에 새삼 놀라움을 드러냈다.

"악마대 세 명. 적룡사 스무 명. 도합 스물세 명으로 천 명의 고수를 보유한 천부당을 한 시진 만에 전멸시켰습니다. 이번 일로 인해 귀주 전체가 혼란에 빠진 상태입니다. 은밀한 움직임으로 우리 측의 정보를 빼내려 노력하고 있는 모양이지만 화령 장로가 역공작을 펼치고 있으니 염려하지 않으셔도 됩니다."

통천 장로의 보고에 교주는 고개를 끄덕였다.

"바야흐로 본 교의 남무림 통합 계획이 시작된다. 천부당 건은 그저 실험일 뿐. 이제 악마대의 힘이 확실히 밝혀졌으니 그들을 이용해 만월교의 위상을 알릴 것이다."

"교주님의 명을 받들겠습니다!"

장로들이 동시에 외치자 교주가 다시 말을 이었다.

"우선 지금 본 교에 남아 있는 주력 부대를 개양 분타로 옮겨라. 인원은 흑룡사 전원과 적룡사 절반이다. 그곳을 거점으로 무력 시위를 벌일 것이며 귀주의 시선을 끌어 모은 뒤, 뒤로는 악마대를 투입해 귀주 각 지역에 퍼져 있는 문파들을 회유, 또는 전멸시킬 것이다."

"알겠습니다."

"그럼 지금부터는 악마대의 공격 방향이다. 가장 회유하기 손쉬운 문파들과 그렇지 않은 문파를 분류하고, 가까운 문파와 그렇지 않은 문파를 분류하는 것이 우선이다. 모든 것이 정해지면 순서대로 계획을 실행해야 한다. 하지만 모든 것은 비밀에 붙여야 하며 목표가 되는 문파에게는 은밀히 항복을 권유하는 것도 잊지 말아야 할 것이다."

그러자 모양야가 슬며시 입을 열었다.

"본 교에서 주력 부대가 빠져나간다면 그에 대한 대비도 해야 할 것입니다. 또 은밀히 이행한다 하더라도 귀주 또한 수많은 정보 단체들이 있으니 언젠가는 알려질 수밖에 없습니다. 그에 대한 대비도 해야 합니다."

"알고 있다. 그래서 악마대를 전부 빼지는 않을 것이다. 악마대 이백 명은 언제나 본 교로 통하는 주요 길목에 배치를 시켜 혹시 모를 적들의 기습에 대비해라. 그리고 악마대에 대해 알려지는 것은 상관없다. 어차피 그때쯤이면 우리 만월교가 귀주를 통합했을 시기일 것이니까."

자신감이 묻어나는 그녀의 말에 장로들이 다시 한 번 고개를 숙였다. 그 후 그녀가 은근한 미소를 지으며 회의실 마지막 자리를 차지하고 있는 공손손을 향해 말했다.

"그동안 수고했다. 본 교가 귀주를 통합하고 더 나아가 남무림을 규합한다면, 그 모든 것이 공손손 장로의 공임을 잊지 않겠다."

공손손이 깊숙이 고개를 숙여 예를 표했다.

"황송할 따름입니다. 오히려 제가 교주님께 감사를 드립니다."

제22장
부탁

악마금이 개양 분타에서 지낸 지 삼 개월에 접어들었을 때, 선선한 가을바람을 맞으며 한가로이 정원에서 금을 타고 있었다. 사실 평소의 그가 지금처럼 한가하지는 않았다. 매일마다 전해지는 서류 더미를 살피며 일 처리를 하느라 정신없이 바쁜 나날을 보내고 있었기 때문이다.

특히, 며칠 전 총단에서 주력 부대인 흑룡사의 남은 인원과 적룡사 절반이 왔기에 더욱 처리해야 할 일이 많을 수밖에 없었다. 그 때문에 분타의 힘이 강력해졌고, 당연 귀주무림 세력들이 모두 개양의 분타를 견제하기 시작했다.

그것은 좋았다. 어차피 악마금 자신이 그것에 크게 신경 쓰는 예민한 성격이 아니었으니 말이다. 하지만 정작 그를 괴롭히는 것은 삼 개월 전 집무실에서 마야와 있었던 불쾌한 사건이다.

처음 도균에서 만월교로 복귀 후, 마야를 보았을 때는 그녀를 이용할 가치가 충분하다는 생각에 나름대로 잘해주었을 뿐이었다. 그런데 그것이 문제였던 모양이다.

사춘기 소녀의 감성을 자극했던 것일까!

시간이 지날수록 마야의 관심이 심해지는데, 악마금은 그녀를 삼 개월 동안 이 핑계, 저 핑계를 대며 피해 다녀야 했다. 그 덕분에 그간 몇 번 본 적이 없었지만, 은근히 압박이 되는 것은 사실이었다. 아직 어린 소녀로밖에 보이지 않는 그녀를 어떻게 대해야 할지 난감하기만 했다.

'어떻게 한다……. 계속 피해 다닐 수도 없고. 젠장! 이용 가치가 있기는 한데……. 닭살 돋게 행동하는 것이 짜증난단 말이야!'

"젠장!"

몇 번이나 욕지거리를 내뱉은 그는 다시 금을 잡았다. 처음부터 잘해주는 것이 아니었다는 생각이 들기 시작했다(사실 잘해준 것은 하나도 없었지만).

띠딩!

악마금은 다시 금을 타며 짜증나는 마음을 달래기 시작했다. 하지만 그런 휴식도 그에게는 사치라는 듯 정원으로 현령이 들어서며 고개를 숙였다.

"빌어먹을, 잠시도 쉴 시간을 주지 않는군!"

금을 옆으로 치운 악마금이 자리에서 일어서며 물었다.

"뭔가?"

"보고드릴 사항이 있습니다."

"중요한 일인가?"

"그런 것은 아니지만 미리 알고 계셔야 할 것 같기에……."

악마금이 의아한 표정을 짓자 현령이 말을 이었다.

"제가 내일 도균에 가야 할 것 같습니다."

"도균?"

"그렇습니다. 그곳에 약간의 문제가 생길 요지가 발생했습니다."

"문제가 생길 요지? 거기는 이미 우리와 동맹을 맺은 문파들이 많지 않나? 문제가 될 만한 사항은 없을 텐데?"

"아닙니다. 아직은 드러나지 않아 눈에 띄지는 않지만 개리의 혈천문이 압력을 가하고 있는 모양입니다."

"혈천문?"

"그렇습니다. 전에 제가 말씀드린 적이 있을 겁니다."

"흠, 고수들이 많기로 유명한 명문이었던가?"

"화경의 고수를 무려 다섯 명이나 보유하고 있는 곳이죠."

"맞아, 기억나는군! 그런데 그들이 어떻게 압력을 가하고 있다는 말인가?"

"혈천문이 오백 명이나 되는 절정의 고수들을 연합인 정화문에 지원 보냈습니다. 정화문은 도균과 개리의 중간에 위치한 곳이기에 만독부 등에게 상당한 위협이 되는 것이 사실입니다. 제가 가서 그들의 의도를 알아보고, 동맹 문파에 찾아가 문제가 될 상황이 발생할 시에 지원을 해주겠다는 확답을 줄 생각입니다. 그들의 불안을 본 교에서도 해소시켜 주라는 지시가 떨어졌고요."

"흠……."

잠시 생각하던 악마금이 갑자기 두 눈을 번뜩였다. 순간 머리 속을 스치는 생각이 있었기 때문이다. 그는 지금 분타의 이 지긋지긋한 생활을 벗어버릴 수 있는 좋은 기회를 놓칠 수가 없었다.

"자네는 그냥 있게."

"예? 그럼……?"

"내가 가도록 하지."

현령이 난감한 어조로 입을 열었다.

"그럴 수는 없습니다. 이곳은 본 교의 계획에서 가장 중요한 요충지입니다. 대주께서 가버리시면 총관 직은 누가 맡습니까?"

"자네에게 당분간 일임하면 되지 않나?"

"허!"

현령은 쓴웃음을 머금으며 무책임한 상관의 상판을 바라보았다.

그의 성격은 이미 몇 번 겪었기에 알고 있다. 하지만 해도 너무하다는 생각에 반박을 하고 나섰다.

"이번 일은 그리 중요한 일이 아닙니다. 제가 가도 충분한 일이니 대주께서는 이곳을 맡아주십시오."

"중요한 일이 아니다?"

악마금이 어깨를 으쓱했다.

"글쎄… 과연 그럴까? 만약 혈천문의 의도가 만월교에 대한 정면 도전이라면 어쩔 텐가? 그리고 무슨 일이 생긴다면 자네가 감당할 수 있겠나?"

"……!"

"내가 가지."

할 말을 찾고 있는 현령에게 쐐기를 박아버린 악마금이었지만 이번에는 현령도 질 수 없다는 투로 유용을 걸고 넘어졌다.

"유용 장로님의 허가도 떨어지지 않을 겁니다. 괜히 문제가 일어나기 쉬우니 그냥 계시는 것이 좋을 것 같습니다."

"유용 장로? 상관없어. 내가 직접 허락을 맡도록 하면 될 것이 아닌가! 또 다른 문제는?"

있을 리 없다. 악마금이 이렇게 강경하게 나오고 있으니 현령으로서도 마음을 돌릴 수 없다는 것을 알고 있었다. 언제나처럼 푸념 어린 표정으로 고개를 저을 뿐.

내심 한숨을 쉬며 고개를 숙였다.

"없습니다. 하지만 본 교에는 보고를 올리도록 하겠습니다."

은근한 협박은 역시 악마금에게 먹히지 않았다.

"그렇게 하게."

"그런데 자신있으십니까? 유용 장로님은 대주를 그리 탐탁지 않게 생각하고 계신 것 같던데요."

순간 악마금이 음흉한 웃음을 흘렸다.

"흐흐흐, 내게 따로 생각해 놓은 것이 있으니 걱정할 필요는 없어. 그런데 소교주님은 요즘 뭘 하고 지내시지?"

"유용 장로님께서 무림 사정과 경제적인 부분을 따로 시간 내어 가르친다고 들었습니다. 그 외에도 무공 수련과 업무 파악을 하는 데 바쁘신 것 같습니다. 그런데 왜 그러십니까?"

"아니야. 자네는 볼일 보게."

"알겠습니다. 그럼 저는 이만 가보겠습니다."

유용 장로의 고집은 절대 꺾을 수 없을 것이라 믿는 현령은 '어디 한 번 해봐라'라고 생각하며 자리를 떠났다. 하지만 그가 사라지자 악마금은 더욱 의미심장한 미소를 지었다. 그가 바라보고 있는 곳은 내원 쪽이었다.

유용 장로가 무슨 소리를 하며 반대를 하든 그는 상관이 없었다. 그에게는 최후의 수단이 있었으니까. 유용이 말린다고 들을 그도 아니었지만 문제를 일으키고 싶은 생각은 없었다. 그렇기에 어쩔 수 없이 그는 소교주를 생각하고 있었다.

그녀의 명이라면 유용도 어쩔 수 없을 것이기 때문이다. 한동안 보지 못했던 그녀를 오늘 저녁 찾아가기로 마음먹었다. 그녀가 어떤 반응을 보일지 알 수는 없었지만 왠지 불안한 마음이 드는 것도 사실.

"어쩔 수 없지. 이용 가치는 충분히 있는 녀석이니까. 흐흐흐."

그날 초저녁 하늘이 붉게 물들기 시작할 무렵, 바쁜 소녀가 있었다. 그녀의 손은 보이지 않을 정도로 움직이며 침상 위에 수북이 쌓인 옷가지를 이리저리 뒤척이고 있었다.

그리고 불만 어린 목소리!

"어떻게… 마음에 드는 것이 없어."

벌써 열 번은 넘게 내뱉은 말에 고통스러운 것은 시비 쪽이었다. 어떤 옷을 가져다주어도 볼멘소리를 하며 안절부절못하고 있으니 난감하다 못해 불안하기까지 했다.

"소교주님께서는 무엇을 입어도 잘 어울리세요."

사실일 수도 있고, 거짓일 수도 있지만 시비가 할 수 있는 최선의 말임에는 분명하다. 하지만 마야는 한숨을 폭 쉴 뿐. 결국 시녀가 극찬한 옷 한 벌을 고를 수밖에 없었던 그녀는 장신구를 고르기 시작했다. 그날 저녁까지 시비를 괴롭힌(?) 마야였다.

모든 치장을 끝낸 후, 신경 써서 준비했던 소교주 전용 식당에 들어선 마야는 악마금이 오기만을 기다렸다. 이번 한 달 동안 그렇게 만나려고 해도 바쁘다는 핑계로 요리조리 잘도 피해 다니던 악마금이 야속하게 느껴졌지만 그런 기분은 지금 싹 사라져 버린 상태였다. 웬일로 악마금이 상의드릴 일이 있다며 같이 저녁을 먹자고 사람을 보내왔기 때문이다. 악마금이 자신을 피하는 눈치였기에 상심했던 그녀는 기쁠 수밖에 없었다.

잠시 후 시비가 들어오며 고개를 숙였다.

"총관께서 오고 계십니다."

그 말에 마야가 자리에서 벌떡 일어서며 환한 미소를 지었다. 자신의 옷을 내려다보며 마지막으로 확인했다.

"이상하지 않느냐?"

"아름다우십니다, 소교주님."

"고맙구나. 내가 지시를 내릴 때까지 들어오지 말아라."

"알겠습니다."

그녀가 말하는 사이 악마금이 식당으로 들어섰다. 그는 시비가 나가자 공손히 고개를 숙여 인사를 했다.

"오랜만이군요."

"어, 어서 와!"

마야는 얼굴을 살짝 붉히며 맞은편 자리를 가리켰다.
"앉아."
"감사합니다."
악마금은 자리에 앉으며 마야를 바라보았다. 그리고 언젠가 언뜻 들은 '여인은 칭찬에 약하다' 는 말을 기억해 냈다. 기억하고 있으니 실행을 하는 것은 그리 어렵지 않았다. 꽤나 신경 쓴 태가 나는 마야를 향해 웃으며 닭살이 돋기는 했지만 말을 건넸다.
"옷이 참 잘 어울리십니다."
"그, 그래?"
"네. 뭘 입어도 그러셨지만 오늘은 특히 더 아름다우시군요."
마야의 활짝 웃는 얼굴을 보며 악마금은 내심 인상을 썼다. 하지만 이미 내뱉은 말은 정정할 수 없는 것이다.
그는 표정을 고치며 마야와 식사를 시작했다. 소교주와의 식사였기에 풍성하게 차려진 음식들을 골고루 먹고는 있었지만 악마금 자신이 딴마음을 품고 있었기에 맛이 제대로 느껴질 리는 없었다. 그는 건성으로 음식을 먹은 후, 마야를 바라보며 넌지시 물었다.
"제가 사람을 시켜 알려 드렸는데, 들으셨습니까?"
"아! 부탁할 일이 있다고 그랬지?"
"뭐, 그런 것 때문만은 아니죠. 그 핑계로 소교주님과 저녁을 같이 먹을 수 있으니까."
악마금이 생각하기에도 말을 참 잘한다는 마음이 스치자 불현듯 이쪽으로 재능이 있는 것이 아닌가, 하는 엉뚱한 생각을 하며 쓰게 웃었다. 하지만 그것으로 마야의 표정이 더욱 붉어지며 수줍어하는 모습을 보며 어려운 만큼 대가는 큰 것이라는 것도 느꼈다.

"그런데 부탁할 것이 뭐지?"

악마금은 조바심을 내지 않았다. 대답없이 앞에 놓인 차를 한 모금 마신 후 뜸을 들였다. 그러니 마야가 오히려 조바심을 드러내기 시작했다.

"마, 말해 봐, 내가 할 수 있는 것이면 뭐든지 들어줄게."

"정말입니까?"

마야는 당연하다는 듯 고개를 끄덕였다.

"그럼 말씀드리지요. 이번에 도균에 가야 할 일이 생겼습니다. 그래서 제가 가볼 생각인데, 이곳을 비울 수가 없다고 하더군요."

"그래서?"

"소교주님이 허락을 해주시면 한결 제가 편해질 겁니다. 사실 유용장로께서 반대를 할 것 같은지라……."

은근히 말끝을 흐리며 말하는 그에게 마야가 이해할 수 없다는 듯 고개를 갸웃거렸다.

"왜 반대를 하지?"

"처음 이곳에 올 때 약간의 안 좋은 일이 있었습니다. 아시지 않습니까? 제가 남을 대하는 데 불손한 것을."

"음……."

마야도 그건 인정을 하는지 아무런 말을 하지 못했다. 그런 때를 놓치지 않고 악마금이 말을 이었다.

"요즘 업무가 바빠 쉬고 싶은 마음이 있었는데 어차피 그곳의 일도 중요할 것 같으니 제가 가고 싶습니다."

"내가 어떻게 하면 되겠어?"

"유용 장로께 따로 저를 보내라는 명을 내려주십시오. 그것만으로도 충분합니다."

"그것만 하면 돼?"

"그렇습니다."

"알겠어. 언제 출발할 거지?"

"내일 출발하겠습니다."

"그럼 오늘 밤에 유용 장로에게 말할게."

"감사합니다."

고개를 숙인 악마금을 향해 마야가 미소를 지으며 말했다.

"나에게 그런 말 하지 마."

"예?"

"우리끼리 있을 때는 그런 소리 하지 말라고. 너무 어색해!"

순간 악마금이 떨떠름한 표정을 지었다.

'나에게 도대체 무슨 마음을 품고 있는 거지? 젠장! 꼭 이렇게까지 해야 하나?'

생각과는 달리 악마금은 자신이 지을 수 있는 최대한의 부드러운 표정을 했다.

"그것이 불편하시다면 알겠습니다."

"참!"

"말씀하십시오."

마야는 살짝 새침한 표정을 지으며 악마금을 바라보았다.

"빨리 와야 해. 그 일도 중요하지만 너무 오래 여기 자리를 비우면 안 돼. 알겠지?"

"알겠습니다."

그날 저녁 식사를 끝낸 후 마야는 악마금과 더 있기를 바랐으나 결국 언제나 하는 바쁘다는 핑계를 대며 식사만 끝내고 가버렸다. 하지만 그것만으로도 기분이 좋았던 마야는 그의 부탁을 착실히 들어주기 위해 밤에 유용 장로를 급히 호출해 말했다.

"이번에 본 교의 동맹인 도균의 여러 문파에 사람을 보내야 한다고 들었다. 맞느냐?"

갑작스러운 질문에 유용은 고개를 갸웃거렸지만 이내 고개를 숙였다.

"맞습니다. 그런데 어떻게 아셨는지요?"

"그건 알 필요 없다. 그런데 누굴 보낼 생각이지?"

"크게 중요한 일이 아닙니다. 도균의 만독부 등에 우리 만월교의 지원을 약속하면 되는 것이니까요. 제가 지정한 자는 흑룡사의 부대주인 현령입니다."

그 말에 마야가 고개를 저었다.

"아니, 그자는 안 돼."

"예? 무슨 말씀이십니까?"

이곳 분타로 온 후 언제나 듣기만 하며 자신의 의견을 한 번도 말하지 않았던 소교주를 향해 유용은 의아함을 느낄 수밖에 없었다. 지금은 왠지 전에 느낄 수 없었던 소교주로서의 위엄이 서려 있었기 때문이다. 무엇인지는 모르겠지만 무언가 변화가 있었다는 것을 짐작한 그가 공손히 물었다.

"그럼 따로 생각하고 계신 자가 있으십니까?"

"그렇다."

"누구입니까?"

"악마금!"

순간 유용의 인상이 잔뜩 찡그려졌지만 감히 소교주 앞에서 드러낼 수는 없는 일, 자신의 실수를 인정하며 재빨리 표정을 감춘 그는 불쾌한 감정을 느끼며 공손히 반박(?)을 했다.

"하지만 악마금은 지금 분타에서 없어서는 안 될 인물입니다. 총관직까지 맡고 있으니 그가 없으면 일 처리 면에서 상당한 혼란이 일어날 수 있습니다. 다시 생각을 해주십시오."

"난 이미 정했다. 내일 아침 출발하기로 했다고 들었으니 준비를 하거라!"

그녀의 말을 들은 유용은 악마금을 이미 소교주가 만났다는 것을 짐작할 수 있었다. 어떤 수를 써서 그녀를 구슬렸는지는 알 수 없지만 더욱 불쾌해지는 그였다. 자신과 상의도 없이 마음대로 결정을 내리고, 마야에게 일방적인 통보를 하게 했으니 완전히 무시를 당한 셈이었던 것이다.

부글부글 끓는 분노를 억지로 참으며 그는 어쩔 수 없이 고개를 숙였다. 소교주의 명이 떨어진 상황에서 반대를 할 순 없기 때문이다. 이번 일이 크게 중요한 것이 아니고, 지금에서는 흑룡사와 적룡사까지 이곳을 지키고 있으니 문제가 될 것은 없었다. 하지만 목소리는 떨려 나왔다.

"아, 알겠습니다. 그렇게 처리를 하지요. 하실 말씀은 그것뿐이십니까?"

잠시 생각하던 그녀가 슬며시 물었다.

"그런데 유용 장로는 악마금을 어떻게 생각하느냐?"

"상당히 뛰어난 능력을 겸비하고 있다 생각합니다."

그러자 마야가 호기심 가득한 눈빛이 되었다. 아직 악마금에 대해서는 자세히 모르는 것이 사실이었으니 관심이 갈 수밖에 없었다. 교주의 말을 들은 후부터 악마금을 월랑으로 생각하고 있었던 그녀!

당연한 소녀의 호기심이 일어났다.

"어떤 점에서? 어떤 점에서 뛰어나느냐?"

말하기 싫었던 유용이었지만 결국 자신이 아는 바대로 설명을 시작했다.

"우선 무공에서는 본 교 최고 실력입니다. 게다가 대량 살상을 주특기로 하기에 단번에 많은 수의 적들을 상대할 수 있습니다. 그 외 수하들의 인솔 능력 면에서도 꽤 높은 점수를 줄 수 있습니다. 일 처리 면에서는 시간을 끄는 법이 없고, 한번 정한 일은 끝까지 밀어붙이기에 성공률이 높습니다."

"음, 그럼 성격은?"

"글쎄요……."

유용은 은근히 말끝을 흐리며 내심 웃었다. 잠시 후 그는 신중한 척 입을 열었다.

"아쉽게도 능력에 비해 성격에 장애가 많습니다. 윗사람에 대한 예의가 없으며, 고집이 강하기에 자신이 결정한 일이 잘못되었다는 것을 알면서도 고치질 않습니다. 뿐만 아니라 자존심과 자부심이 강해 남을 내려다보는 경향이 많습니다. 잔인한 면도 있으며, 손속에 사정을 두지 않아 같은 편이라도 적을 만들 수 있는 가능성이 있지요."

유용은 부단히 악마금의 단점을 찾아내며 말을 하는 데 바빴기에 마야의 표정이 굳어지고 있다는 것을 눈치채지 못하고 있었다. 그의 말이 끝나자 마야가 인상을 쓰며 기분 나쁜 투로 말했다.

"원래 능력없는 사람들은 능력있는 자를 시기하기 마련이다. 유용 장로도 그러느냐?"

"예?"

어안이 벙벙해진 유용이었다. 마야을 멍하니 바라보다가 순간 그 의미를 깨닫고 얼굴을 홍당무처럼 물들였다. 진땀까지 흘리며 소교주가 왜 자신에게 그런 소리를 하는지 머리를 굴리고 있을 때 그녀가 화가 난 듯 손을 저었다.

"됐으니 그만 가보거라!"

"허!"

자신도 모르게 실소를 흘린 그는 당황스러움에 몸을 떨다가 공손히 예를 표했다.

"아, 알겠습니다. 그럼 편히 쉬십시오."

도망치듯 방을 빠져나온 유용은 밤하늘을 올려다보며 자신이 무엇을 잘못했는지 생각하기 시작했다. 그 후 문득 떠오르는 생각에 고개를 갸웃거리며 인상을 찌푸렸다.

"설마?"

다시 고개를 젓는 유용.

"아니겠지?"

'소교주님은 악마금을 껄끄러워한다고 들었는데 그 사이 마음에 변화가 생겼을 리가 없겠지.'

하지만 아직 소교주 마야가 나이 어린 사춘기 소녀라는 것을 감안한다면 충분히 그럴 수도 있다는 불길한 생각이 들기 시작했다. 그러자 유용은 답답한 마음이 가슴을 짓누르는 것을 느낄 수 있었다.

그럴 일은 없어야 하겠지만, 만약 훗날 소교주가 교주 자리를 물려받았을 때 악마금을 월랑으로 지목한다면 자신이 정말 곤란해질 수 있었던 것이다.

어차피 먼 훗날의 이야기이겠지만, 문제는 교주가 되기도 전에 월랑으로 지목된다면 껄끄러워지는 것이 사실일 수밖에 없었다. 누가 뭐라고 해도 월랑은 소교주 자신이 직접 선택하는 권리였고, 월랑이 됐다는 말은 그 존귀한 교주와 정신적으로나 육체적으로 몸을 섞어 신성한 몸이 되는 것이니까. 당연히 자신보다 만월교에서의 신분이 높을 것이니 그때 가서 어떻게 될지는 알 수가 없는 일이 분명했다.

『음공의 대가』 제3권 끝

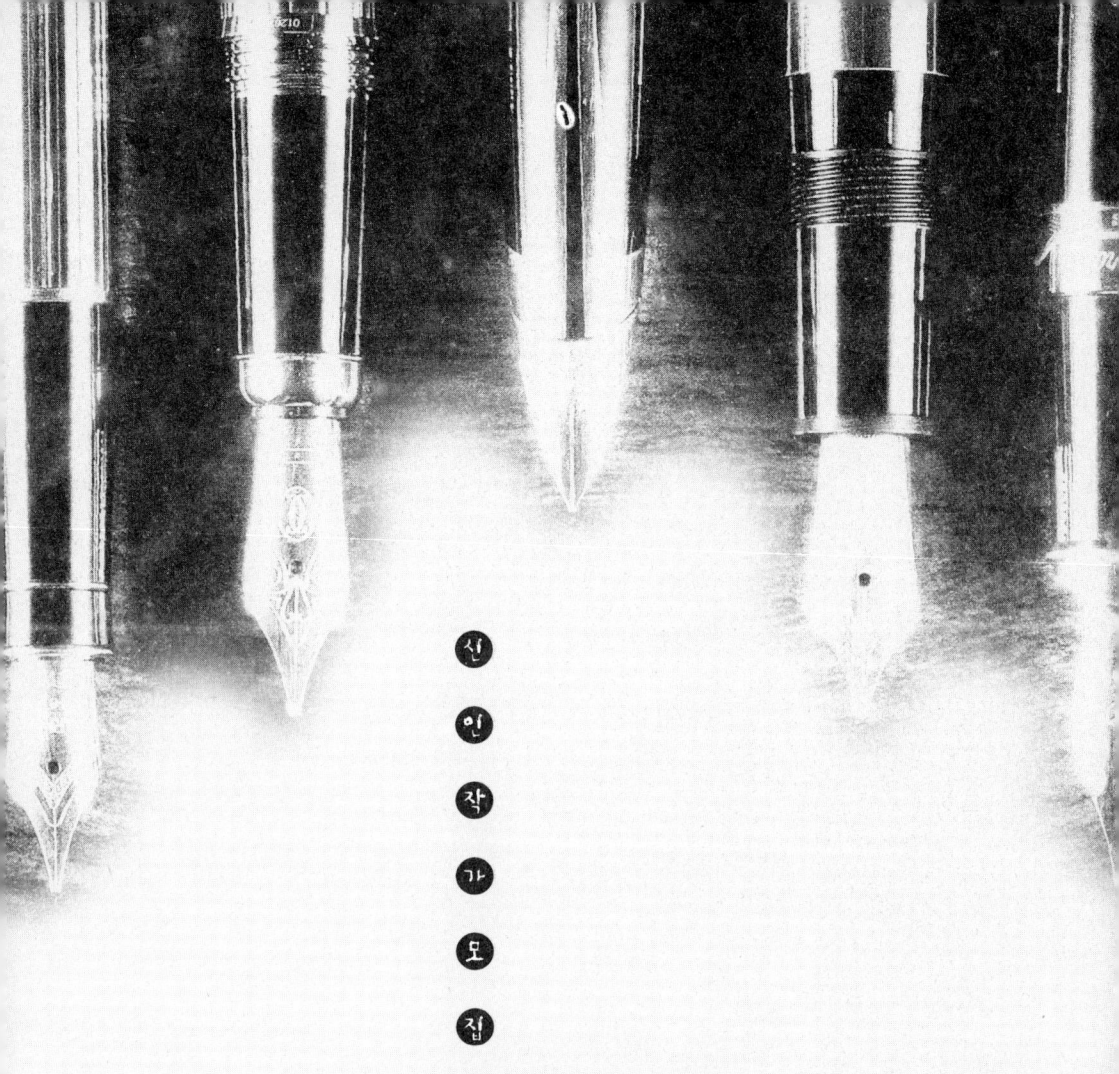